KÖNIGSFEUER

Monika Pfundmeier

KÖNIGSFEUER

Ein Oberammergau-Krimi

Servus

FSC
www.fsc.org
MIX
Papier | Fördert gute Waldnutzung
FSC® C083411

Dieses Vorhaben wurde im Rahmen des Stipendienprogramms des Freistaats Bayern *Junge Kunst und neue Wege* unterstützt.

Bayerisches Staatsministerium für Wissenschaft und Kunst

Die Autorin dankt dem Bayerischen Ministerium für Wissenschaft und Kunst für die Gewährung eines Stipendiums zur Förderung der Arbeit an diesem Roman.

1. Auflage 2022

Dieses Werk wurde vermittelt durch die Montasser Medienagentur, München.

Medieninhaber, Verleger und Herausgeber:
Red Bull Media House GmbH
Oberst-Lepperdinger-Straße 11–15
5071 Wals bei Salzburg, Österreich

Satz: MEDIA DESIGN: RIZNER.AT
Gesetzt aus der Palatino, Courier, Bauer Bodoni Black
Lektorat: Nina Hübner
Umschlaggestaltung: www.b3k-design.de, Andrea Schneider, diceindustries
Umschlagmotive: © ADragan / shutterstock.com; © Al.geba / shutterstock.com; © United Archives / Carl Simon / Bridgeman Images; @ akg-images; © akg-images / picturedesk.com
Karte Innenklappe: © Nina Andritzky
Autorenillustration: © Claudia Meitert / carolineseidler.com
Printed by CPI books GmbH, Germany
ISBN: 978-3-7104-0288-3

Personenverzeichnis

Theresa »Theres« Hack (41), geschieden, Ex-Eventmanagerin, Metzgerin und Jägerin mit Schweinefleischallergie. Nach der Rettung und Umstrukturierung der väterlichen Traditionsmetzgerei zwingt die verfehlte Abschussquote des Vorjahres Theres weit öfter als zuvor auf die Jagd – manch eine davon ganz anders als erwartet.

Wolfin, Irische Wolfshündin, graufelligste und treueste aller Gefährtinnen, die Theres durch alle Lebenslagen stupst.

Josef Hack (67), Theres' Vater, dessen Ruhestand seine Tochter seit ihrer Rückkehr aus Wien zu seinem anfänglichen Missfallen in ein bewegtes (unruhiges) Gegenteil verkehrt.

Anton Sollinger (42), Hauptkommissar, Leiter der Polizeistation Oberammergau mit glänzender Verbrechensstatistik – selbst trotz Theres' Rückkehr nach Oberammergau. Nach den letzten unruhigen Jahren – privat und beruflich – hofft er endlich, einen ruhigeren Sommer zu erleben.

Toni Baurieder (44), Kommissar, Ex-Münchner, seit ca. vier Jahren in Oberammergau, mit der außerordentlichen Begabung, seinen Vorgesetzten Anton Sollinger gelegentlich zur Verzweiflung zu treiben. Theres und ihre Anziehungskraft in Sachen Todesfälle haben zusätzlich seinen Ehrgeiz geweckt, sich beruflich zu beweisen.

Elif Aygün (35), Kommissarin bei der Kriminalpolizei Weilheim. Im Vorjahr unterstützte sie für kurze Zeit die Polizeistation Oberammergau, nutzte dann ihre Chance, ihre Karriere nach vorne zu bringen.

Paul Langer (41), Dorfpfarrer und Theres' bester Freund seit dem Kindergarten. Was immer ihn in Gottes Arme getrieben hat, ist Theres ein Rätsel. Seine und Theres' Vergangenheit sowie seine Aufgaben gegenüber der Gemeinde stehen zwischen ihm und einem unbeschwerten Umgang mit Theres. Die alten Missverständnisse würde er ein für alle Mal ausräumen – wenn endlich Zeit für ein ausführliches Gespräch wäre und nicht schon wieder der nächste Todesfall in Theres' Umfeld.

Viktoria »Tio« Linh Sophia Nghun (29), freie Journalistin, ursprünglich aus Oberammergau. Nimmt sich am liebsten Traditionen und aktuelle Themen für ihre Artikel vor.

Patricia »Pat« Khanh Amalia Nghun (25), pädagogische Fachkraft, Tios Schwester.

Manuel »Manu« Demmler (29), Feuermacher und ehemaliger Mitschüler von Tio.

Felix Brunner (27), Feuermacher und Sohn der Hotelfamilie Brunner. Nach schwierigen Zeiten für das Familienhotel gleicht er durch die Mitarbeit im Lieferservice von Theres' »Hack-Flitzern« die finanziellen Verluste für sich etwas aus und entlastet die Metzgerin bei der Planung.

Andreas »Andi« Neulinger (39), seit Jahren engagiert als Feuermacher, mittlerweile für seine eigene Gruppe zuständig.

Kofel, der Haus- und Wächterberg Oberammergaus.

Boandlkramer, Theres' besonderer »Kumpel«, der Tod, der Senser.

Taten

1. UmSchläge

Ende Juni, München, Agnesstraße Ecke Hiltenspergerstraße

Die Wohnung lag im dritten Stock mit Balkon zum Hinterhof und war nicht einsehbar. Eigentlich. Auf der anderen Seite der Wohnung war München – das Draußen mit all den Geräuschen; die Stadt, das Viertel, die Menschen. Und es war hell, Mittag. Tio lenkte ihren Blick zurück auf den Bildschirm.

Hier drin ist nichts, dachte sie. Niemand. Hier bin ich sicher.

Sie starrte auf den Laptop. Ihr Atem, ihr Herzschlag setzten für einen Moment aus. Ihre Welt klaffte auseinander, das WG-Zimmer, der Rest zerbröckelte, bis nichts blieb, abgesehen von dem, das vor ihren Augen stand. Die Grafik füllte das gesamte Sichtfeld, nahm alles ein. Eine Todesanzeige. Ihre Todesanzeige.

Victoria Linh Sophia Nghun

*04. März 1993 †2022

Zeitungsangestellte mit Möchtegern-Meinung,
anmaßende, überhebliche, ignorante Besserwisserin

»Ich hab deine Sachen auf den Küchentisch gelegt, Viktoria!«, rief Hannes aus dem Flur.

Sie fuhr zusammen und blinzelte. »Tio.« Von selbst schoss die Erwiderung aus ihrem Mund, korrigierte ihren Mitbewohner wieder einmal, sie ballte die Hand. »Wie oft denn noch?«, murmelte sie leiser. Der Schreibtisch, der Stuhl, das Bett, die Wände kehrten zurück. Durch den Dunst aus Angst und Entsetzen in ihrem Kopf drängte sich die Stimme ihres Mitbewohners und jagte ihr eine andere Art von Gänsehaut über den Körper.

»Sehen wir uns nachher in der Redaktionsrunde?«, rief er hinterher.

Sie machte einen Screenshot, sicherte die Dateien und versuchte, ruhig zu atmen. »Ja, genau, aber nur über Videocall«, rief sie, bemüht um einen unbeschwerten Ton. »Heute und morgen arbeite ich für die Magazine.«

»Stimmt«, holperte Hannes' Stimme aus dem Gang zurück, dann folgte ein dumpfer Schlag, als ob ein Schuh zu Boden plumpste. »Hatte ich verdrängt. Immer diese freien Schreiber und ihre tausend Optionen.« Ein Lachen stolperte hinterher und stoppte. »Irgendwann mach ich es wie du.«

Tio schob das Gestell ihrer Brille ein Stück nach oben und spähte durch den Türspalt in den Flur. Sie zögerte, setzte dann aber der Aussage doch etwas entgegen. »Ein Büro und sicheres Gehalt gegen ein Zimmer zum Arbeiten und Leben in einer WG tauschen?«

Hannes schubste die Zimmertür auf, Tio mühte sich, weder zusammenzufahren noch zu seufzen. In seinem zerknautschten Oversize-Blazer lehnte er am Türstock und zerrte den zweiten Sneaker über den Fuß, schüttelte den Kopf. »Zu schreiben, was mich wirklich bewegt, wofür ich wirklich brenne«, ächzte er. »So wie du! Das könnten wir auch zusammen machen und gemeinsam reisen, zum Beispiel.«

Tio wandte sich ab und starrte auf ihren Laptop, dann drehte sie sich kurz noch mal zurück zu ihm und schob ein Lächeln hinterher, ein unverbindliches, hoffte sie. Nicht zu freundlich, nicht zu abweisend. »Ja, mal sehen«, murmelte sie.

Seine Schritte tappten über das Holzparkett ihres Zimmers, dann war eine Hand an Tios Schulter. Kurz zuckte sie, versuchte, sich zu beruhigen, zu erinnern, wer er war. Ihr Mitbewohner, ihr Kollege, der Hauptmieter der Wohnung mit einem bezahlbaren Zimmer, das er ihr als Untermieterin überließ. Bezahlbar in München. Bezahlbar heißt Kompromisse. Ihr Hirn wiederholte die Worte.

»Hey!« Er beugte sich an ihrem Ohr vorbei, seine etwas zu langen Haare kitzelten ihre Wange, sie schluckte, als sie sein Parfum roch, unterdrückte ein Schaudern, so gut es ging. »Krass«, sagte er.

Tio schob seine Hand von ihrer Schulter und sich auf dem Bürostuhl weg von ihm. Sie nickte.

»Wenn du willst, sehen wir uns das zusammen an heut Abend. Ich bring Wein mit, dann spülen wir das weg«, schlug er vor. Wieder rutschte er ein Stück näher und berührte ihren Oberarm. »Du weißt, ich bin gern für dich da. Vielleicht Pizza dazu? Yasemina ist heute Abend leider nicht da, soweit ich weiß, aber ich lenke dich gerne ab. Ich denke, das tut dir gut. Immerhin ist es diesmal nur virtuell. Und nun waren ohnehin schon lange keine Briefchen oder Vorfälle mehr, oder? Vielleicht würde sich das mit dem Stalker auch erledigen, wenn er bemerkt, du hättest einen Freund.« Der Druck seiner Hand an ihrem Arm verstärkte sich, er beugte sich ein wenig vor und suchte ihren Blick.

Bilde ich mir das nur ein? Durch Tios Kopf fleuchten tausend Gedanken, keinen bekam sie für eine gute Ausrede zu fassen. »Virtuelle Anfeindungen treffen auch im echten Leben. Das schockt sehr real.« Sie versuchte Zeit zu gewinnen und starrte zurück auf den Bildschirm. »Passt schon«, nuschelte sie, ohne zu blinzeln. Schnell schob sie noch ein Danke hinterher. Dann drehte sie sich wieder ein wenig zu ihm, schulterzuckend. »Ich glaub, bei mir ist heut Abend noch ein Termin drin von einem der Magazine.«

»Oh. Echt schade.« Er klang enttäuscht. »Na ja, dann ein andermal. Du weißt, ich bin gern für dich da. Und vergiss nicht: *Haters gonna hate* – lass die Hasser hassen. Das geht vorbei. Es gibt so viele andere, die mögen, was du schreibst.«

»Danke«, wiederholte sie und räusperte sich. »Bist du noch ausreichend gut in der Zeit für die Redaktionsbesprechung?«

»Ich kann auch hierbleiben, wenn du willst, und mich online einloggen, dann machen wir den Call gemeinsam«, schlug er vor.

Tio zurrte das Lächeln fest in ihren Mundwinkeln, bemüht, freundlich zu klingen. Auf der von Hannes abgewandten Seite presste sie die Faust gegen ihren Oberschenkel, um ruhig zu bleiben. »Ich bin nur zeitweise dabei, anschließend in einer anderen Besprechung. Ich fürchte, keiner von uns kann gut arbeiten, wenn wir beide hier in unterschiedlichen Konferenzen quatschen. Aber gleich sehen wir uns ja.« Sie deutete ein Winken an. Über sein Gesicht zuckte Enttäuschung und …

Ist er sauer?

»Okay, klar.« Hannes fuhr herum, schnaubte, dann war er zur Tür hinaus. Sie hörte ihn am Schrank im Flur mit den Jacken. »War sonst was in der Post für mich?«, rief sie ihm hinterher.

»Werbung, was von der Versicherung. Einer war … Schau es dir einfach an. Und melde dich, wenn was ist, okay?«

Einen Moment blieb es still. Tio hörte ein Räuspern aus dem Flur, ein Murmeln, das ein Fluch sein könnte. Sie schluckte.

Noch einmal steckte Hannes den Kopf zur Tür herein. »Hier bist du sicher, Tio. Und wie gesagt, melde dich, wenn was ist. Bis nachher!« Dann krachte die Tür ins Schloss.

Tio atmete aus und riss das Fenster auf, als könnte sie erst jetzt wieder atmen. Ihr Blick wanderte über die Bilder am Schreibtisch – die Küchenparty letztes Jahr, die schlimmsten Postkarten, die an Urlaubsorten zu finden waren, Fotos aus ihren Kinderzeiten: Tio mit Schultüte und Zahnlücke, und Eltern und Oma voller Stolz daneben, die Haare hochgesteckt mit den geschnitzten Haarnadeln ihrer vietnamesischen Familie. Dann sah sie wieder zur Fake-Todesanzeige auf dem Bildschirm mitsamt ihrem falsch geschriebenen Namen.

»Sicher.« Das Wort quoll aus ihrem Mund, im Moment schmeckte es falsch. Einmal mehr kaute sie in Gedanken darauf. Dann zog Tio die Vorhänge in der Küche und im Wohnzimmer zu. Um die Rollos zu schließen, war es noch zu früh. Im Halbdunkel lehnte sie sich neben dem Fenster an die Wand. Schluckte und schloss die Augen.

Unten krachte eine Tür. Stapfende Schritte dröhnten über die Stiegen, näherten sich. Tio hetzte durch den Flur, rutschte auf den Fliesen weiter, krachte beinahe in die Wand und stoppte im letzten Moment an der Wohnungstür. Sie drückte dagegen. Zu. Drehte den Schlüssel herum und noch mal und schob den Panzerriegel vor. Der zweite klemmte. Ihr Puls raste, sie presste den Oberkörper gegen die untere Türhälfte und versuchte erneut, den widerspenstigen Riegel zu schließen, schließlich rastete er ein. Das Rauschen in ihrem Kopf wurde leiser. Sie lauschte.

Nichts. Warum ist es so still? Wo ist er hin?

Tio legte das Ohr ans Türblatt. Ist das mein Atem oder kommt der von draußen? Da waren sie wieder: Schritte. Entfernten sich.

Das Holz der Wohnungstür drückte gegen ihren Arm, ihr Ohr. Ihr Gesicht schmerzte. Ihr Atem wurde lauter und wieder leiser, in ihrer Brust beruhigte sich der Trommelschlag. Ein Pling knallte durch den Raum, eine Nachricht auf ihrem Smartphone und noch eine weitere. Das Geräusch quetschte sie klein, um im nächsten Moment ihren Herzschlag zu sprengen.

Irgendwo im Treppenhaus hallte das Geräusch von Metall, das über Metall kratzte, Schlüssel auf Schloss, eine Wohnungstür ging auf. Dann Stille, nur noch ein Stechen in ihrem Kopf, ihrer Brust.

Irgendwann löste sie sich von der Tür. Sie ging zurück in ihr Zimmer und nahm ihr Handy mit in die Küche.

Man kann nie vorsichtig genug sein.

Sie wiederholte den Gedanken in ihrem Kopf, um nicht an das zu denken, was sie fürchtete. Heute war einer dieser Tage, an denen sie in der Küche nach den frischen Plastikhandschuhen griff.

Man kann nie vorsichtig genug sein.

Der Umschlag auf dem Tisch war rot, ihre Adresse aufgeklebt, schwarz, gedruckt. Das Kuvert eher quadratisch. Es lag ganz oben, darunter die weißen, länglichen, in deren Fenstern sich üblicherweise maschinengeschriebene Buchstaben zu einer Adresse fügten.

Fuck.

Tio stoppte. Angst, ihre alte Bekannte, trat aus den Schatten. Eisenklauen schnappten nach ihr.

Augenblick um Augenblick verrann. Von draußen drang ein Martinshorn durchs Fenster, heulte das bekannte Lied. Zu spät, zu spät.

Tio blinzelte. Sie fuhr herum, lief zurück in ihr Zimmer, krachte auf das Bett.

Hört das nie auf?

Irgendwann fasste Tio sich an die Stirn und rückte ihre Brille zurecht. Der Gedankenstrudel endete dadurch nicht. Ihre Arme zitterten, ihre Finger. Auf dem Weg zurück in die Küche klopfte sie an Yaseminas Zimmertür, obwohl sie wusste, sie war nicht da. Auch nach ein paar Minuten hörte sie nichts als Stille und ihren eigenen Atem.

Wieder stand Tio vor dem Küchentisch, konzentrierte sich darauf, die Hände flach gegen die Oberschenkel zu pressen, atmete bis in den Bauch. Noch einmal sah sie sich um, lauschte, ob nicht doch ein Geräusch in der Wohnung zu hören war. Alles blieb still.

Warum ist genau jetzt niemand da?

Wieder begann sie zu zittern, aber sie streckte ihre Hand aus. Sie hielt inne, als die Plastikhandschuhe gegen das Rot stießen. Schließlich schob sie ihren Finger in den Spalt des Umschlags und öffnete das Kuvert und zog das Papier heraus und faltete es auf. Das Schriftstück bebte. Der schwarze Trauerrand zog ihren Blick an. Wieder ihr Name.

Victoria Linh Sophia Nghun

Ihr Name war etwas oberhalb der Mitte in fetten Buchstaben gesetzt und auch diesmal falsch geschrieben. Ihr Geburtsdatum, Tag und Monat standen darunter, weiterhin:

Gutmensch
Schmierenfink
anmaßendes Stück Lügenpresse

Aus dem gefalteten Papier glitt eine Notiz auf den Tisch. Kraftlos öffneten sich ihre Finger, und auch das Schriftstück segelte zu dem Zettel. Tio schloss die Augen, aber die Worte hatten sich längst in ihre Netzhaut gebrannt. Mit der einen Hand tastete sie nach dem Notizzettel, nach dem Küchenstuhl mit der anderen. Erst nach einigen Minuten gelang ihr, die Augen wieder zu öffnen. Sie las.

Ein Gespräch. Ich bringe alle Fakten mit, und du wirst sehen und erkennen, wie falsch du liegst. Ort deiner Wahl.

Darunter klebte ein abgerissener Streifen mit einer gedruckten Handynummer. Tio schüttelte den Kopf.

So vieles beachtet, alles gedruckt, und dann doch eine Telefonnummer? Seine? Oder ist das ein Scherz, nur einer dieser Abrisszettel von Wohnungsgesuchen, die an Laternen hängen?

Sie fluchte, zerknüllte alles und holte aus, zog dann aber den Arm zurück. Sie entfaltete das Papier vorsichtig wieder, raffte die Todesanzeige, den roten Umschlag, die Notiz zusammen. Zurück in ihrem Zimmer zerrte sie den Rollkoffer vom Schrank, ordnete Shirts, Jeans, eine leichte Jacke so platzsparend wie möglich ein, Unterwäsche und Socken in die Lücken, Schuhe in die Seitentaschen, ebenso die Kabel für Laptop und die anderen Geräte. Über die App buchte sie auf dem Weg zur U-Bahn das Ticket für die Öffis und das für den Zug, versuchte erst Yasemina zu erreichen, dann zögerte sie, schickte Hannes schließlich eine Nachricht, dass sie für einige Zeit zu ihrer Familie fahren würde.

Auf der Polizeistation zeigte sie wie vereinbart auch diese neuesten Anfeindungen ihres anonymen Stalkers an und verfasste kurz darauf im Zug E-Mails zu ihrer aktuellen Situation an ihre Redakteurinnen bei der Zeitung und bei den Magazinen. Zwischen den Seiten ihres Notizbuchs zog sie das aktuelle Polizeiprotokoll hervor, überflog nochmals die Angaben zum Vorfall. Sie ging die Liste der übergebenen Unterlagen und Dateien durch, die so weit vorhandenen Daten der Gewaltschutzanordnung, dann die älteren Formulare, das letzte gerade mal zwei Monate alt.

Was noch fehlt, wird die Polizei finden, dachte sie. Die Spur auswerten. Schnell, hoffentlich. Wie lang wird es diesmal dauern, bis der Antrag in Kraft tritt? Wie lang wird es dauern, bis ich keinen derartigen Antrag mehr brauche?

Am oberen Rand des geschlossenen Fensters verfing sich ihr Blick, sie wischte sich über die Stirn. Kein Fahrtwind milderte die Hitze des Junitages. Sie starrte hinaus auf die letzten Gebäude und Münchens Stadtrand, die sattgrünen Felder, die sich irgendwann anschlossen. Rote Mohntupfen verwischten zwischen den Ähren von Weizen und Gerste, zwischen Gruppen von Bäumen.

Ein paar Stationen weiter murmelte Tio ins Smartphone, berichtete der Redakteurin ihres größten Auftraggebers, was geschehen war, was sie persönlich plante und was das für ihre Artikel bedeutete. Sie erinnerte sich an das letzte Mal und die Hinweise der Polizei.

Die Stimme ihrer Chefin klang fest, ruhig. »Ich weiß, davon zu erzählen ist schwer genug«, hörte sie. »Prävention beginnt mit Kommunikation«, hörte sie. Dann Fragen. Tio richtete sich auf, rang nach Atem. Sie wich aus. Sie schluckte, dann hörte sie ihren Namen. »Du willst keine Auszeit? Auch nicht für ein paar Tage?«

Anstelle einer Antwort skizzierte Tio eine Idee, notierte die Anmerkungen der Redakteurin in ihr Notizbuch, auch deren Okay notierte sie, Tag, Uhrzeit, den ungefähren Wortlaut.

Protokolle helfen immer. An dem Gedanken in ihrem Kopf klebte noch die Stimme des Kommissars von der Polizeiwache eben. Sie haben das Richtige getan, hatte er gesagt. Von ihrer Chefin gute Wünsche zum Abschied. Sie legte auf.

Der Zug bremste, ein krakeliger Strich kreuzte über das Papier, der Zug fuhr an, ein Fahrer auf dem Blatt in anderer Richtung. Vor dem Fenster bauschten sich die Felder zu Wäldern, die Wälder zu Hügeln, die Hügel ballten sich aneinander, stiegen zu Gesteinswänden an.

Das grüne Band der Bäume an den Bergen zu sehen, beruhigte Tios Gedanken.

Dann lag das Handy wieder in ihrer Hand. Sie tippte die Nummer und wählte, sie schluckte, zwang ihre Mundwinkel hoch und etwas wie Unbeschwertheit in ihre Gedanken und ihre Tonlage. Zweimal klingelte es, dreimal. Ihre Mutter ging ran, im Hintergrund die Stimme ihrer Schwester.

Vertrautheit und Wärme füllten selbst die Lücken im Handynetz. Wenig später stand all das vor ihr. Ihre Mutter wartete mit struppelkurzem, blondiertem Haar am Gleis von Oberammergau.

»Zu viel Grau.« Die Mutter deutete auf die neue Frisur, zuckte mit den Schultern. »Die Friseurin hat sich erst gewundert, dann geflucht, bis das Schwarz wirklich raus war, aber ich mag's.«

»Papa wollte lieber Blau«, warf ihre Schwester ein und umarmte Tio. Erst nach einer Weile löste Pat sich und griff den Koffer, ächzte kurz. »Hast du Ziegelsteine eingepackt oder deinen ganzen Hausstand? Bisschen viel für ein paar Tage.«

Tio zuckte mit den Schultern. Arm in Arm schlenderten sie zum alten Familienbus auf dem Parkplatz. Die Vorsprünge, die Kanten, die Gipfel der Oberammergauer Berge rahmten sie ein, das buschige Grün der Wälder. Der Kofel stemmte seinen riesigen Zacken gegen die Nachmittagshitze, wachte unverändert, unbeeindruckt als Höchster über dem Ort.

Die Trommel in Tios Brust beruhigte sich. »Kannst du mich kurz zur Polizei fahren und dann bei der Metzgerin absetzen, Mama?«, fragte sie vom Beifahrersitz.

»Was? Ist was passiert?«

»Was ist los?« Von der Rücksitzbank beugte Pat sich nach vorn.

Tio schüttelte den Kopf. »Nix, alles gut! Nur eine Verlustanzeige, ich will das schnell erledigen. Und mit der Metzgerin muss ich sprechen wegen einer Artikelreihe.«

Die Mutter nahm ihre Hand und drückte sie. »Ist wirklich alles gut, oder hast du dich wieder mit deinen Mitbewohnern gestritten oder verkracht, oder wie sagt man das heutzutage?«

»Ich weiß schon, was du meinst, Mama!« Tio setzte ein Lächeln auf und konzentrierte sich intensiv auf die Insektenüberreste auf der Frontscheibe, statt auf ihre Mutter und Schwester. »Alles gut«, wiederholte sie. »Wirklich, Mama, du musst dir keine Sorgen machen. Ich hab meinen Redaktionen ein Projekt vorgeschlagen, das ich von hier aus umsetzen kann – in Oberammergau, um Oberammergau, über Oberammergau und rundum. Ich denke, ich werde hier in nächster Zeit einiges zu tun haben.«

Von hinten legte ihre Schwester die Hand auf Tios Schulter. »Heißt: Du bleibst länger?«

»Ein paar Wochen vermutlich. Es ist einiges an Recherche.« Sie schluckte den wahren Grund, der sie aus München vertrieben hatte, herunter. »Ich bleibe eine Zeit lang. Zu pendeln wäre Zeit- und Geldverschwendung.«

Pats Griff löste sich. Im Rückspiegel sah Tio, wie ihre Schwester zurücksank, den Blick in die Ferne.

»Die erfolgreiche Journalistin aus der Großstadt erweist also dem Ort ihrer Kindheit und Jugend die Ehre und lässt das Licht ihres außergewöhnlichen Lebens für ein paar Momente wieder auf uns scheinen. Wie schön.« Pat überkreuzte die Arme. Sie seufzte, zuckte dann mit den Schultern und begegnete Tios Blick im Spiegel. »Jedenfalls: Stell dich gleich darauf ein, im Kindergarten einen Vortrag zu halten. Meine Chefin liegt mir damit schon lange genug in den Ohren, dass meine studierte Schwester den Kindern und Eltern von ihrem aufregenden Alltag erzählt. Jemand, der es in die große, weite Welt geschafft hat.«

Tio starrte weiter in den Spiegel, runzelte die Stirn. »Willst du mich nicht hier?«

»Quatsch, nur Spaß, alles gut!« Ein Lachen stolperte von der Rückbank durch den Wagen. »Ist ja beinahe wie früher.«

»Schön«, schaltete sich ihre Mutter ein. »Dann machen wir endlich wieder einen Familienausflug. Euer Bruder kann sich dafür auch mal einen Tag freinehmen. Familie ist wichtig! Ich mag dein Projekt bereits jetzt.«

»Ich bin noch nicht sicher, ob dann für uns alle auch wirklich das Essen reicht!«, warf Pat scherzend ein, ihre Stimme klang belegt.

»Du meinst, ob die Zeit reicht, das alles zu essen, ohne zu platzen, was bei uns auf den Tisch kommt, sobald Gäste da sind?« Tio fuhr mit der Hand über eine angedeutete Bauchkugel.

»Zieht mich ruhig damit auf«, erwiderte ihre Mutter. »Aber das war bei euren Großeltern schon so, selbst in Vietnam. Und hier in Oberammergau genauso. Selbst wenn sie damals erst mal die Sprache lernen mussten und diesen seltsamen Dialekt – für Gäste war auch in diesem Land immer mehr als genug auf dem Tisch, bei jeder Familie, die sie aufgenommen hat.« Ihre Mutter nickte. »Auch wenn unsere Wurzeln anderswo liegen, Erde ist auch hier Erde, und Essen und Freundschaft verbindet uns alle.«

Für einen Moment lockerte sich die Klammer um Tios Brust. Sie bogen in die Hauptstraße ein, rollten vorbei an den Holzbalkonen und vorbei an den Hausfassaden mit der Lüftlmalerei. Am Hotel Alte Post passierten sie Tios Lieblingsbild: das Pferdefuhrwerk vom Feld und die herrschaftlichen Reiter. Die Erinnerung an ihre Kindheit kehrte zurück, Wärme, Geborgenheit.

Für ein paar Minuten schrumpfte die Angst. Die Welt war gut.

2. Theres – Tun und Lassen

Ende Juni, Oberammergau, Metzgerei & Tages-Bar Hack

Vor ihrer Haustür im Hinterhof der Metzgerei schickte Theres Hack einen stillen Gruß zum Gipfel des Kofel, hob das Gewehr in ihrer Hand kurz an. Zweimal schnell und laut pfiff sie durch die Zähne. »Wo bist du Sturschädel nur wieder?« Sie brummte vor sich hin, hielt Ausschau nach Wolfin, der Irischen Wolfshündin. Bei jedem Schritt pendelte das Nachtsichtgerät gegen ihren Brustkorb. Den Schal für die Nacht auf dem Jägerstand, die zusätzliche Decke und ihre Jacke für die Jagd warf sie vor Wolfins Transportkäfig in den Kofferraum. Sie fasste ihr Haar nach hinten zusammen und strich die letzten Strähnen aus ihrem Gesicht. Schritte hallten über den Hof, sie wandte sich um.

»Da schau an«, rief sie. »Nach meinem Babba schaust du mir nicht aus.« Wenigstens gibt Wolfin Geleitschutz, dachte sie. Kann man ja nie wissen, was passiert im Hinterhof einer Metzgerei.

Theres' Blick folgte jedem lässigen Pfotentapp der Hündin, jedem leicht gehetzt wirkenden Schritt des unwesentlich größeren Menschen daneben. Vor Theres blieb Wolfin stehen, hob den grauen Strubbelkopf ein wenig. Tio musste sich nur wenig hinabbeugen, um durch das Fell zu wuscheln.

Stirnrunzelnd betrachtete Theres die beiden.

Die gefährlichste und unbestechlichste Wachhündin aller Zeiten und die Frau mit Stift und Worten.

Eine Schiebermütze verdeckte einen Teil von Tios Gesicht, darunter fiel das glatte, schwarze Haar eines akkurat geschnittenen Longbobs auf die Schulter. Die Nachbargebäude und die Berge spiegelten sich in den runden, großen Brillengläsern. Etwas wie Wiedersehensfreude lag auf Tios Gesicht, gleichzeitig ein Schatten. Die Journalistin blieb ein paar Schritte entfernt stehen. Wolfin schob sich gegen ihren Oberschenkel und hob die Schnauze. Mit einem Blick und einem tiefen Brummen erschlich sie sich weitere Strubbeleinheiten.

»In München schon alle Storys auserzählt? Oder ist der Sommer in der Stadt nichts gegen die Sehnsucht nach den Bergen?«

»Ach, da ist einfach nicht genug Blut und Tod in dieser Großstadt! Was bleibt einem da zu berichten?« Tio hob die Arme, schob die silberne Nickelbrille etwas höher.

»Deswegen kommst du hierher in meine Metzgerei? Ich wusste schon immer, eine romantische Seele wohnt in dir. Was tun wir nicht alles für mehr Blut und Tod im Leben.« Theres meinte, ein Zögern wahrzunehmen. »Alles okay bei dir, Tio?« Sie legte den Kopf schief.

Tios Mundwinkel stemmten sich nach oben und formten ein Lächeln, es erreichte die Augen nicht. »Freilich. Aber die Sehnsucht nach daheim kennst du ja zu gut – und natürlich die Faszination, die ein Crime-Hotspot wie Ogau bis in alle Winkel der Welt ausstrahlt, seit du hier bist.«

Wolfin stupste erneut dazwischen und forderte weitere Aufmerksamkeit. Tio zauselte das Fell der Hündin, dann sah sie auf und deutete auf das Gebäude zur Straße. »Übrigens: Ich soll dir einen schönen Gruß von deinem Vater bestellen. Ob du deine Jagdausrüstung so gepackt hast, dass du diesmal nicht nur zufällig über den Tod stolperst, will er wissen. Er war gerade dabei aufzuräumen und den Laden abzusperren und nicht sicher, ob du nicht schon los bist. Aber …« Sie klopfte Wolfins Flanken. »Die Gute hier war ziemlich überzeugt, du bist noch nicht fort.«

»Der Babba!« Theres schüttelte den Kopf und winkte beide mit sich in Richtung ihres Geländewagens. »Der Mord an den Thallers verfolgt mich, ganz gleich, wie lang zurück die letzte Rasur dieser Geschichte liegt. Ob sich alle Heiligen noch in hundert Jahren daran erinnern werden?« Sie fuhr sich übers Kinn und über einen imaginären Bart nach unten bis auf Höhe ihres Nabels.

»Nichts Genaues weiß man nicht.« Tio wiegte ihre Hand in der Luft, dann zog sie ihren glatten, schwarzen Bob zu einem kurzen Zopf im Nacken zusammen. »Und zu seiner und unser aller Verteidigung: So lange ist das nun auch wieder nicht her, und auch nicht die Geschichte mit der Künstlerin. Immerhin hast du mitgeholfen, beides zu lösen, nicht zu begehen. Ich kann mir vorstellen, das macht das Zusammenleben hier in Ogau mit dir ungleich angenehmer.«

»Sag, Tio, willst du auf was Bestimmtes hinaus? Kann ich dir irgendwie helfen?« Theres deutete vielsagend auf ihren Kofferraum und das Gewehr, das sie noch immer hielt.

»Immer.« Diesmal wirkte Tios Lächeln echt. »Es sei denn, du hast keine Zeit zwischen deinen Plänen als Frau, als Metzgerin, als Jägerin, den Ort auf den Kopf zu stellen.«

»Irgendjemand muss die Leut hier ja mit verrückten Ideen beschäftigen, damit sie nicht auf dumme Gedanken kommen.« Theres hob ihre Braue und spielte die Unterhaltung weiter, neugierig, wohin sie führte. Sie wurde nicht schlau aus Tios Besuch bei ihr. »Aber sag, was machst du hier, Tio, mitten am Tag, mitten in der Woche? Entsagst du dem Journalismus und kommst zurück in deinen alten Nebenjob in meinem Lieferdienst, oder liegt es am Kofel, über dessen Abwesenheit dich München mit all seinem Zauber nicht hinwegtrösten kann?«

Über Tios Gesicht blitzte ein Ausdruck, den Theres nicht einordnen konnte. »Der Kofel, auf jeden Fall! Ehrlich gesagt: nicht ganz. Aber ich bin deinetwegen hier. Beruflich.«

Theres verstaute Gewehr und Nachtsichtgerät unter zusätzlichen Decken. »Meinetwegen? Welche Frau hört das nicht gerne?« Mit einem Knall fiel die Heckklappe ins Schloss. Sie bedeutete der Jüngeren mitzukommen, stapfte nach vorn in Richtung Laden, Wolfin voraus. »Ich ahne Grauenhaftes«, murmelte sie. »Am Ende wird dir der faszinierende Blick aus meinen graublauen Augen nicht reichen, und ich werde auch noch reden müssen.«

»Möglich.« Die Journalistin schob die Brille etwas höher. »Mit Vokalen und Konsonanten. Mich wundert, dass du heute noch welche über hast.«

Theres wischte durch die Luft. »Ich hab mich erfolgreich durch den Tag geschwiegen, aber jede Glückssträhne endet. Kommst schnell mit rein, oder wartest hier? Für den erquickenden Gefallen, mir zusätzliche Gesprächseinheiten zu verschaffen, muss ich mich beim Babba geschwind bedanken.«

»Oder ihm sagen, dass du aufbrichst und er sich keine Sorgen machen muss?«, schlug Tio vor. »Ich dachte übrigens immer, deine Augen wären eher grüngrau.«

»Je nach Licht und Laune.« Theres bemerkte ein Grinsen und Zwinkern, mit dem Tio antwortete. »Bist du sicher, dass du nicht lieber gleich wieder zurück nach München fährst? Wenn das schon mit den Farben nicht klappt bei dir?«

Der Ausdruck auf Tios Gesicht entglitt, dann blinzelte sie, und das Lächeln war zurück. In Theres' Mitte zuppelte das eigenartige Gefühl, hinter Tios Anwesenheit steckte anderes, als einer Metzgerin ein paar Fragen für eine Münchner Zeitung zu stellen. Was Tio ihrer ehemaligen Chefin sicher nicht beim ersten Treffen nach Jahrhunderten auf die Nase binden wird. Theres rieb sich die Nase.

»Also: Weswegen bist du noch mal hier?«

Tio straffte die Schultern, richtete sich auf. »Ich plane eine Artikelreihe. Du bist der Anfang, Theres. Jägerin, Metzgerin, eine, die nach einer halben Ewigkeit aus Wien zurückgekehrt ist, von der großen Stadt aufs Land, zurück ins Heimatdorf mit den bemalten Hausfassaden, den getrimmten Hecken, den jahrhundertealten Sitten.« Sie drehte sich theatralisch im Kreis. »Für die Touristen, für die Berge und das ganze Stückl Bayern.«

Theres furchte die Stirn. »Mei«, sagte sie. »Es ist …«

»Nicht alles, wie es scheint«, übernahm Tio den Satz. »Und genau darüber werde ich schreiben. Ogau, der Passion, die Einheimischen, die Zuagroasten und Gestrandeten, Reisende von überall her, Discounter, Familienbetriebe, die sich neu aufstellen, die Berge und ihre Bräuche. Nicht mehr alles ist nur in Männerhand. Nicht alles bleibt in Männerhand.«

»Ach.«

»Wie bei eurer Metzgerei.«

»Meinst?« An der Treppe zum Laden wandte Theres sich um, lachte auf.

»Veränderung in einem Ort voller Tradition.«

»Mit Veränderung gewinnt man keine Freunde. Aber wer braucht Freunde, wenn man berühmt sein kann – oder berüchtigt. Viel Feind, viel Ehr!« Theres zuckte mit den Schultern und zog den Mundwinkel zu einem Lächeln »Komm am Mittwoch vorbei, Tio, da passt es gut am Nachmittag. Oder bist du dann schon wieder in München?«

»Nein. Erst mal hier«, antwortete Tio, die Stimme klang leiser, heiser. Wieder franste der Blick aus.

Wieder zupfte die seltsame Ahnung in Theres' Bauch.

»Und falls mir die modernen Unternehmerinnen und Gestalter im Traditionsort ausgehen, kann ich immer noch über den Kini berichten. Der ist zwar nimmer so fresh, aber wenigstens war er mal modern. Und vor Feinden hab ich hier eh keine Angst. Vielleicht klappt das mit der Ehre aber trotzdem.«

Für einen Moment schwieg Theres, versuchte Tios Miene zu deuten. Vergebens. »Ich wünsch es dir, Tio«, sagte sie, lächelte. »Dann bis Mittwoch!«

Tio verabschiedete sich. Bevor Theres die Tür zum Laden aufzog, hörte sie sie noch einmal räuspern. »Was meinst, Metzgerin? Das Ludwigsfeuer, das gäbe doch einen guten Bericht mitsamt der Frage, warum sich seit Jahrzehnten nichts geändert hat an dieser Männertradition, oder? Ist von deinem Lieferdienst nicht auch jemand bei den Feuermachern?«

»Den du zufällig mal löchern könntest?« Theres nickte. »Der Felix, fällt mir da ein. Er hilft noch bei mir aus. Mal sehen, wie lange noch. Im Hotel seiner Eltern geht es bergauf. Die letzten Jahre waren schwierig, wo uns die Touristen ausgeblieben sind.«

»Felix ...« Tios Stimme klang wie weit aus der Ferne, ihr Blick glitt davon, als folgte sie einem anderen Gedanken. Sie räusperte sich. »Schön zu hören, gerade wenn es noch diesen Zusammenhalt hier gibt. Und du meinst, ich sollte ihn dazu fragen?«

»Darüber, warum sich manche Dinge nie ändern?« Theres stieß etwas zwischen Lachen und Schnauben durch die Nase. »Hast du da Zweifel? Freilich kannst den Felix fragen. Habt ihr beide nicht auch zusammengearbeitet?«

Tio legte den Kopf schief. »Nicht wirklich viel. Zu der Zeit war jeder mit dem eigenen Kram beschäftigt. Mir war mein Volontariat das Wichtigste. Mit den Auslieferungen nach München hab ich ein wenig dazuverdient. Und Felix ist ... Als Sohn von Geschäftsleuten mit dem Hotel war er immer ... Nun ja, er ist auch jünger als ich.« Sie zögerte, zuckte schließlich mit den Schultern. »Er hatte andere Interessen und ein anderes Umfeld, in dem er aufgewachsen ist.«

Theres musterte sie, überlegte kurz. »Die letzten Jahre hat sich einiges verändert. Würd ich's glauben, würd ich sagen: Menschen ändern sich. Meistens ändert sich aber höchstens das Mobiliar der Wohnungen oder die Klamotten. Aber mei! Ausnahmen bestätigen die Regel. Felix ist mitunter ein bissl stur, aber nicht verkehrt.«

Ein Schmunzeln huschte über Tios Miene. »Erlebe ich gerade, dass eine Metzgerin ein Lob ausspricht?

Oder zählt auch schon als Lob, wenn einem dein Metzgermesser nicht zwischen den Rippen steckt?«

Theres lachte kurz auf, nickte anerkennend über den treffenden Scherz. »Nur so als Tipp: Stell deine Fragen ruhig genau in der Art. Ich seh schon vor mir, wie du Unmengen an neuen Freunden gewinnst«, konterte sie.

Tio rieb sich übertrieben das Kinn. »Als wäre meine Frage irgendwas anderes als ein Strauß ausgewählter Höflichkeiten?«

»Eigentlich meine Spezialität, durch die Haut und bis auf die Knochen zu schneiden. Aber ich bin sicher, dass man hier zwei von unserer Sorte verträgt.«

Tio nickte. »In Oberammergau? Warum auch nicht. Dicker als das Fell der Leut sind bloß die Felsen am Kofel oder die Traditionen, die scheinbar sogar die Berge und erst recht jede Frage überdauern werden, vermutlich sogar den Tod. Den bemantelten Gesellen hält immerhin unsere Metzgerin und Jägerin in Schach.«

Theres bedeutete ihrer Hündin, vor dem Laden zu warten. »Der Boandlkramer, mein bester Kumpel.« Sie kreuzte Zeige- und Mittelfinger, schmunzelte, dann war sie halb durch die Tür, hörte ihren Vater ein Räuspern husten. Josef Hack stand inmitten des Türstocks, grimmbrummelig stirnrunzelnd. Ein wenig Grau schimmerte an seinen Schläfen, wie ein feiner silberner Kranz, wo noch Haar war. In seiner ganz eigenen Art grinste er innerlich, ohne eine Falte auf seiner Miene zu bewegen. In den Augen ihres Vaters tanzte das typisch schelmische Funkeln. Theres drehte sich zu Tio, hob die Hand zum Abschied. »Man muss und sollte tun, was man nicht lassen kann. Frau erst recht.«

3. Paul – verbunden

Ende Juni, Oberammergau, Kirche St. Peter & Paul

Mit einem Blick über die Schulter auf den Altar stieß Paul die Kirchentür auf, nur um auf der Schwelle zu stoppen. Mehr als die Tür von hinten überraschte ihn, wer vor ihm stand.

»Sag bloß, der Herr Pfarrer hat ein Leben außerhalb der anspruchsvollen Dienste für seinen Herrn?«

Demonstrativ zog Paul sein Handy und checkte das Display. »21. Jahrhundert – ist das nicht ein wenig zu spät für dich, um noch in die Nähe einer Kirche zu kommen, Herr Kommissar?«

Toni Baurieder fuhr sich durch die raspelkurzen Seiten seines Undercut, der so exakt getrimmt war wie sein Bart. Die andere Hand schob er in die Taschen seiner Hose und deutete ein Schulterzucken an. »In meiner Dienstzeit in München waren genug Kirchen im Stadtgebiet, das reicht mir für den Rest meines Lebens. Wieso trägst du eigentlich kein Hemd und kein Kollar, wie jeder in eurem Verein? Wird einem das erst ab einem bestimmten Alter angenäht?«

»Immerhin bin ich auch ein bissl jünger als du. Aber sag: Würdest du dann öfter den Weg in die Kirche finden, Baurieder? Zur Beichte vielleicht sogar?« Paul trat an Toni vorbei.

»Bestimmt.« Das Wort aus dem Mund des Ex-Münchners staubte ähnlich wie der Kiesweg.

Unter Pauls Chucks knirschten die Kiesel auf dem Weg über den Friedhof. »Also, Toni, was bringt dich her? Dein unstillbares Verlangen nach einem Zwiegespräch mit Gott eher nicht, unsere nicht vorhandene innige Freundschaft vermutlich ebenso wenig. Hast eine Wette gegen deinen Chef verloren und musst prüfen, ob einer die Grablichter stiehlt, wenn sonst schon nichts Gefährliches in Ogau passiert?«

»Mein Vorschlag war, dir eine E-Mail zu schreiben und dich zu uns zu laden, aber … tja, immer dieser Aktionismus der Hauptkommissare auf dem Land.«

»Heißt: Die Oberammergauer Polizei organisiert jetzt regelmäßige Kaffeekränzchen und Herrenrunden, weil euch gar so langweilig ist, wenn die Metzgerin nicht grad über ein paar Tote stolpert?« Kurz blieb Paul stehen, deutete auf die Umgebung der Kirche. Auf den granitpolierten Grabsteinen spiegelten sich die Kreuze, Blumen und Grabzierden in der Sonne. »Ich geh davon aus, ihr fangt jetzt nicht an, die Leichen in meinem Garten zu heben.«

»Witzig.« Toni Baurieder stoppte. »Wir haben von den Kollegen aus München jetzt die Bestätigung einer Anordnung, und … es betrifft jemanden hier aus dem Ort. Tio.«

Paul wandte sich herum. »Tio? Ist ihr was passiert? Sie ist doch in München.«

»Jetzt ist sie in Oberammergau. Passiert ist noch nichts, das bleibt hoffentlich so. Und nachdem du jeden hier kennst und jeder irgendwie an dir vorbeischlappt, kriegst du am ehesten mit, wenn einer aufschlägt, der …«, der Kommissar räusperte sich, »komisch ist.«

In knappen Worten fasste er die Gefahrensituation zusammen und die Einzelheiten, auf die zu achten war.

Paul schnaufte. »Komisch? Gut, dass nach Oberammergau nicht ungefähr ein einziger Tourist findet. Hashtag Sommersaison, um das hier kurz anzumerken.«

»Gscheidhammel!«

»Toni, für dich immer noch: Herr pastoraler Gscheidhammel!« Paul deutete zum Kirchturm. »Als neuer ehrenamtlicher Mitarbeiter der Polizei halt ich Augen und Ohren offen. Hoffen wir, dass allein der Weg von München raus diesen Typ abschreckt.«

Baurieder streckte den Daumen in die Luft. »Dein Wort in Gottes Ohr, Herr Pfarrer. Merci dir! Und jeden Tag eine gute Tat schadet derzeit insbesondere dem pastoralen Gscheidhammel nicht.«

»Seckl!«, konterte Paul in einer Mischung aus Leichtigkeit und bayerischer Beleidigungstradition. Ihm fiel noch etwas ein, vielmehr: jemand. Er musterte den anderen, zögerte kurz. »Aber wenn, dann gilt doch: je mehr Augen, desto besser, oder?«

Der Kommissar nickte. Paul wartete darauf, dass er fortfuhr. Sein Gegenüber schwieg.

»Du wolltest noch ergänzen, dass die Oberammergauer Polizei deswegen … noch mehr tut?«

Baurieder verzog nur das Gesicht.

Paul seufzte. »Ihr gebt die Infos auch an andere im Ort, richtig? An die Res, zum Beispiel, und ihre Leut. In der Metzgerei kriegt sie einiges mit.«

»Theres«, wiederholte der Ex-Münchner den Namen. Er zog die Braue und einen Mundwinkel unter dem Dreitagebart hoch, ließ ein halbes Grinsen in Pauls Richtung tropfen. »Keine Sorge, Herr Pfarrer, du musst uns unseren Job nicht erklären.«

»Ich weiß, das macht die Res gut genug«, konterte Paul. »Ich sag's nur, falls das zwischen regelmäßiger Nahrungs- und Flüssigkeitsaufnahme in der Tages-Bar ins Hintertreffen gerät.«

Das Grinsen im Gesicht des Kommissars wurde breiter, die Augen schmaler. »Eifersüchtig oder was, Herr Paul von Gottes Gnaden?«, zog er ihn auf. »Ich dachte immer, in deinem Leben gibt es nur eine Liebe.« Über die Schulter deutete er auf die Kirche.

Paul winkte ab, als ob ihn die Worte des Kommissars nicht träfen, nicht ärgerten. »Ich bin aufgewachsen mit der Res, nur falls du's vergessen hast. Die gemeinsame Zeit kann keiner aufholen. Aber wenn wir gerade bei Tio sind … Ist doch gut, das ganze Dorf einzubinden, oder nicht?«

»Weise Worte.« Baurieder schlug den Weg zum Ausgang ein. »Wie schon gesagt: Freilich bist du der Erste, dem der Gedanke kommt. Was meinst du eigentlich, macht die Polizei in Oberammergau den lieben langen Tag?«

»Ja, ist das eine Einladung, mir das en détail anzusehen? Danke sehr! Die nehme ich gerne an. Wenn du gerade auf dem Weg zur Res bist, komm ich glatt mit. Aber es kann sein, wir treffen nur noch den Babba an. Theres wollte heut zur Jagd.«

»Mei, schee! Was du nicht alles weißt.« Der Kommissar machte sich nicht die Mühe, das Gegenteil von Begeisterung über den Vorschlag zu verbergen. »Barmherzigkeit ist doch eine eurer christlichen Tugenden. Kannst du mir nicht fünf Minuten Vorsprung lassen für den Weg? Dann muss keiner von uns so tun, als interessiert er sich für irgendwas, was der andere ohnehin nicht zu sagen hat.«

Paul zuckte mit den Schultern und zog mit gespieltem Bedauern die Mundwinkel ein. »Toni, du weißt doch, wie's ist. Die Besten unter uns prüft das Schicksal oft am schwersten.«

Baurieder ächzte. »Wie gut, dass du derart tröstliche Weisheiten auf Lager hast.«

»Wie wär's mit: Nur durch großes Leid wird große Freude erreicht?«

»Mei, schee!«, wiederholte der Kommissar und hielt Paul das Friedhofstor auf. Dann räusperte er sich. »Mir fällt ein: Ich bin ja mit dem Auto da. Und wie es der Zufall will, sind leider die Rückbank und der Beifahrersitz komplett belegt. Wir sehen uns dann bei der Metzgerin!«

»Du wirst ohnehin länger einen Parkplatz suchen. Ich warte dann dort auf dich, vielleicht!«, warf Paul ihm hinterher.

Wenig später stand er vor der bereits geschlossenen Metzgerei & Tages-Bar. Durch die große Fensterfront entdeckte er Anton Sollinger, den Hauptkommissar, im Gespräch mit Theres. Pauls Wangen fühlten sich in der Sommerhitze mit einem Mal noch heißer an.

Sie wandte sich in dem Moment zur Tür, schloss auf und musterte ihn, die Stirn gefurcht. »Ist dein Handy kaputt, Paul? Weißt doch, ich will zur Jagd.« Sie blieb im Durchgang stehen, pfiff kurz durch die Zähne. Wolfin erhob sich von ihrem Schattenplatz und stellte die Ohren erwartungsvoll auf. Mit dem Daumen deutete Theres über ihre Schulter. »Ich wär schon längst fort, wenn nicht der Leiter unserer Oberammergauer Polizei höchstpersönlich …«

»Ja, ja, schon gut.« Anton trat an Theres vorbei aus dem Laden, nickte Paul zu. »Sollte nicht der Baurieder bei dir sein?«

»War er.«

Sollinger musterte ihn. »Gut, dass wir das geklärt haben. Und bloß kein Wort zu viel formulieren.«

Paul hob die Arme. »Frage, Antwort. Was will man mehr? Falls deine Frage impliziert hat, wo er jetzt ist oder warum nicht hier … Da weiß ich so viel wie du.«

Durch den Verkaufsraum schlappten Schritte näher. Josef Hacks Gestalt nahm den Raum hinter Theres im Türstock ein.

Er polterte ein Servus. »Bist noch ned fort?«

Seine Tochter deutete auf Sollinger, dann auf Paul.

Der alte Metzger nickte. »Ihr habt kein Daheim, oder? Der liebe Gott und sein Personal müssen sich wohl nicht an Öffnungszeiten halten, hm?«

Paul verkniff sich sein Schmunzeln, erwiderte den Gruß. »Jede Zeit …«

»Ach komm, geh weiter, Paul!«, unterbrach Theres ihn lachend. »Auch die salbungsvollsten, theophilen Floskeln sind reine Silbenverschwendung. Du weißt, bei uns geht's ums Fleisch oder ums Eingemachte.«

»Hirn und Herz gehören dazu, oder nicht?«

Ihre Mundwinkel zuckten kurz. »Und beides kann man nutzen. Somit ist jede Zeit auch Zeit, selbst zu denken und was draus zu machen.«

Josef Hack brummte. »Stimmt. Oder Zeit für meine Res, ihren ehemaligen Kindergarten- und Schulfreunden die Welt zu erklären.«

»Und dir freilich auch, Babba! Nicht zu vergessen!«

»Gscheidhaferl!«

Sie hob die Arme. »Kann ich sonst noch was tun für dich, Babba?«

Ihr Vater winkte ab. »Bist du immer noch nicht bei deiner Jagd. Auf geht's, ich sperr jetzt ab.«

Paul grinste, aus dem Augenwinkel entdeckte er eine Gestalt, die sich näherte, und neben ihm hob der Hauptkommissar die Hand.

»Zu spät, Baurieder«, rief Sollinger dem Kollegen zu. »Aber du kannst mich gleich daheim absetzen. Heut passiert nicht mehr viel.«

Ein Pech. Paul verkniff sich den Sarkasmus zusammen mit dem Kommentar. Kurz wandte sich der Hauptkommissar noch mal um. »Wegen Tio …« Er schickte einen Blick zu Theres, ihrem Vater, schließlich zu Paul. »Ihr wisst Bescheid. Haltet die Augen auf und gebt die Info durch, wenn euch was ungewöhnlich erscheint.«

Theres nickte, fluchte. »Ich dacht mir schon, dass mehr hinter Tios Rückkehr nach Oberammergau steckt. Da hat sie ihre Arbeit in München, ihre eigene Kolumne zu aktuellen Themen, und plötzlich interessiert sie sich für Biografien und ein paar Traditionen auf dem Land.«

»Manchmal ist es gar nicht so gut, recht zu haben«, brummelte Josef Hack mit dem Schlüssel in der Hand.

Paul hob die Hand zum Gruß in Richtung der Kommissare. »Ich meld mich später«, warf er Theres hinterher.

»Falls du dich erinnerst, wie man ein Handy benutzt«, sagte sie, ohne sich umzudrehen, und stieg in ihren Wagen.

4. Tio – Zunder

Anfang Juli, Oberammergau, Kofelflecken

Blau schimmernde Bergkanten umfassten den Forst und rahmten die rot leuchtenden, in die Landschaft getupften Dachgauben im Dorf ein. Der Kofel warf seinen Schatten auf Tio und den Hang des Kofelflecken, darunter ein Meer aus Blattgrün und Nadelwald. Er verzerrte das Gelächter, die Rufe, ebenso das Klacken der Holzscheite, die die Männer zu Stapeln schichteten. Jedes Geräusch warf er zurück und hinab über den Wald.

Tio schabte mit ihrem Bergstiefel Erde und Gestein zur Seite und suchte am steilen Hang Halt. Langsam verlagerte sie ihr Gewicht, testete ihren Stand. Sie sah hoch zu Felix, Schorsch, Manuel und Jaggi, die unmittelbar über ihr den Querbalken eines Kreuzes aus Holzstößen formten. Die vier kannte sie noch vom Gymnasium in Ettal. Unterhalb und auch ein Stück weiter oben in dem steil abfallenden Hang mit den Gesteinsstufen des Kofelflecken schichteten andere Feuermacher die Scheiterhaufen für die Längsachse. Ein paar Männer waren dazu abgestellt, mit Kraxen auf dem Rücken von dem Holzlager in der Nähe weitere Scheite heranzuholen. Weithin sichtbar würde das Gedenkfeuer am Vorabend des 25. Augusts die Nacht erleuchten und zusammen mit den Feuern auf den anderen Bergen rund um Oberammergau an den Geburtstag von König Ludwig II. erinnern.

»Mei, geh halt bitte rüber neben den Grill!«, hörte sie Andi, den Anführer der Truppe, ihr von unten zurufen. »Da siehst auch genug und stehst nicht ganz so arg im Weg. Als hätten wir nicht genug, auf das wir aufpassen müssen. Du bist wirklich schlimmer als meine Vierjährige.«

Tio fasste nach dem Holzgebilde neben sich, hielt sich fest und schob sich weiter nach vorn an die Kante. Ein falscher Schritt und … Ob die Stufen auf dem Weg zum Abgrund bremsen oder nur mehr Schmerzen bringen? Sie runzelte die Stirn. Unterhalb von ihr legte Andi den Kopf in den Nacken. In seinem Blick nichts anderes als Missbilligung und Genervtheit; noch mehr als damals bei den Ausflügen der Landjugend, bei denen er als einer der Älteren die Jüngeren der Gruppe beaufsichtigt und sie mit Anweisungen umhergescheucht hatte. Der Ton war mittlerweile rauer und knapper – wie seine Geduld –, die Wadeln und Arme deutlich kräftiger, genauso wie der Bauch. Sein Gesicht, selbst sein dichter Bart glänzte vom Schweiß von der Anstrengung, der Sommersonne.

»Herrschaftszeitennocheins!«, fluchte er. »Am End rutschst noch aus, oder es haut dich runter, und wir haben die Scherereien«, schimpfte er weiter. »Verdient hättst es, für deine elendige Zähigkeit!«

Aus dem Augenwinkel bemerkte sie eine Bewegung an der oberen Stufe.

»Geh weiter, Andi! Es schadet nichts, wenn mal wieder über das Feuer geschrieben wird«, rief Felix von oberhalb.

Andi streckte sich ein wenig und warf eine Geste in Felix' Richtung. »Du sei gleich ganz still! Du hast mir den Schlamassel eingebrockt.«

Tio zog die leichte Jacke etwas enger gegen die rauen Laute und den Wind an dem trüben Sommertag auf dieser Höhe. »Ich war am Steig genauso schnell wie ihr, selbst mit der Kraxe über die ganzen Höhenmeter«, hob sie zu ihrer Verteidigung an.

»Die deutlich weniger bepackt war als unsere«, korrigierte Andi sie.

»Wenn ich mich recht erinnere, bin ich nicht einmal gestolpert oder ausgerutscht auf dem batzigen Weg heut. Oder, Schorsch, wie ist da deine Erinnerung?«

Der zog den Unterarm über seine Mundpartie, das Holzscheit in seiner Hand knapp am Gesicht vorbei. Die ersten grauen Haare blitzten in seinem kurzen braunen Haar im Sonnenlicht, seine Sommersprossen knautschten sich beinahe so zusammen wie das krumpelige Shirt mit den ausgerissenen Ärmeln, das stellenweise im Bund der Arbeitshose steckte. Er winkte ab und murmelte etwas von »Opfer für die Gemeinschaft«.

»Vielleicht braucht ihr ja noch ein bissl mehr weibliche Verstärkung«, fuhr sie fort.

»Was hast gerade gesagt, Frau Schreiberin?« Andi richtete sich auf. Er trat näher und stemmte die Hände in die Hüften. »Weibliche Verstärkung? Du weißt doch, wie es ist bei den Feuermachern.« Sein Hemd spannte auf Brusthöhe und am Bauch. »Und: So oder so brauchen wir nicht noch ein paar mehr, die uns im Weg rumstehen wie du. Du warst schon recht lang nimmer in den Bergen, was? Hat die Luft in der Stadt dir nicht so gutgetan, Tio?«

Sie schob sich zur Seite, vergewisserte sich, dass zwischen ihr und der Kante der Gesteinsstufe noch genug Boden war. Sie bemerkte den Blick von Felix und sein Schmunzeln an Andi vorbei. »Warst du grad auf Urlaub, als ich euch an den Leitern überholt hab und als

Erste hier angekommen bin? Wenn man hier aufwächst, stecken die Berge in einem drin. Das geht nicht weg«, schoss sie zurück und hob ihr Kinn fordernd.

»Gentlemen, die wir sind, haben wir dir den Vortritt gelassen«, merkte Felix an und griff nach weiteren Holzstücken, drehte sich jedoch nicht sofort wieder zu seinem Stapel, sondern zwinkerte ihr zu.

»Bist zum Arbeiten hier oder zum Schmarren?«, rief Andi zu ihm hoch. Auf seinen Wink hin näherte sich von der Seite ein anderer Feuermacher mit einem Arm voll Holz und reichte die Scheite an Jaggi. Wie in einer Staffel wanderten sie weiter zu Schorsch, Felix und Manu. Manu zögerte, dann gab er Scheit für Scheit an Tio und sie das Holz schließlich an Andi. Nach all den Jahren wich Manu ihrem Blick aus, seine Miene wirkte grimmig, seine Wangen brannten.

Nur wenige Fingerbreit war er kleiner als Andi und Felix, und gegenüber Jaggi und dessen Bergmassiv von einer Schulterpartie wirkte er lediglich schmaler, verbissener. Seine Brauen hielten sich beständig zweifelnd, fragend über seinen Augen, die gerahmten Brillenkreise verstärkten das. Vielleicht lag es an den gelockten Strähnen, die ihm wie damals und nach wie vor zu lang in die Stirn fielen, aus der er sie alle paar Minuten strich. Sein Hemd wirkte wie ein minzfarben-wildgemusterter Versuch, den Türsteher eines Clubs zu verwirren, falls der Bart nicht genügte und bevor ein Blick auf den Ausweis die Wahrheit verraten würde. Er sah noch immer aus wie damals mit siebzehn.

Ausgerechnet mit dem war ich im Sommer nach dem Abi zusammen, dachte Tio. Und fast zehn Jahre später schafft es gerade so ein Hallo über seine Lippen.

Nur weil es für mich nicht mehr war als ein paar schöne Abende und Nähe.

Manu fuhr herum und drehte ihr den Rücken zu.

Tio wandte sich wieder Andi zu, räusperte sich. »Wie kann's sein, dass immer noch nur die Mannsbilder dafür zuständig sind, die Feuerstellen für das Gedenkfeuer aufzuschichten? Am Kraxeln kann's nicht liegen.«

»Komm schon, Tio!«, kam Felix' Stimme von hinten. »Erbrecht, das weißt du doch, das war schon immer so, dass es bei den Feuermachern seit 1888 vom Babba auf den Buben geht. Die Plätze gehören den Familien schon seit Generationen, und das ist auch richtig so. Oder haben deine studierten Kolleginnen dich in München so aufgehetzt, dass man jetzt selbst das hinterfragen muss?«

Um Andis Mund zogen sich die Falten schärfer und tiefer, wie um seine Augen. »Auweh! Man bleibt wirklich nirgends verschont von dem ganzen Gleichberechtigungs- und Gender-Thema. Ist das dein Ernst, Tio?« Er musterte sie, dann schickte er ein Lachen hinterher, als scherze er und hätte das Gesagte nicht so gemeint. »Ich dachte, du bist cool! Du bist doch hier aufgewachsen, du kennst die Traditionen und weißt, wie wichtig die sind. Da muss man nicht alles mit der Brechstange verändern. Gib den Dingen einfach ihre Zeit.«

Sie bemerkte, wie Manu sich im Hintergrund wieder zu ihnen wandte. Als er ihren Blick bemerkte, fuhr er herum und schichtete seinen Stapel weiter.

»Von allein ändert sich nie was. Aber ich dacht mir schon, dass eine Frau bei den Feuermachern bedeutet, die Erde tut sich auf und verschlingt ganz Ogau«, hakte sie nach.

»So schaut's aus, Frau Schreiberin. Du hast doch heut selbst gemerkt, wie glitschig der Weg sein kann, vor allem mit einer Kraxen auf dem Rücken. Vierhundert Höhenmeter klingen nicht viel, aber zum Abstürzen und sich was Brechen reicht es. Da sind wir Mannsbilder einfach robuster.« Andi lachte auf. »Wir machen die Arbeit, und gut ist's.«

»Ist das so?« Tio zuckte mit den Schultern. »Und wenn ein Mädel aus einer Feuermacherfamilie da Bock drauf hat, was spricht dagegen, sie mitmachen zu lassen, solange sie ihren Anteil genauso schleppt? Mittlerweile dürfen beim traditionellen Memminger Bachausfischen Frauen auch mitmachen.«

»Ach mei, freilich hab ich von dem Urteil gehört. Na und? Memmingen ist weit weg, und hier bei uns ist der Brauch ein ganz anderer. Mein Vater war auch schon Feuermacher und der Großvater davor auch. Selbst wenn meine Tochter mal wollen würde …« Er zuckte mit den Schultern. »Es ist halt nun mal so, und so haben wir das immer schon gemacht. Schau: Das ganze Holz muss irgendwer schlagen und hochschleppen auf die Berge und oben bei der Krone auch noch zusammenzimmern. Da muss man schon ein bisschen was aushalten. Grisperl können wir ganz sicher nicht brauchen, die halten uns nur auf. Da kannst du noch so viele Fragen stellen und moderne Berichte schreiben. Am Ende sind's eh nur ein paar gedruckte Worte.« Andi winkte ab. »Ganz gleich, wie groß und bekannt die Zeitung ist, in der die stehen.«

Felix räusperte sich hinter ihr. Sie drehte sich um. Er fasste sein dunkelblondes Haar zu einem Knoten und zuckte mit den Schultern. »Warum schreibst du eigentlich nicht einfach für die Lokalnachrichten hier? Dann kannst du auch wieder hier wohnen. Übers Luggi-Feuer kannst genauso gut für unsere Zeitung berichten, da musst nicht bis nach München. Hier ist es doch gut so, wie's immer schon war. Wir kümmern uns um alles und machen, was wir immer machen. Und die Leut haben eine schöne Sommernacht mit Feuer und Musik zum Geburtstag vom Kini.«

»Und es braucht kein Madl vom Land, das den anderen erzählen will, ob's hier nun auch Frauen bei den Feuermachern braucht«, setzte Andi hinterher.

»Ein Mädchen vom Land … stimmt! Unser aller Lebenstraum.« Tio drehte sich zu Andi um und sah ihn gerade noch die Augen verdrehen. »Außerdem wurden auch beim Passion immer wieder die Regeln angepasst. Das zeigt, es ist möglich, Traditionen zu bewahren und trotzdem mit der Zeit zu gehen.«

Andi öffnete den Mund, seine Augenpartie verengte sich, er starrte sie an. »Der Passion …«, murmelte er nur. Dann klappte er den Mund wieder zu. Seine Miene wirkte düsterer als zuvor, sein Blick irritierte sie. Im nächsten Moment lächelte er, als wäre nichts.

Tio tippte in die Notizapp ihres Handys, steckte es weg. »Der Passion – und vor allem jede Tradition – hat irgendwann mal angefangen. Und dann kommt Wiederholung und Wiederholung und Wiederholung, bis etwas zum Brauch wird. Rund einhundertfünfundzwanzig Jahre Ludwigsfeuer heißt: Vor zweihundert Jahren gab es das noch nicht. Jeder Brauch war anfangs Veränderung des Althergebrachten.« Sie stemmte die Hände in die Hüften. »Und wer hätte gedacht, dass man im traditionellsten Bayern Leuchtfeuer für einen König entzündet, der sich heute vermutlich offen zu jenen Menschen und Minderheiten bekennen würde, die gesellschaftlich immer verachtet und geringgeschätzt waren?«

»So ein Schmarrn!«, kam es fast unisono von oben und unten.

Der Anführer des Trupps deutete Richtung Südwesten. »Linderhof, Neuschwanstein, Herrenchiemsee ... Für die Schlösser hat sich unser Kini ein ordentliches Festl zum Geburtstag verdient. Du weißt doch selbst, dass uns all das auch Touristen beschert. Und unserem Passion hat er auch geliebt.«

Ohne ein Scheit Holz in der Hand trat Felix neben Tio. »Und das damals weltgrößte Denkmal spendiert, zu Ehren der Passionsspiele«, ergänzte er. Er blinzelte ihr zu und steckte sie an mit dem Lächeln, das bis in seine Grübchen tanzte.

Andi nickte. »1875. Lauter großartige Dinge.«

»Manche schenken Blumen oder Schmuck, ein König zeigt seine Begeisterung für die Aufführung vom Passion mit einem Denkmal. Ja, ja«, leierte sie. »Eure Erinnerung reicht schon noch so weit zurück, dass ihr wisst, dass ich wie ihr in der Grundschule alles zum Passion und dem Geschenk vom Kini auswendig lernen musste, oder? Es hat Jahre gedauert, die Stimme von unserem Geschichtslehrer, Herrn Weber, mitsamt den Rahmendaten zur Kreuzigungsgruppe aus meinem Kopf zu löschen.«

»Geschichtsfeldwebel, meinst du«, schlug Felix vor und lachte. »Tausendeinhundertvierzig Zentner Kelheimer Marmor. Wie kann man das je vergessen?«

»Danke für die Erinnerung«, gab sie zurück. »Wie könnte ich ohne dieses Wissen nur weiterleben.«

»Ja, ja. Tu nicht so.« Andi winkte ab. »Madame sprechendes Lexikon, jeden Sommer als Tourguide in Schloss Linderhof. Die eine Führung damals mit meinen Schwiegerleuten bei dir büß ich heut noch. Jedes Mal, wenn sie zu Besuch sind und unser Maxi unbedingt wieder seine Flöte üben will, statt mit seinen Autos zu spielen oder draußen einfach zu bolzen, darf ich mir anhören, wie wichtig unserem Kini die Kunst war und er auch deswegen die berühmten Schlösser für uns alle hingestellt hat. Als hätte einen der Besucher interessiert, was ihn bewegt hat. Die interessieren sich auch nur dafür, ob er irre war oder nicht, Mannsbilder oder Weiberleut wollte. Am Ende zählt, dass er uns Geld bringt, Hauptsache, die Touristen kommen. Auch wenn das bedeutet, dass meine Schwiegerleut ein Argument gegen mich haben, weil der Bub ja so schön Flöte spielt und man ihn das gefälligst üben lässt.«

Tio schmunzelte, schob ihre Brille hoch. »Na, sieh es mal so: Vielleicht schreibt dein Sohn auch noch Opern wie Wagner, und die Touristen kommen dann seinetwegen.«

»Schmarrn!« Andi wischte durch die Luft. »Höchstens wenn er einen Förderer findet wie den Kini. Und da sieht's mau aus dieser Tage.«

»Siehst du, so ist das. Wäre der Luggi wie alle anderen seiner Zeit gewesen oder hätte er sich in allem beugen müssen, gäbe es weder Schlösser noch Opern noch Touristen. Dann wäre nichts da, was am Ende zählt – oder zahlt.«

Andi lachte, und die Knöpfe an seinem Hemd schienen zu knarzen. »Mei«, sagte er. »Mehr Unruhe für alle, würd ich sagen. Aber was soll's? Die Welt ist, wie sie ist, und mein Bub wird die Flöte auch noch aufgeben. Ausnahmen können die anderen sein – oder du, wenn du hier bleibst. Vielleicht stellst dann auch fest, dass du diesen ganzen Ehrgeiz und die Vielfalt und die Karriere nicht brauchst als Frau und andere deswegen auch nicht mit neunmalg'scheiten Vorträgen nerven musst. Vielleicht findst hier eher einen Kerl und das, was im Leben zählt. Nicht nur Forderungen stellen und Arbeit.«

Tio zog die Braue hoch und krauste die Nase. »Hab ich ein Glück, dass ich jemanden wie dich kenne, der mir erklärt, was wirklich zählt. Im Moment bin ich recht zufrieden mit dem, was ich bin. Sollte sich das ändern, geb ich freilich als Erstes dir Bescheid.«

»Schaden würd's auch nicht, mit einem Mannsbild«, polterte der Anführer der Feuermacher und zwinkerte Felix zu, der sich über die Wange wischte und kurz den Blick senkte.

Andi kletterte die Stufe hinauf und schlug ihm auf die Schulter. »Der Felix kann dir noch die Infos geben, was die Kapelle zum 24. August spielen wird. Damit kennt er sich aus – wie die Musik spielt.«

»Depp!« Felix schnaubte.

Als ob nicht jedes Kind hier auswendig weiß, was die Blaskapelle anstimmt, pünktlich um neun. Tio seufzte entnervt.

Bis die Truppe die Holzstapel regensicher abgedeckt hatte, checkte Tio ihr Smartphone. Die eine E-Mail in ihrem Mail-Eingang leitete sie wieder direkt an die Polizei weiter. Die ersten Kommentare zu ihren Posts auf Twitter und Instagram frästen sich schon unter ihre Haut, Worte voller Hass in ihren Kopf. Sie steckte das Handy weg, nahm sich vor, die User zu melden.

Auf dem Weg zurück ins Tal lauschte Tio am Ende des Zuges den Gesprächsfetzen der anderen. Fast am Friedhof angekommen, ließ Felix sich bis zu ihr zurückfallen.

Sie drehte sich zu ihm. »Danke dir fürs Mitnehmen heute. Ich hoff, es gibt nicht zu viel Stress mit dem Andi deswegen.«

»Hat mich schon ein bissl Überredung gekostet. Ich würde sagen, du schuldest mir dafür mindestens einen Kaffee.« Um seinen Mund bildeten sich wieder die Grübchen, und ihre Wangen fühlten sich ein wenig wärmer an, obwohl der Sommertag kein warmer war, noch weniger am Berg.

»Deal«, meinte sie, lächelte. Die gemeinsame Zeit im Lieferdienst von Theres – den Hack-Flitzern – lag schon etwas zurück. Wie warm sein Lächeln war, wie angenehm sein Schweigen, fiel ihr jetzt wieder auf. Für ein paar Momente brannten die Hassnachrichten und Kommentare nicht mehr ganz so schlimm in ihren Gedanken.

5. Theres – Rückkehrer

Mitte Juli, Oberammergau, Metzgerei & Tages-Bar Hack

Die Türangeln des Hinterausgangs quietschten, dann klackten Schritte über die Fliesen, die Tür des Schlachthauses krachte zu. »Ich hab die Vorschau.«

Theres drehte ihr Handgelenk und kurz den Kopf über die Schulter. »Einen Moment!«, sagte sie. Dann wandte sie sich wieder der Aufgabe vor sich zu und verengte die Augen. Durch den Spalt zwischen Knochen und Fleisch zog sie die Klinge. Ein Schnitt trennte Sehne von Knochenhaut, löste das Muskelfleisch. Sie schob mit der Schneide die Gebeine zum Rand der Edelstahlfläche, das Fleisch in die Schalen. Dann wischte sie die Klinge und ihre Hände an einem Tuch ab. Schließlich trat sie zurück von der Schlachtbank und zum Waschbecken, warf die Schürze zu Boden.

Theres hob die Hand und signalisierte Tio, in Richtung Laden zu gehen.

»Du bist ab morgen online. Mit Bildern. Und in der gedruckten Ausgabe bist du auch.«

»Mei.« Theres seufzte. »Wolltest du mir den Artikel nicht vorher zeigen?«

»Er ist unvergleichlich geworden, eloquent, witzig, charmant, mit nie da gewesenen Eindrücken und in besonders frischer Qualität«, pries Tio ihre Arbeit an, schlappte hinter Theres her. »Reicht das nicht?«

»Pfffft.« Theres trat in den Laden, warf einen Gruß in den Raum. Von ihren Angestellten und Kunden kam ein Gruß zurück.

Ihr Vater schlappte hinter der Theke zum Sitzbereich, in der Hand eine Bowl mit verschiedenen Salaten, Linsen und gebratenen Stücken von Wild.

»Servus, Res! Grüß dich, Tio!« Er nickte in ihre Richtung. Die Schale stellte er auf einen der Tische mit den abgeschrammten Holzplanken der Tages-Bar, neben Bechern voll Kaffee, Gläsern mit zäh-farbleuchtenden Gemüse- und Obst-Press-Smoothies, Tellern wie Kunstwerke, bereit, so fotografiert wie verschlungen zu werden, dahinter und darum: Gäste.

»Servus, Babba Hack!«, grüßte Tio.

»Servus, Babba«, brummte Theres und stoppte am Kaffeemonster, füllte die Siebträger. Mit zwei Tassen Milchkaffee trabte sie an ihren Lieblingstisch. Neben der Ladentür hob Wolfin die Schnauze, ihr Schwanz wippte und wischte in schnellem Takt über die Fliesen. Die Hündin wechselte von ihrem Ruheplatz an der Fensterfront zum Tisch und begrüßte Theres mit einem Stups gegen die Hüfte.

Tio wuschelte durch Wolfins Fell und hielt ihr aus ihrer Jackentasche ein Leckerli hin. »Ich bin immer vorbereitet, Metzgerin. Du kennst mich doch lang genug«, kommentierte sie Theres' anerkennenden Blick. Sie schob ihr den Laptop mit dem angezeigten Artikel über den Tisch. »Wir haben entschieden, die paar Silbersträhnen in deinem Haar nicht zu retuschieren. Das harmoniert besser mit Wolfin.«

»Harmoniert besser mit meiner Hündin?« Theres hob die Brauen. »Ich wusste, der Inhalt ist zweitrangig, Hauptsache Hund und Dog-Content. Aber sag, Frau Journalistin: Wer steht gleich noch im Mittelpunkt des Artikels?« Demonstrativ legte sie Daumen und Zeigefinger ans Kinn. »Ich, Wolfin, mein Leben an der Seite der Frau mit den Messern.«

»Das klingt ausgezeichnet, und du weißt: Was mit Hunden kommt immer gut, falls der Text über die Metzgerin, Jägerin, Hobbyermittlerin nicht zieht«, zog Tio sie auf. »Ich finde, die Überschrift sollten wir nehmen. Andererseits: *Die Frau, die Wien für den Tod verlassen hat, oder: Wie ich die Liebe meines Lebens im Tod fand,* wäre irgendwie auch griffig.«

»Die Liebe meines Lebens? Der Tod.« Theres nickte. »Das passt.«

»Geht man als Metzgerin etwa nicht mit seinen Schlachtmessern ins Bett?«

Theres schmunzelte über den Sarkasmus in Tios Stimme und zwinkerte der Jüngeren zu. »Wer kann dieser Schärfe schon widerstehen?«

»Versteck dich ruhig hinter Sarkasmus.« Tio klappte ihre Handflächen nach außen. »Der Punkt ist: Die Artikel zahlen meinen Traum. Wenn meine Artikelreihe fertig ist, spätestens im Herbst, will ich nach London oder nach Ungarn, Budapest, und dort als Journalistin arbeiten, darüber schreiben, was dort grad passiert.«

Theres vertiefte sich in die Lektüre, hob kurz darauf den Kopf. »Du wolltest doch immer für eine große Münchner Zeitung arbeiten. Jetzt bist du immerhin freie Journalistin dort …«

Tios Blick glitt an ihr vorbei und an einem Punkt hinter ihr in die Ferne. »Ich liebe München. Ich …« Sie blinzelte, verschwand hinter einem großen Schluck Milchkaffee. Nach einer Weile räusperte sie sich. Sie zog ihr Notizbuch heraus und ein Stück Papier. Sie klappte es auf und schob es in Theres' Richtung, tippte mit dem

Zeigefinger auf die gefakte Todesanzeige. »Die Polizei weiß Bescheid, die Tonis hier auch.«

Theres hielt den Blick, ließ sich nicht anmerken, dass sie wusste, welchen Anfeindungen Tio ausgesetzt war. Vielleicht ahnte Tio das, ging aber nicht darauf ein.

»Im Moment ist es besser, wenn ich nicht in München bin. Wenn alles klappt, kann ich als Auslandskorrespondentin arbeiten. Mein aktueller Vorsatz lautet: Kohle verdienen, sparen, Karriere voranbringen. Und das hier hinter mir lassen.«

»Du gehst fort, und der, der das tut, darf bleiben?« Theres deutete auf die Grafik. Sie sah, wie Tio sich abmühte, ihre Miene unbewegt zu halten. Zwischen die Tassen legte Theres ihr Handy auf den Tisch und öffnete eine App mit Tios Twitter-Beiträgen und den Kommentaren darunter. »Was ist damit? Das ist nicht nur in München, sondern auf all deinen Accounts, überall. Tio, bist du sicher, dass du dir das antun willst? Jedes Mal üble Beschimpfungen, wenn wieder ein Artikel von dir erscheint. Hätte ich nur zehn Prozent dieser Kommentare bei meinen Posts, ich hätte längst alle Online-Präsenz aufgegeben. Dabei sind deine Artikel …« Theres hielt inne, überlegte. »Geschichten über Lebenswege. Vor allem aber: inspirierend, frische Gedanken mit einem neuen Blick und mutig. Bitte hör keinesfalls auf zu schreiben, aber vielleicht gönnst du dir online eine Pause?«

Die Schultern der Journalistin sanken, mit beiden Händen rieb sie sich übers Gesicht. Dann richtete sie sich auf. Sie faltete den Zettel zusammen, steckte das Notizbuch wieder ein.

»Ja«, sagte sie. »Überlege ich mindestens einmal pro Woche. Aber wer erzählt dann davon, was es heißt, anders zu sein, Frau zu sein, zu einer Gruppe zu gehören, die nicht Zugang zu denselben Chancen, demselben Schutz, denselben Förderungen hat. Wenn ich zurücktrete, verstummt meine Stimme. Ich will diesen Hassern nicht auch noch dieses Feld überlassen, die sind ohnehin laut. Leute wie du dagegen, die sich für andere einsetzen, die sind damit beschäftigt, die Welt am Laufen zu halten und ihre Energie fürs Machen statt fürs Labern und für Ärger zu verschwenden. Die sind mehr in unserer Gesellschaft, machen mehr dafür, aber die sieht man nicht. Zu machen ist wichtig, aber von diesen Dingen zu erzählen eben auch.«

»Hm.« Theres presste die Lippen zusammen, nickte. Sie beugte sich ein wenig zur Seite und durchkämmte Wolfins Fell. Nach einer Weile sah sie auf. »Irgendeiner muss es ja tun und irgendwer davon erzählen?«

»Und aufstehen gegen Ausgrenzung, gegen Hass und die Trolle.« Tio nickte.

Von der Theke stiefelte der Babba herüber. Stellte eine Karaffe Wasser und zwei Gläser zwischen sie auf den Tisch. »Alles recht bei euch? Ihr seht grad aus wie …«, achselzuckend hob er die Arme, »dem Boandlkramer sein Mantel. Düster und verkrumpelt. Nicht, dass ihr die Kundschaft noch verschreckt. Die Leut bleiben heuer eh schon am liebsten daheim und lassen sich unsere Sachen liefern.« Grimmig schaute er Theres an. »Du weißt genau, dass wir zu wenig Hack-Flitzer haben.«

Tios Miene entspannte sich. Sie griff nach der Karaffe. »Theres: Wenn das so ist und du noch einen Platz in deiner Truppe für mich hast … Ich wär nicht abgeneigt. Ein bisschen was dazuverdienen hilft.«

»Bei meinen Hack-Flitzern?«

»Ich mach die Verträge fertig«, griff ihr Vater sofort auf. »Die Res bringt sie dir nachher vorbei oder mailt sie dir. Deine Daten haben wir ja noch.«

Theres zog die Brauen hoch. »Babba, im Ruhestand verwandelst du dich zu meinem ambitioniertesten Angestellten.«

»Ruhestand oder nicht, trotzdem noch mein Laden, und von nix kommt nix. Solltest du wissen, Kind!« Er winkte ab und stapfte zurück zur Theke und zum nächsten Kunden.

Theres wandte sich wieder zu Tio. »Wenn du magst, kannst du morgen anfangen oder nächste Woche. Apropos: Felix müsste gleich von seiner Runde zurück sein. Mit ihm kannst die Pläne durchgehen und festlegen, ab wann es für dich passt, eine Tour zu übernehmen. Der Babba macht dann alles fertig.«

Tio nickte. »Nächste Woche passt besser. Ich muss noch was fertigschreiben, und an dem Bericht übers Ludwigsfeuer will ich auch noch arbeiten.«

»Passt auch.« Theres stand auf. Sie musterte Tio und zeigte auf den Laptop und die geöffnete Datei. »Ich mag das, und viele werden es lieben. Und es hat seinen Grund, warum es heißt, viel Feind, viel Ehr. Wobei richtiger wäre: Viel Ehr, viel Feind.« Dann deutete sie auf die Schale mit Milchkaffee vor Tio. »Ich bring dir noch einen. Bleib ruhig sitzen, wenn du hier noch ein wenig arbeiten willst.«

Wolfin begleitete Theres zum Kaffeemonster, zu Tio zurück und wieder zur Theke. Am Durchgang zum Hintergebäude verharrte sie und hielt ihre Schnauze in die Luft. Wenig später begrüßte sie Felix, der im Türstock erschien. Wie er dort stand, wirkte alles an ihm gehetzt, selbst sein Gruß. Theres winkte ihn mit sich, weg von den Kunden an der Theke zu den Tischen. Er ratterte durch den Bericht von seiner heutigen Tour. Erst als Theres ihre Frage ein zweites Mal stellte, antwortete er. »Was ist los, Felix?«

»Können wir die Planung der Touren auf morgen verschieben, oder übermorgen? Ist das okay?« Felix' Hand fuhr in den Nacken.

»Klar«, schob Tio ein.

Felix blinzelte, erst jetzt bemerkte er seine frühere Kollegin, seine Wangen röteten sich.

Er sah von ihr zu Theres, senkte dann den Blick, den Kopf, niedergedrückt wie von einer Last. »Ich muss gleich los. Der Omel geht's schlechter, meine Eltern haben sie vorhin ins Krankenhaus gebracht, und der Pfarrer war wohl auch schon da wegen der Salbung und dem Segen.«

»Das tut mir so leid, Felix.« Theres legte ihm eine Hand auf die Schulter. »Ihr hattet es die letzten beiden Jahre ohnehin schon schwer genug. Sag deinen Eltern einen Gruß und gute Besserung deiner Oma, trotzdem.«

Tio räusperte sich und lehnte sich ein wenig vor. »Krankenhaus ist doch erst mal gut. Und Krankensalbung heißt ja auch, dass sie … dass sie um Segen bittet und gesegnet wird für …«

»Für den letzten Weg«, ergänzte Theres trocken. Sie nickte Felix zu. »Aber wer wüsst besser als der Boandlkramer, warum es Krankensalbung heißt und nicht mehr letzte Ölung. Gibt genug, die ihm danach von der Schippe gesprungen sind.«

»Dein Wort in Gottes Ohr, Metzgerin. Ich hoff, das gilt für die Omel auch.« Felix seufzte und verabschiedete sich. Theres begleitete ihn bis zur Theke, sah ihm kurz nach auf dem Weg zum Durchgang ins Hintergebäude.

»Ich schreib dir wegen der Touren, ja?«, rief ihm Tio hinterher. Im Aufstehen leerte sie den Milchkaffee und packte ihren Laptop ein. Zwischen einem kurzen Blick auf Theres und auf dem Weg zur Ladentheke tippte sie auf ihrem Handy. »Dir schick ich gleich …« Sie stoppte mitten im Satz, ihr Blick schien auf dem Display festzukleben.

Theres verengte die Augen, wartete. »Tio?«, sagte sie nach einer Weile. »Was ist los?«

Die Journalistin schreckte zusammen. Sie stopfte das Smartphone in ihre Tasche und starrte Theres an, nickte, als hätte sie nicht ein Wort gehört. Sie hob die Hand und wandte sich zum Ausgang. »Nur eine E-Mail«, murmelte sie und zog die Tür auf. »Bis dann, Res!«

6. Tio – DenkMal

Ende Juli, Oberammergau, Am Osterbichl

Am Osterbichl, auf dem Plateau mit der Kreuzigungsgruppe, drapierte Tio ihre Regenjacke vor dem Gitter um das Denkmal auf die schmale Stufe, setzte sich und lehnte sich dagegen. Ruhe legte sich um sie. Sie sog die vom Regen der letzten Stunden durchtränkte Luft bis tief in ihren Bauch. Torfig, modrig roch sie, nach Erde und Moos, Gras, das vor Kurzem gemäht worden war, und nach dem Wald mit seinem feucht gesogenen Grün. In ihrem Rucksack verstaute sie noch ihre Kamera, fischte das Handy heraus. Es vibrierte, aber nicht mit dem Alarm, der sie an ihren Einsatz bei Theres' Hack-Flitzern in einer Stunde erinnerte. Ihr Stirnrunzeln verwandelte den Niesel in einen Tropfen und bahnte ihm den Weg von Stirn über Nasenspitze, von wo er in die Mitte der Nachricht auf ihrem Handy platzte. Betupfte ihre Stirn, ihre Nase, die Wangen.

Tio checkte die Absenderadresse, eine kryptische Bezeichnung. Das Smartphone verschwand in der Innentasche ihrer Jacke. Das bekannte, beunruhigende Gefühl glitt tiefer unter Tios Haut und in ihren Bauch. Vor ihren Augen verschwammen die Baumstämme und das Grün des Wäldchens. Ihre Gedanken wanderten davon. Sie schloss die Augen.

Von unterhalb knarzten Schritte über den Pfad, zerbrachen die Stille. Sie schreckte zusammen. Wer …?

Sie fuhr hoch, versuchte, etwas zu sehen. An der Ecke des Gitters vorbei beugte sie sich zur Seite. Die Aussicht auf Oberammergaus Dächer lag frei vor ihr, doch noch sah sie niemanden. Tio stemmte sich hoch und trat in die Mitte der Plattform vor das Denkmal, blinzelte, dann noch mal.

»Was …«, murmelte sie und stapfte zu den Treppenstufen. Erstaunt trat sie einen Schritt zurück. »Manu? Was machst ausgerechnet du hier?«

Auf der Hälfte der Treppe blieb er stehen, rieb sich den Nacken. »Hi!«

»Was willst du hier?« Tio stemmte die Hände in die Hüften.

Er zuckte mit den Schultern. »Ich hab dich vorhin auf dem Rad gesehen, vorne an der Ammer beim Abbiegen. Hab vermutet, du bist hierher unterwegs für deinen Artikel übers Ludwigsfeuer.«

»Bei allen anderen Gelegenheiten bringst du's nicht über dich, mir Hallo zu sagen. Aber als du gesehen hast, ich bin allein und zu einem abgelegenen Ort unterwegs …« Sie deutete auf das verlassene Plateau. »Da dachtest du, du folgst mir hierher?«

»Warum nicht?«

»Denk mal drüber nach.« Tio zuckte mit den Schultern. »Würd ich dich nicht kennen, wäre es creepy. Unheimlich.«

Manu wich ihrem Blick aus. »Du gehst nicht ans Telefon, wenn ich anrufe.«

»Du hast versucht, mich anzurufen? Ich gehe nicht ans Telefon bei Nummern, die ich nicht kenne. Wieso … Ach, vergiss es. Eine Nachricht zu schreiben, wäre auch eine Möglichkeit gewesen.« Tio schüttelte den Kopf. Sie trat näher zum Denkmal, lehnte sich gegen das Gitter, entfernte sich von Manu. »Seit Ewigkeiten weichst du mir aus. Und jetzt auf einmal ist es dringend, mit mir zu reden? Warum nicht vor zwei Wochen in der Machbar? Da warst du doch auch.«

»Wo du mit Pat warst und Felix dazukam?«

»Genau«, bestätigte sie. »Oder weichst du aus, sobald andere dich mit mir sehen?«

»Ich weich dir nicht aus. Ich krieg auch mit, was du machst, deine Artikel und online, ich hab dich nicht aus meinem Leben gestrichen, im Gegensatz zu dir. Du hast nach dem Abi Schluss gemacht und studiert und jetzt bist was Besseres und tust so, als kennst du mich nicht mehr. Jetzt wirfst mir vor, wenn ich es genauso mach.« Er kam die restlichen Stufen nach oben. »Wenn man sich eh nicht sieht, braucht man auch nicht reden. Aber jetzt bist du die ganze Zeit hier, bist im Dorf unterwegs mit deinen Artikeln zum Luggi-Feuer und rund um die Leut hier in der Gegend oder im Lieferdienst von der Metzgerin. Und mit Felix sieht man dich ganz schön oft.«

Sie runzelte die Stirn. »Was hat das mit Felix zu tun? Bist du eifersüchtig? Und selbst wenn … Komm schon, Manu. Teenager waren wir vor zehn Jahren. Was ich mit wem mache oder nicht, spielt keine Rolle. Lass uns einfach normal miteinander umgehen, okay?«

»Das meine ich gar nicht.« Manu trat an die Absperrung. Er umfasste zwei der Gitterstäbe und legte den Kopf in den Nacken. Ihr ehemaliger Klassenkamerad betrachtete die Jesusfigur am Kreuz, die marmornen Maria und Johannes, Tio betrachtete ihn verwundert.

Nach einer Weile drehte er sich wieder zu ihr. »Weißt du, die ganzen Hasskommentare online und auch, wenn wir uns bei den Feuermachern untereinander unterhalten, Tio … Vielleicht würde ein versöhnlicherer Ton helfen. Du musst ja nicht gleich jedes Mal immer und überall fordern, dass sich Dinge ändern müssen oder dass Frauen stärker mitmischen sollen. Das würde dir sicher auch helfen und weniger Stress für dich sein.«

Bitte, was?

Er lächelte und zog die Schultern hoch, als würde er ihr nur einen gut gemeinten Rat geben. Tio presste ihre Lippen aufeinander, ballte ihre Hand. Nach ein paar Atemzügen räusperte sie sich. »Ich soll also lieber nett und brav sein und nur Themen aufgreifen, die niemanden aus seiner Gewohnheit schrecken, verstehe ich dich da richtig? Andernfalls bin ich selbst schuld, wenn ich fiese Kommentare erhalte?«

Manu lehnte sich gegen das Gitter, die Arme verschränkt. »Du bringst nur die Leut gegen dich auf. Was bringt das schon?«

»Zum Beispiel bringt das, dass die Leut sich vielleicht erst ärgern, dann nachdenken und am Ende du nicht jemanden heiraten musst, den deine Eltern für dich aussuchen, oder dass du Schulbildung erhältst, geregelte Arbeitszeiten hast. Das ist das Ergebnis, wenn Menschen wie ich über Missstände schreiben. Sie werden sichtbar, und was sichtbar ist, kann man verändern.«

Er schnaubte ein Lachen. »Missstände aufdecken, damit ich am Ende nicht die Falsche heirate?« Manu winkte ab. »Vielleicht gäbe es aber auch einfach mehr Zufriedenheit, wenn nicht alles aufgedeckt ist. Und nicht jede wollte in die Stadt und Karriere machen und unabhängig sein, so wie du.«

»Ist doch gut«, entgegnete sie. »Die, die wollen, gehen in die Stadt und folgen ihren Träumen und einer

Karriere. Die, die hierbleiben wollen, bleiben hier. So findest du einen Menschen, der dich will, nicht nur einen, der dich braucht oder keine andere Wahl hat.«

»Ach, komm!« Manu winkte ab. »Die Diskussion habe ich oft genug auf deinen Accounts gelesen.« Er stieß sich von der Umrandung ab. »Ich wollt dir nur sagen, was die anderen dazu meinen. Vielleicht denkst darüber nach.« Er ging auf sie zu und streckte ihr die Hand entgegen. »Und was uns angeht: Sorry! Tut mir leid, dass ich es nicht früher geschafft hab, mit dir zu sprechen.«

Ein Friedensangebot? Einfach so? Tio versuchte, in seinem Gesicht zu lesen, was er beabsichtigte. Irgendetwas an seiner Entschuldigung fühlte sich eigenartig an.

Sie schluckte, drehte ihm kurz die Handflächen zu. »Ich hab mich für die Fotos vorhin im Gras und auf der Erde aufgestützt und nichts dabei zum Desinfizieren.« Dann zwang sie ein Lächeln in ihr Gesicht. »Aber danke, dass du mich hinweist auf die Diskussionen, die ich auslöse. Lass uns einfach schauen, dass wir einander entspannt und mit einem gewissen Abstand begegnen.«

»Okay, versteh ich«, sagte er und deutete zum Weg nach unten. »Ich werd dann mal wieder los. Wir sehen uns ja. Und wegen Felix …« Kurz hielt er inne, sah sich um. »Du weißt, dass das mit dem Hotel seiner Eltern nicht so easy war, und dann mit seiner Oma zurzeit, das gab ein bissl Stress rundum. Er hat ein paarmal was fallen lassen, als wir hoch sind, um für das Luggi-Feuer anzurichten. Vielleicht …«

Ihre Hand schoss nach oben. »Keine Gerüchte, bitte. Mit wem ich was tue, ist wirklich meine Sache, Manu.«

Sein Kinn schob sich nach vorne, er wirkte verärgert.

»Bitte«, sagte sie und deutete zum Weg. Die andere Hand legte sie auf ihren Bauch, als ließe sich das eigenartige Gefühl beruhigen, das die Begegnung mit Manu in ihr auslöste. »Lass gut sein, okay? Ich muss außerdem auch los.«

Er seufzte, nickte und ging voraus. An der obersten Treppenstufe hielt Tio inne, versenkte sich in den Ausblick auf ihren Heimatort an diesem trüben Tag. Wenigstens ein paar Momente lang Ruhe und weniger … Angst. Sie schluckte. Dann folgte Tio schweigend dem Pfad nach unten, Manu hinterher, in ihrem Kopf und ihrem Bauch waren die Gedanken laut. Zurück beim Wendehammer am Ende der König-Ludwig-Straße klaubte Manu sein altes Rad aus einem Busch und drehte sich noch einmal zu ihr.

»Pfiat di, Manu, und bis bald! Brauchst nicht warten, mein Schloss klemmt immer!« Sie nestelte betont umständlich an der Kette. Aus dem Augenwinkel bemerkte sie, wie er sich entfernte, die Hand zum Gruß hob. Tio checkte ihr Handy und entdeckte eine Nachricht von Felix darauf: *Hast du ein paar gute Fotomotive gefunden für deine Artikel? Wetter ist ja heute eher madig. Freu mich, wenn wir uns später sehen. Bis dann. LG*

Sie schmunzelte. Beinahe wie Gedankenübertragung. Irgendwie süß.

Bevor sie die Kette löste, inspizierte sie ihr Rad, wie immer, seitdem die ersten Drohungen in ihrem Briefkasten in München gelandet waren. »Man kann nie wissen«, murmelte sie und atmete erleichtert aus, als sie genug Luft in den Reifen feststellte und dass die Verschlüsse festsaßen.

Sie setzte sich den Helm auf den Kopf, schob an und rollte in die Straße. Sie schwang ihr Bein über den Sattel.

Der Lenker folgte ihrer Bewegung mit etwas Verzögerung, bei der nächsten Bodenwelle ruckelte die Stange stärker als sonst. Tio zog am Lenker die Rückbremse, verlangsamte ihr Tempo die König-Ludwig-Straße hinab. Auf der Brücke über die Ammer bemerkte sie erneut das Spiel im Lenker. Jede Unebenheit war deutlich bis in die Griffe zu spüren. Noch einmal bremste sie und rollte langsamer, wuchtete ihr Gewicht auf den Lenker nach vorn. Ein wenig schlenkerte der Reifen auf der noch immer regennassen Straße aus der Spur, durch das Gestänge ging ein leiser Knacks, als würde etwas einrasten. Nichts weiter geschah.

Einbildung. Alles gut. Was soll schon passieren hier in Oberammergau?

Die Straße wurde breiter. Tio atmete erleichtert aus, trat in die Pedale. Hinter sich hörte sie ein Auto. Sie fuhr schneller, bog mit Schwung in die Kurve, am Scheitelpunkt holte das Auto auf. Sie lenkte zum Rand und schwenkte zur Seite, etwas weiter, als sie dachte. In ihrem Sichtfeld tauchte das Hotel auf, der Turm der Kirche, das alte Forsthaus, der vertraute Weg nach Hause. Die Karosse zog aus der Spur und drängte näher, Tio riss den Lenker nach rechts, das Rad holperte in die Rinne und gegen den Randstein. Wieder ein Knacks.

Die Griffe, ihr gesamter Oberkörper sackten nach unten, sie rutschte, wankte. Das Auto beschleunigte und fuhr weiter, als wäre nichts. Tio riss den Lenker in die Gegenrichtung, rang um ihr Gleichgewicht, kippte, streckte die Hände hoch und vor den Kopf, fiel. Vor ihren Augen verwischten Häuser, Bäume und Asphalt, alles rutschte ineinander. Schmerz krachte gegen ihren Kopf, dann wurde es schwarz, und noch mehr Schmerz brannte auf ihrer blanken Haut und ihrer Seite. In ihre Ohren schnitt ein Quietschen, dann ein Geräusch wie ein Platzen. Etwas brach auf. Feuchtes, warmes Nass und noch mehr Schmerz in ihrem Kopf.

Dann war alles still.

7. Anton – Fahrspuren

Ende Juli, Oberammergau, König-Ludwig-Straße

Baurieder fotografierte die Einzelteile des Fahrrads auf Gehweg und Straße. Anton trat neben die Dorfärztin. »Und?« Er musterte Tio auf der Bank und die beiden Hälften ihres Fahrradhelms in den Händen des Pfarrers neben ihr. Paul redete beruhigend auf sie ein. Das Gelenk einer Hand stützte ein Verband. Schrunden an Unterarm, Knie und Handflächen reichten über die Pflaster.

»Keine Gehirnerschütterung, aber Prellungen, das Gelenk ist gestaucht.« Die Ärztin räumte die Verbandsreste zusammen und stopfte sie zurück in ihren Arztkoffer. »In jedem Fall war es viel Glück, dass der Pfarrer hinter ihr war und schnell reagiert hat. Ihr könnt den Unfall aufnehmen. Fahrt ihr sie danach heim? Das sollte sie nicht allein tun. Jeder Unfall, jeder Sturz versetzt den Körper in Schock. Erinnert sie, ich will sie morgen direkt noch mal sehen.« Sie nickte ihm zu, er versprach beides. Dann erst wandte er sich an Tio wegen des Unfallhergangs.

Die gesamte Zeit starrte sie an ihm vorbei, ihre Stimme schleppte sich ohne Höhen und Tiefen durch den Bericht. »Mir kam das so komisch vor«, wiederholte sie. »Auf dem Rückweg vom Osterbichl reagierte mein Rad ganz anders als zuv…«

»Fahrrad und Schaden sind dokumentiert«, unterbrach Baurieder sie. Er baute sich neben ihm vor Tio und Paul auf.

Sie zuckte zusammen, sah vom Kommissar zu Anton, blinzelte. »Mit dem Rad war etwas nicht in Ordnung.« Ihre Stimme klang fester. Sie presste eine Faust gegen ihren Oberschenkel. »Was, wenn jemand die Halterung vom Lenker gelockert hat, als ich am Denkmal war?«

Baurieder rieb den Handrücken über seinen Bart, wiegte dann die Hand in der Luft. »Die regennasse Straße, ein Auto, das vielleicht einen Ticken zu nah heranfährt. Es passiert leicht, dass es einen aus der Spur reißt.«

Der Pfarrer schüttelte den Kopf. »Ich war das darauffolgende Auto. Erst dacht ich, vor mir ist eine Radfahr-Anfängerin, nicht jemand, der regelmäßig als Rad-Kurierin mit Lieferungen durch den Ort pest. Das sah so wacklig aus.« Er zögerte. »Ja, der andere war zu dicht, vielleicht zu schnell, und dummerweise hab ich auf das Nummernschild nicht geachtet.«

Anton warf seinem Mitarbeiter einen Blick zu, der wie er die Stirn furchte, dann die Schultern zuckte. »Tio, das ist eine ziemliche Anschuldigung. Wer sollte das gewesen sein?«

Ihre Augen verengten sich, sie schob ihr Kinn nach vorne. »Mir ist das in München schon einmal passiert. Ihr seid die Kommissare. Bitte schaut da noch mal drauf.« Sie schnaufte. »Ich weiß, es ist einfacher, das abzutun als Unfall.«

»Okay. Aber dann muss dein Rad mit oder diese Schrottsammlung, die davon übrig ist.« Anton tippte ihre Bemerkung in die Notiz-App seines Handys. »Dann sehen wir weiter.«

8. Tio – Stürze & Alte Wunden

19. August, Oberammergau, Hotel Königsblick

Nicht wieder, nicht hier. Dafür war kein Platz vorgesehen im Gepäck von München hierher, und trotzdem … Sie seufzte. Sie drückte sich fester gegen das Kopfteil des Hotelbettes, ihre Finger fester in ihre Ballen. An den Vorhängen vorbei funkelte sich ein klarer Morgen ins Zimmer. Draußen im Gang vor dem Zimmer war alles still, unten auf der Straße summerte Räderrollen auf dem morgenwarmen Asphalt.

Es geht nicht weg, ich komm nicht einfach los davon. Nicht digital, und nicht im echten Leben. Und man kann nicht wegsehen … Ich kann nicht wegsehen. Ganz gleich, ob ich es besser weiß. Ganz gleich, wie sehr es schmerzt – Kommentare, Beschimpfungen, noch mehr davon. Ihr Finger zitterte, als sie ihn weiterführte. App schließen, alle verletzenden Kommentare löschen, das wär's, und die, die sich in meinem Kopf festbrennen, gleich mit. Und dann finde ich ein Mittel, mich nicht mehr daran aufzureiben und verletzt zu werden.

Nebenan rauschte die WC-Spülung, kurz darauf brauste die Dusche. Sie seufzte und tippte auf die nächste App ihres Handys. Per E-Mail ernüchterte die Polizei München sie damit, dass bislang die eingereichten Briefe und Unterlagen bezüglich ihres Stalkers zu nichts und niemandem geführt hatten. In einer weiteren Nachricht übermittelte Hauptkommissar Sollinger ihr Ähnliches in Bezug auf ihren Fahrradunfall vor zwei Wochen. Keine Anzeichen von Fremdeinwirkung, keine plausible Grundlage, Ermittlungen weiterzuführen und Leuten damit weiter auf die Nerven zu fallen, las sie sinngemäß in seiner Nachricht.

Wirklich? Bin ich die Einzige, die denkt, dass das zu sehr Zufall ist, oder werde ich langsam verrückt? Ihre Kehle eng, rechts und links drückte ein Brennen auf ihre Schläfen, sie spürte es in ihren Wangen, ihre Sicht verschwamm. Sie schluckte, ihr war schlecht. Sie wischte sich übers Gesicht, die Tränen fort, der Frost in ihrem Kopf und um ihr Herz blieb. Worte, Sätze, Verwünschungen. Jedes Wort ein Angriff, dachte sie. Ein Messerstich. Vorschriften, wie mein Leben aussehen soll, ich aussehen soll, wofür ich mich interessieren, wofür oder wogegen ich mich äußern darf.

Tio legte das Handy beiseite. Schmerz stach ihr kurz und fest ins Handgelenk und erinnerte sie einmal mehr daran, welche Bewegungen noch nicht wie zuvor möglich waren. Wenigstens geht das vorbei. Sie zwang sich, zu blinzeln und ihren Blick zu lösen von dem nur noch leicht sichtbaren Bluterguss. Durch die Badtür plätscherte leise Musik und noch immer die Dusche.

Sie schob die Decke zur Seite und stieg aus dem Bett, bückte sich nach ihrem Shirt, ihrer Wäsche. Vielleicht wäre es gar nicht so schlimm, wenn sie einfach ginge. Einfach ein Hotelgast, der verschwindet.

Das Rauschen stoppte. Sie schlüpfte in ihr Shirt, wischte sich noch einmal über die Wangen, atmete tief durch. Als die Tür aufging, die Angeln knarzten, zog sie sich ein Lächeln ins Gesicht, als wäre alles gut.

»Willst du nicht unter die Dusche?« Felix kam auf sie zu und legte die Arme um sie.

Tio presste die Augen zusammen. Neinneinnein. Ihr Herz stolperte in ihrer Brust, raste dann. In ihre Lunge gelangte auf einmal zu wenig Luft. Sie löste sich von ihm, so sanft ihr möglich war, spürte den Ruck, der durch seinen Körper ging.

Er hob ihr Kinn an und sah sie irritiert an, ärgerlich beinahe. Sie musterte ihn. »Sollten wir nicht raus? Zimmer frei machen für die neuen Gäste.«

»Magst du meine Umarmung nicht?« Felix zog sie näher, ohne ihre Antwort abzuwarten. »Wir haben genug Zeit. Glaub mir, das merkt keiner, dass wir hier sind.« Nicht einmal ein Viertel der Zimmer im Hotel seiner Eltern waren belegt. Ob eins mehr früher oder später zu reinigen war, wann sie kamen oder gingen, fiel nicht weiter auf. Anders als bei ihm zu Hause oder bei Tio. Dabei wünschte sie sehr, das Hotel wäre endlich wieder ausgelastet. Bei mehr Übernachtungsgästen hätten sich ihre Wege nicht bei Theres' Lieferdienst gekreuzt, dann hätte Felix im Hotel mit anpacken müssen. Und Tio war sich nicht mehr so sicher, ob das nicht besser gewesen wäre.

Er setzte einen Kuss auf ihre Stirn. »Aber jetzt wird alles besser.«

»Unsere Abende waren sehr schön, Felix.« Sie sagte es, ohne zu lächeln, löste sich von ihm.

Seine Augen wurden schmaler. »Kommt da noch ein Aber? Was soll das heißen, Tio? Wir haben uns doch jetzt öfter getroffen. Datest du noch jemand anderen?« Er versuchte, die Worte leicht klingen zu lassen, wie einen Scherz.

»Nein.« Tio suchte seinen Blick. »Es ist schön. Nur, du weißt doch: Nach dem Sommer bleibe ich nicht in Ogau. Ich weiß nicht, ob das für dich … Ich seh da niemanden an meiner Seite, Felix.« Stück für Stück und nicht zu schnell streifte sie ihre Kleider von gestern Abend über, ohne ihn aus den Augen zu lassen. An den Knöcheln seiner Hände trat das Weiß stärker hervor, an seinem Kiefer und am Hals spannten sich die Muskeln.

»Was soll das denn, Tio? Wenn es schön ist, muss es auch nicht enden. Mag sein, du hast in München schlechte Erfahrungen gemacht, aber wir sind beide von hier, auf dem Land teilt man dieselben Werte. Auch nach deinem Unfall hast du dich doch gefreut über mein kleines Care-Paket.«

»Das war sehr aufmerksam von dir. Und überraschend.« Das Gefühl, sich rechtfertigen zu müssen, schnürte sie ein. Und als wäre ich nicht genug gefallen, falle ich auch noch in diesen Kuss. Wenigstens meine Klappe hätte ich halten sollen oder nicht weich werden, schalt sie sich.

»Wir kennen uns doch schon ewig, seit unserer Schulzeit.« Seine Stimme schärfer als zuvor.

»Wir hatten früher kaum miteinander zu tun, nicht mal bei Theres' Flitzern. Die Schulzeit ist ewig her, und ich war zwei Klassen über dir. *Kennen* halte ich für etwas übertrieben.« Tio versuchte, gleichmäßig zu atmen. Vielleicht triggern mich die Kommentare, die Fake-Todesanzeige und der Unfall zu arg, und ich übertrage das auf alle anderen Situationen, dachte sie. Sie schluckte und verdrängte die Gedanken an ihren Stalker, zwang sich ein Lächeln ins Gesicht. An Felix vorbei zur Zimmertür griff sie sich ihre Tasche, hielt sie vor ihren Körper wie einen Schild.

»Ich mag die Zeit mit dir, jetzt. Nur bin ich nicht ewig hier. Wenn du andere Erwartungen hast, sollten wir uns vielleicht weniger sehen. Felix, lass uns einfach später reden, okay? Ich muss los. Ich brauche dringend noch mehr Fotos, und meine Artikel schreiben sich auch nicht von selbst.« Ihre Hand schloss sich um den Türgriff. Sie löste sie noch einmal, ging auf ihn zu und küsste ihn, ließ zu, dass er ihren Kuss erwiderte und sie eng an sich zog.

»Klar«, flüsterte er in ihren Haaransatz und hauchte einen Kuss darauf. »Alles gut. Apropos Artikel: Hast du den über meine Oma noch mal angepasst?«

Sie zog die Brauen zusammen und löste sich wieder von ihm. »Nein, warum? Ich hab mich mit ihr unterhalten, und sie hat ihn gemocht.«

»Sie mag auch dich total«, gab er lächelnd zurück, zuckte dann mit den Schultern. »Aber der Artikel … Ich glaube nicht, dass das ist, was sie wollte. Klar, ich kenn nur den einen Entwurf von dir. Aber darin kommt mir die Omel fremd vor. Darin steht so gut wie nichts über die Familie und dass sie ihrer Familie eine Stütze ist. Das fehlt. Hab ich das nicht letztes Mal schon gesagt?«

»Du sagtest, du stellst ihn dir anders vor«, zitierte sie. »Aber sieh mal: Deine Oma hat das Hotel mitaufgebaut und vieles alleine geschafft. Ich finde, diese Leistung sollten viel mehr Menschen sehen. Oder denkst du, wenn ich über deinen Großvater schreiben würde, fragt jemand groß nach der Familie und wie er mit seinen Kindern und Enkeln spielt?«

Felix schob sein Shirt in die Jeans. »Na, er ist ja auch der Geschäftsmann. Oder war es.«

»Und sie ist Geschäftsfrau.«

»Leben ist mehr, als was eine Frau geleistet hat. Der Omel ihr Platz war auch immer bei uns, sie hat sich gekümmert, und wir waren froh darüber. Vielleicht denkst noch mal nach?«

»Ich schau mal«, sagte sie unbestimmt. Ihr Handy klingelte in die kratzige Stille zwischen ihnen. Das Lächeln auf ihrem Gesicht verwandelte sich in ein echtes, als sie Theres' Namen las, gleich darauf die Stimme der Metzgerin hörte und den Vorschlag. »Ja, klingt super«, bestätigte sie. »Gute Idee mit dem Laberköpfl und Fotos. Dann um 18 Uhr, bei der Abzweigung an der Schutzhütte, passt. Bis später.«

Er erwiderte ihr Lächeln und fasste nochmals ihre Hand. »Wenn du noch Fotos brauchst, könnten wir auch nach Linderhof. Das passt doch zu einem Bericht rund um das Luggi-Feuer und den Kini.«

Als sie die Tür des Hotelzimmers hinter sich zuzog, rumorte in ihrer Mitte ein seltsames Gefühl, nistete sich ein auf dem Weg durch die Gänge. Das warme Wasser unter der Dusche zu Hause wusch es nicht fort. Ihre Gedanken mäanderten durch die letzten Tage und die E-Mails im Austausch mit der Polizei.

Bestimmt sind es nur die Kommentare und die Anzeige. Sie tat die dunkle Ahnung ab.

Worte

9. Theres – Dämmerung

19. August, Oberammergau, Metzgerei & Tages-Bar Hack

Warm und in hellem Blau legte der Himmel am frühen Sommerabend seinen Mantel über Oberammergau und die Bergketten rundum. Theres fluchte und tippte weiter die Nachricht an Tio.

»Ich sag doch, du kannst gehen«, brummte ihr Vater.

»Warum, zefix, muss ausgerechnet heute das Kaffeemonster mucken?«

Die Antwort von Tio folgte sofort: *Bin zu früh, aber fast am Treffpunkt. Verspätung ist ärgerlich. Mache mich auf den Weg wegen Licht/Fotos, treffen uns oben.*

»Ich sag doch …«

Sie winkte ab und kramte die Bedienungsanleitung aus dem Sideboard. »Paul ist unterwegs zum Gipfel des Laberköpfl von der Nordseite aus. Mit den Fotos können die beiden auch ohne mich anfangen.« Gerade blätterte sie sich zur richtigen Seite, als erneut ihr Handy plingte.

Hoffe trotzdem, du schaffst es zeitig. Irgendwie seltsam, als wär ich nicht allein. Oder kommt Paul doch nach unten zum Treffpunkt?

Unmittelbar biss eine dunkle Ahnung in Theres' Nacken, ihr Blick schien wie festgeklebt auf dem Handy.

»Jetzt geh!« Ihr Vater zog die Beschreibung aus ihrer Hand und knuffte sie in den Oberarm. »Um die Maschine kannst dich nachher auch noch kümmern.«

Ohne ein weiteres Wort nickte sie, schnappte sich die Schlüssel und machte sich auf den Weg. Wolfin folgte ihr eilig.

Wieder ging eine Nachricht von Tio ein: *Irgendwas ist wirklich komisch heut. Aber ich seh niemanden.*

Um Theres' Brustkorb schloss der nächste Gedanke eine Faust wie aus Eisen. Kurz zögerte sie, dann rief sie die Tonis an, stieg ins Auto.

»Ich hab so ein ungutes Gefühl. Ich hoffe, es ist falscher Alarm«, beendete sie das Gespräch und sammelte kurz darauf die beiden auf. Von Tio kam wenige Minuten darauf eine Sprachnachricht.

Auf dem Forstweg durch den Wald und an den Hängen hoch hing noch immer die letzte Nachricht in der Luft, im Auto zwischen ihr und den anderen. Niemand sprach. Selbst durch die offenen Scheiben schien das Pling, die gehetzten Worte, die Aufregung in der Stimme nicht zu verschwinden. Vielleicht hallte es auch nur in ihrem Kopf wie in einer Dauerschleife, zusammen mit dem einzig anderen Gedanken, den sie fassen konnte.

Was für ein bescheuerter Vorschlag! Was für ein unwichtiges Gefrickel mit der Kaffeemaschine!

Was hab ich getan?

Theres lehnte sich noch einmal aus dem Fenster ihres Rover. Weder von den Hängen noch von den Schluchten kam irgendein Geräusch. Nur die Räder knirschten auf der festgepressten Erde, Steinchen prasselten gegen die Karosse. Das Lenkrad drückte sich in ihre Handballen, und sie drückte das Gaspedal fester, so wie es der Weg zuließ. Sie beschleunigte bis zur Abzweigung, ein Stück dahinter mitten auf dem Forstweg stoppte sie.

»Hier«, murmelte sie. Sie warf die Fahrertür auf, dann den Kofferraum für Wolfin. »Näher kommen wir nicht.« Wolfin knurrte, Theres versuchte, irgendwas zu hören. Ihr Herzschlag beschleunigte, nur um im nächsten Moment fast auszusetzen. Sie zog ihr Handy aus der Tasche, das Signal war schwach.

»Keine weitere Nachricht von ihr.« Sie deutete hoch zum Gipfel. »Anton, du bist trittsicher den Klettersteig hoch, oder? Toni …« Stimmen von oben unterbrachen ihre Worte. Ein Streit? Einbildung, vielleicht. Wortfetzen wehten zu ihnen.

»Da muss noch jemand sein, ich hör mehr als eine Stimme.« Anton wandte sich um und in Richtung des Steigs. »Baurieder, du sicherst den Weg hier.«

Anspannung und Fragen lagen auf den Gesichtern der beiden. Theres verengte die Augen und sah hoch. An der Gesteinskante war eine Gestalt, eine Bewegung.

Dann war da nur noch ein Laut. »Nein!«

Ein Schrei zerriss den Abend, hallte nach. Theres' Herzschlag stoppte für einen Moment wie ihre Gedanken, sie wollte nicht glauben, was sie sah. Wolfin bellte. »Zefix!« Theres ballte die Hand. »Zefix. Sie kann nicht einfach fallen«, zischte sie.

10. Theres – Ein Bett aus Stein und Dornen

19. August, Oberammergau, Laberköpfl

Theres sah Anton Richtung Klettersteig nach. »Vielleicht erwischt er noch jemanden«, murmelte sie und marschierte die Abzweigung weiter zu der Stelle, die ihr von Berichten der Bergwacht nur zu gut bekannt war, Toni war hinter ihr. Sie hörte Knacksen und Rauschen und Worte aus seinem Smartphone. Er hielt den Anruf mit der Leitstelle für weitere Informationen. Theres schlitterte in ihrer Hast auf dem Weg, hoffte, nicht zu fallen. Äste und Stacheln rissen an ihrer Jeans.

Wir müssten viel näher sein, dachte sie. Und dann: Vielleicht ist es nicht so schlimm.

Toni fluchte hinter ihr, und sie wandte sich um. Sein Gesicht lag im Schatten. Die Bäume streckten sich nach dem Blau des Himmels und hielten das Licht und die Wärme über ihnen fern. Wolfin drehte um und drängte gegen ihren Oberschenkel. Theres bedeutete der Hündin zu warten. Sie selbst eilte weiter, vorbei an Farnen, dornigen Zweigen. Hinter ihr knackten die dürren Reiser unter Toni Baurieders Tritten.

Nach wenigen Schritten stoppte sie erneut, presste die Hand vor den Mund, den Blick kurz noch einmal hinauf zum Gipfel des Laberköpfl, dann auf den Boden zwischen den Steinen und Farnblättern gerichtet. Was sie sah, schnürte ihre Kehle zu. Sie blinzelte gegen die Feuchtigkeit an, die sich in ihr Sichtfeld drängte.

»Zefix«, fluchte sie. Was war in den paar Wochen nur passiert? Tio war doch gerade … Sie starrte auf die Gestalt vor sich. Nichts bewegte sich.

Ein Schaudern überlief Theres' Körper. Neben ihr atmete der Kommissar scharf ein. In den Geruch von Moos und Holz und Waldboden mischte sich seiner. Theres nahm noch etwas anderes in der Luft wahr. Einen Geruch, den sie von der Jagd kannte und als Metzgerin viel zu gut.

Toni drängte sich an ihr vorbei und beugte sich hinab. Sie machte ein paar Schritte zur anderen Seite und leuchtete mit einer Taschenlampe den Boden aus, kniete sich, so nah es ging, neben den Oberkörper. An den Fingerkuppen ihrer anderen Hand spürte sie Moos und Erde, Steinchen. Sie prüfte die Atmung. Sie schwieg, wiegte die Handfläche hin und her.

»Ich bin mir nicht sicher.« Murmelnd, fluchend. Sie zielte mit dem Lichtstrahl auf den Körper. Dunkle, feucht schimmernde Stellen tränkten das Shirt und die Blousonjacke. Sie zwang sich, nicht nachzudenken, wie viel mehr Wunden existierten, die nicht sichtbar waren.

Toni griff nach der schlaffen Hand, befühlte den Punkt am Handgelenk.

»Da ist ein leichter Puls.«

Theres schnappte nach Luft. Sie musste sehen, was sich durch die Jeans am Oberschenkel spießte, und den Winkel, in dem das Knie zur Seite stand.

Toni wandte sich von den Brüchen ab. »Wir sind hier«, flüsterte er und strich eine Strähne des dunklen Haars aus dem blassen Gesicht.

Er beugte sich zu dem dunklen Fleck auf Tios Shirt, schob den Stoff beiseite, tastete an den Rippen entlang.

»Hast du irgendwas, um es darauf zu pressen? Auf die Wunde, oder eine der Wunden, oder …« Seine Stimme erstarb.

Theres reichte ihm ihre Jacke, erhob sich und sah nach oben zum Plateau, versuchte, das Bild zu ihren Füßen für einen Moment zu vergessen. Tausend Fragen nagten in ihrem Kopf. »Verdammt«, wisperte sie. »Wir haben aufgepasst, wir haben alle die Augen offen gehalten. Wie …? Was für eine bescheuerte Idee von mir.«

»Was meinst du? Tio würde sich doch nicht selbst herunterstürzen, oder?«

»Bestimmt nicht«, gab sie zurück. »Aber es war mein Vorschlag, heute aufs Laberköpfl zu steigen. Wenn die Sonne untergeht, stehen die Berge rundum in Flammen. Bei dem Wetter gibt es die Chance auf gute Bilder, bevor die ganze Aufregung ums Luggi-Feuer losbricht.«

Früher war sie immer ein paar Tage vor dem Feuer mit Paul hierhergekommen. Das war ihre Nacht. Seit ihrer Zeit zusammen auf dem Gymi hatten sie sich aus den Zimmern gestohlen und noch eine Weile danach die Tradition gepflegt. Gelacht hatten sie und gelästert und gerätselt, warum ausgerechnet dieser Brauch sich hielt – mit Feuern und all der Mühe, das Holz auf die Berge zu schaffen, und einem König, für den es keinen Rahmen gab. Als sie zurückkam aus Wien, knüpften sie zumindest an ihre Treffen an.

»Paul und ich sind immer hierher, wo der Ausblick über Ogau uns ganz allein gehört, wenn noch niemand da ist. Und heute sollte Tio mit für ihren Bericht. Wie konnte das so schiefgehen?«

»Wir reden später, Theres. Wir finden raus, was war.«

»Die Bergwacht kann nicht mehr weit weg sein. Markier du den Weg, ich geb noch mal die Fundstelle durch.« Theres' Blick glitt zur Seite. »Zumindest ist in der Nähe der Forstweg, der ist befahrbar.« Sie drehte sich weg und dann noch einmal um, zog ihr Handy. Kurz darauf brummte etwas.

Toni richtete sich auf, ohne die Hände von der Wunde zu lösen. »Ich denke, es ist in ihrer Jackentasche.«

Theres holte es heraus, steckte es nach einem Blick aufs Display in Tonis Jacke. »Nur mein Anruf auf dem Handy.«

»Sehen wir uns später an, gut, dass wir es haben.«

Sie nickte. Dann deutete sie auf die Felsen, die sich neben ihnen aufbauten. »Ich steig hoch zu Anton, Paul muss auch längst da sein. Vielleicht waren die beiden schnell genug und haben noch jemand anderen dort oben erwischt.« Ihre Stimme brach. »Was ist nur passiert?«

11. Paul – Waldsterben

19. August, Oberammergau, Laberköpfl

»Verdammt, verdammt, verdammt!« Paul trat an den Rand des Abhangs, blickte hinunter auf die Schneise, die manche Oberammergauer im Winter für eine kurze Skitour nutzten. Nicht einfach Gestrüpp und Waldgrün warteten dort. Die Kanten der Felsen unterhalb konnte er ebenso ausmachen wie dunklere Flecken, die sich bewegten. Vor allem sah er die Lichtpunkte von umherleuchtenden Taschenlampen unter sich. Seit einer Weile bewegten sie sich nicht mehr, als hätten sie ihr Ziel gefunden. Auf was sie zeigten, wollte er lieber nicht wissen. Wortfetzen schafften es nicht bis zu ihm, dafür aber die Sirenen, die sich vom Forstweg her näherten. Was er hörte, versetzte ihm einen Stich. Er spürte noch den Puls in seinen Ohren dröhnen, sein Atem hetzte schubweise aus seinem Mund.

»Was zum Teufel ist nur passiert?«, murmelte er.

Anton Sollinger fluchte hinter ihm. »Das würd ich auch verdammt gern wissen.«

Paul wandte sich um zu den Holzstößen, die ein weiteres Kreuz des Ludwigsfeuers bildeten. Seine Hand fuhr zum Nacken. »Bitte sag mir, ihr habt Tio auf dem Weg irgendwo getroffen, und die Schreie waren nicht von ihr.«

»Nein. Nicht getroffen. Und die Schreie …« Der Hauptkommissar zuckte mit den Schultern, sah sich um und fasste kurz die Fahrt zusammen und wo Theres mit Baurieder war. »Ich hab bislang verstanden, ihr wart verabredet mit Tio, aber sie ist panisch ohne euch los.

Und sie hatte Angst. Warum wolltet ihr mit Tio überhaupt hier rauf? Wie lang bist du schon hier?«

Paul richtete sich auf. »Ist das ein Verhör? Wir wissen noch nicht mal, was passiert ist und wo sie überhaupt ist.«

»Seit wann bist du hier?« Anton wiederholte seine Frage.

»Die Res hat mich noch angerufen vorher. Damit ich mich beeile. Aber als ich ankam …« Er blickte sich um. »Vielleicht ist sie noch hier. Vielleicht …«

»Was genau hast du gehört?«

Paul schloss die Augen. »Stimmen, dann ein Schrei. Ziemlich laut, und er endete auf einen Schlag.« Er trat nach vorne und starrte den Abhang hinab.

»Denkst, sie war allein oder nicht?«

»Ich denke, es war mehr als eine Stimme.«

Anton nickte, trat neben ihn, seufzte. »Gut. Lass uns schauen. Vielleicht finden wir sie oder …«

Die Tonlage, die Art, wie der Satz des Hauptkommissar brach, verstärkte Pauls Befürchtungen. »Du meinst: oder Theres und Toni finden sie unterhalb vom Gipfel?« Sein Blick glitt über Gras, über das riesige, aus Holzstößen modellierte Kreuz, suchte etwas, das verraten könnte, dass sich hier eben noch mehr als eine Person aufgehalten hatte. Eine Person abgesehen von Tio. Zwischen den geschichteten Holzstapeln schaltete er die Taschenlampe an seinem Handy an und leuchtete in die Schatten. Er lauschte, aber der Wind rauschte über jedes leisere Geräusch hinweg. Über die Felsen setzte er seine Schritte wieder Richtung Anton.

Und dann stoppte das Blut in den Adern. »Was machst du hier?«, wisperte er. »Warum bist du nicht unten bei Toni? Wo ist Tio, Res?«

Sie schüttelte den Kopf. Die Farbfunkeln ihrer Augen wirkten trüb, grau, müde. Ihr Blick wanderte zum Abhang, ihre Miene bebte. Er las vieles darin, nichts davon mochte er.

»Tio …?«

Sie schluckte, sie schüttelte erneut den Kopf, ihr Blick grub sich in seinen. Er sah den Hauch eines Bebens an ihren Lippen, die sie fest zusammenkniff, einen feinen, feuchten Schleier in ihren Augen. Dann blinzelte sie, räusperte sich. Hilflose Wut übernahm ihre Miene, ihre Geste zielte nach unten. »Was glaubst?«

»Vielleicht ist es nicht so schl…« Der Ausdruck auf ihrem Gesicht stoppte jedes weitere Wort des Hauptkommissars. »Was ist los, Theres, wie geht es Tio?«

Sie stierte ihn an, machte einen Schritt auf ihn zu. Nur noch eine Armlänge trennte sie.

Anton packte sie am Arm. »Verdammt, Theres: Lebt Tio noch? Liegt sie etwa allein dort unten? Sag mal, spinnst du?«

»Toni ist bei ihr. Ich …« Sie räusperte sich. »Für die Bergwacht ist der Weg markiert.«

Paul schob Antons Hand fort und legte eine Hand auf Theres' Schulter. »Lass uns nach unten. Es ist niemand anderes mehr hier. Hier können wir nichts tun.«

Sie sah von Paul zu Anton.

»Wir haben sie noch gehört. Ihre Schreie. Wir waren da, als sie fiel.«

»Wir waren *nah*, als sie fiel«, korrigierte Anton. Die Sonne zog ihr Licht fort, machte dem Dämmer Platz. Die Schatten der Bäume streckten sich nach ihnen.

Anton zog Theres mit sich zum Pfad. »Auf jetzt!«

»Wieso ist sie ohne uns los? Was hat sie nur getrieben?«, murmelte Paul, dann war er wieder neben ihr. »Res …?«

Sie schüttelte den Kopf. Sie riss sich los aus Antons Griff und fuhr herum. »Ach, halt die Klappe. Statt Tio einfach zu treffen, kümmere ich mich um eine dumme Maschine. Das Kaffeemonster hätte die paar Stunden ohne mich auch gut überstanden.«

»Res, du weißt, es ist nicht deine Schuld«, entgegnete Paul.

»Das hat nichts mit dir zu tun«, sagte Anton.

Sie schnaubte, funkelte die beiden an. »Ach, zefix noch eins! Was hat sie sich nur gedacht?« Theres fuhr herum, und ohne ein weiteres Wort stapfte sie nach unten.

12. Babba – Herzschlacht

19. August, Oberammergau, Metzgerei & Tages-Bar Hack

»Hätt ich's doch einfach sein lassen.« Josef Hack rieb sich übers Gesicht, über die Augen, und gleich darauf noch mal. Er stemmte sich von der Couch und schaltete den Fernseher aus, umklammerte das Handy, seine Gedanken formten einen Fluch. »Verrecktes Telefon.« Die Ruhe des Nickerchens staubte davon, Wut und dieses Gefühl von Hilflosigkeit und Ungerechtigkeit nagten sich durch seinen Körper. Er erschauderte bei der Erinnerung an den Tonfall seiner Tochter.

Josef Hack tappte zur Wohnzimmertür, durchs Haus und hinaus und endlich durch den Hintereingang der Metzgerei bis nach vorne in den Laden. Gähnte. Auf einen Knopfdruck hin erwachte das Kaffeemonster summend und ratternd. Ein Schlag auf den Schalter brachte Licht in den Raum.

Auf dem Weg zur Ladentür warf er dem Smartphone in seiner Hand einen vorwurfsvollen Blick zu. »Nichtwissen«, grummte er. »Nichtwissen lässt einen immerhin schlafen.« Er sperrte auf. Vor einer Tasse Kaffee wartete er am großen Tisch, brütete über das, was Theres ihm eben am Telefon erzählt hatte.

In Gedanken durchstreifte er die letzten Tage, die letzten Begegnungen, die letzten Gespräche mit Tio, spulte die Szenen beständig vor und zurück. »Hätt ich …«

Die Glocke der Ladentür riss ihn aus den Überlegungen; Stimmen, dann Schritte stolperten herein. Die

Mienen der Eintreffenden zerschlugen jede Hoffnung, etwas Gutes zu hören.

Falls Wut und Erschütterung ein Kind haben, wär's meine Res, dachte er. Er schluckte. Was war da draußen bloß passiert?

Wolfin mied die Nähe der Menschen, ihr Blick wachte über jede Bewegung. Statt neben seine Tochter trollte sie sich in die Ecke. Pauls Mundwinkel schienen am Estrich festzukleben, seine Schultern auch. Anton Sollinger stapfte mit steinerner Miene in den Raum. Als wäre er einem Zombie-Film entstiegen, Baurieder dahinter. Der Ex-Münchner schwankte leicht, dunkle Flecken zeichneten sein Shirt, Hände, Stirn, Wangen.

Blut. Josef Hack wünschte, er wüsste nicht woher, von wem.

Seine Tochter nahm als Erste ihren Platz am Tisch ein, dann die anderen, zwischen sie passte annähernd ein Kleinwagen. Worte gab es keine. Josef Hack sammelte ein paar Gläser ein und Schnaps, brachte weitere Gläser und Wein, verteilte Kaffee, schenkte ein. Dann setzte er sich dazu.

Res stützte ihre Ellbogen auf, die Stirn gegen einen Handballen gepresst. Auf dem Platz neben Josef Hack scheuerte Anton Sollinger mit den Knöcheln seiner Faust über den Dreitagebart. Er musterte seine Begleiter vom Berg, Theres lang, Paul noch länger, an seinem Mitarbeiter blieb sein Blick hängen. Auf der Tischplatte drehte der Kommissar ein Smartphone in einem kleinen Plastikbeutel im Kreis. Paul ließ Theres nicht aus den Augen, seine Lippen hielt der Priester fest aufeinandergepresst.

Baurieders andere Hand umschloss den Fuß des Weinglases, er sah nicht auf, schüttelte den Kopf. In einem Zug war das Glas geleert. Theres' Hand zuckte zum Schnaps, zum Wein, zum Kaffee, schließlich legte sie sie flach und still ab, ohne irgendwas zu trinken. Ihren Blick in die Bohlen des Tisches bohrend.

Josef Hack legte seine Pranke auf den Tisch. »Also?«

»Also?« Theres richtete sich auf. Sie schnaubte. Die Stimme seiner Tochter schabte rau und stumpf in seine Ohren. »Was denkst denn, also? Gut schaut's nicht aus.«

Er nickte, biss sich auf die Lippen, verbiss sich die Worte und all jenes, das Menschen von sich gaben in Momenten wie diesen. Was auf der Hand lag, musste nicht gefragt, was jeder längst ahnte, nicht zur Antwort verfloskelt werden. Er meinte, Erleichterung in ihren Augen zu lesen.

Baurieder ließ sein Glas los. »Beim Transport, als sie in den Krankenwagen kam, war sie noch …« Er knetete seine Hände, betrachtete sie. Rote, dunkle Schlieren und Sprenkel liefen über seine Haut wie gebrochene Wellen. »Da hatte sie noch Puls.« Etwas, das nur grobe Ähnlichkeit mit der Stimme des Kommissars hatte, schleifte die Worte in den Raum. Schließlich löste sich sein Blick von den Händen, fixierte seinen Vorgesetzten, als wolle er mehr sagen.

Ganz leicht senkte Sollinger Lider und Kinn, wie zu einem Nicken. »Hoffen wir …« Die Stimme brach.

»Und jetzt?« Josef Hack faltete seine Hände und stützte sich auf den Tisch.

»Babba?« Theres furchte die Stirn. »Was und jetzt?« Sie sah erschöpft aus, müde und wütend zugleich. Mit einer Geste deutete sie auf die anderen und ein Kopfschütteln an. »Dein Ernst? Jetzt? Hab ich gerade mit dir telefoniert, oder wem hab ich erzählt, was passiert ist?«

»Mei.« Er fuhr sich über den Mund. »Ihr habt oben niemanden gesehen und wart immerhin gescheit genug, nicht im Dämmer sinnlos rumzustolpern und euch noch was zu brechen. Aber: Herrrschaffffft!« Er donnerte seine Faust auf den Tisch. »Dass das Madl nicht einfach gefallen ist, ist sicher. Die ist groß geworden hier in den Bergen. Irgendwer hat sie dazu gebracht, dass sie fällt. Hast du g'sagt.«

Sollinger räusperte sich. »Mit irgendjemandem hatte sie Streit. Den Schrei, die Stimmen, das Gezeter vor dem Sturz haben wir alle gehört.«

»Irgendjemand. Wo ist irgendjemand jetzt?«

Paul presste seine Hand vor den Mund. »Wir alle waren zu spät.«

»Schaut so aus.« Josef Hack verschränkte die Arme vor der Brust. Sein Kinn zielte auf die Anwesenden. »Und damit sitzt ihr hier, und es fehlen nur noch Taschentüchlein, oder was? Das macht auch nichts wieder heil.«

»Babba, zefix! Schon bissl arg, meinst nicht? Freilich ist das schlimm. Aber zwei Minuten sind uns gegönnt, um kurz Luft zu holen nach den letzten Stunden, oder? Kreizkruzefix, was würdest du tun?«

»Das, was du normal machst.« Josef Hack langte nach dem Wein, er drehte sich zu seiner Tochter. »Die Hölle aufreißen und alles anschieben, bis klar ist, wer das war.« Sie wich seinem Blick aus, drehte den Kopf zur Seite. Über ihre Miene huschte ein Beben, und er sah, wie sich ihr Kiefer anspannte, ihre Hände sich ballten. Er kannte diesen Blick.

»Herrschaft, Res!« Seine Hand schlug erneut auf den Tisch. Er sah zu den anderen dreien, deutete dann auf seine Tochter. »Ihr habt ihr gesagt, es ist nicht ihre Schuld, oder?« Er lehnte sich vor, umschloss ihre Hand. »Das warst nicht du, die Tio gestoßen hat.« Er schnaubte. »Geißel dich ruhig, hilft Tio aber auch nicht. Es ist, wie's ist: Vergangenheit kannst du nicht ändern. Aber du kannst aufstehen und einstehen für das, was richtig ist.« Er machte eine Pause, dann setzte er nach: »Ihr!«

»Logisch!« Baurieder legte seine Faust neben das Weinglas. Erst spreizte er seine rot und braun gesprenkelten Finger, dann zirkelte er seinen Zeigefinger durch den Raum auf Tresen, Kaffeemaschine, Sitzplätze. »Mei, ich hab schon vermisst, dass mir jemand erklärt, was mein Job ist, besonders gut ist freilich eine Lehrstunde in der Metzgerei.«

»Toni ...« Theres streckte ihre Hand nach der blutgemusterten des Kommissars aus.

Paul räusperte sich. Wenn Josef Hack raten müsste, dann lag etwas wie Eifersucht auf dessen Miene.

Theres sah auf, ihr Blick traf den des Pfarrers, sie stoppte ihre Hand. Die Augen verdrehend schob sie ihren Stuhl nach hinten. Nach ein paar Minuten stellte sie eine Schüssel warmes Seifenwasser vor Toni ab, ein frisches Tuch legte sie daneben.

»Wir wissen, das war nicht schön«, murmelte seine Tochter.

Baurieders Hände glitten in die Schüssel, sein Blick ins Leere. Wasser schwappte auf den Tisch.

Paul hob die Hand, die Flasche knallte auf den Tisch. Mit Nachdruck schob Paul den Wein zu ihm, dann zu Baurieder, zu Res, zu Sollinger, führte das eigene Glas an den Mund. »Trinkt!«

Toni Baurieder füllte das Weinglas erneut. Theres musterte ihn, die anderen schwiegen. Nach ein paar Augenblicken krauste sie die Nase, lehnte sich zu ihm. »Grundbedürfnisse, oder? Dafür bist du doch oft genug hier, und dafür sind wir da, in unserer Metzgerei.« Einer ihrer Mundwinkel schob sich hoch zu einem schiefen Lächeln.

Tonis Miene bebte, die Spannung brach, und seine Züge lösten sich. Er drehte sich zu ihr, zu Josef Hack. »Grundbedürfnisse, was?«, murmelte er kopfschüttelnd.

»Das Wichtigste – da sollte man wissen, wo man's kriegt.« Josef Hack brummte. »Der Rest ist Ermittlungsarbeit ...«

Anton Sollinger warf die Hände zu einer Geste hoch. »Wie schön! Dann wäre das geklärt. Der Wahnsinn wäre, wenn es die Metzgerei und die geistliche Abteilung hier in Oberammergau schaffen, uns nicht in die Quere zu kommen.«

»Bitte, was?« Theres verschränkte die Arme.

Josef Hack lehnte sich nach vorn. »Keiner kommt euch in die Quere! Sollinger, was soll der Krampf?«

Dann zielte Sollingers Finger auf jeden von ihnen. »Jeder im Ort kennt die Geschichte mit den Thallers und die mit Hanna ebenso, zudem sind wir im 21. Jahrhundert. Die Leut hier zählen zwei und zwei zusammen.«

»Ach?«, schaltete Paul sich ein.

»Wir haben in zwei Mordfällen geholfen. Jeder, der hier wohnt, erwartet, wir mischen uns ein«, sagte Theres, ihre Mundwinkel wanderten höher. »Warum dann nicht besonders auffällig?«

Baurieder legte den Kopf schief. »Könnte funktionieren.«

Hauptkommissar Sollinger schnaufte, dann ergab er sich in einem Nicken, hob die Hände vor die Brust. »Nur eins: Am Berg sind die Einzigen, die erlaubt sind, die Kollegen von der Spurensicherung. Ich hab keine Lust, dass mir irgendwelche Hinweise verloren gehen oder zerstört werden. Deswegen nur die Spezialisten.«

»Nur die Spezialisten zum Zerstören«, nuschelte Theres.

Der Hauptkommissar winkte ab und nahm sich ein Glas Wasser.

»Und wie genau soll das auffällige Ermitteln nun aussehen?«, hakte Paul nach.

Theres tippte auf den Tisch. »Wir brauchen eine offizielle Version, und wir brauchen einen Plan, den nur wir kennen.«

Paul räusperte sich. »Einen, um den Täter in Sicherheit zu wiegen?«

»Oder die Täterin«, brummte Josef Hack. »Ihr wisst nicht, wer oben war auf dem Berg. Was ist mit diesem Stalker mit der Todesanzeige. Kennt ihr den Namen?«

Sollinger langte nach dem Handy in dem Beutel, schob es weiter in die Mitte des Tisches. »Haben wir noch nicht, aber wir haben das.«

Theres hob die Hand. »Moment mal«, sagte sie. »Was ist die offizielle Version zu Tios Unfall? Muss darüber jemand …« Sie unterbrach sich, senkte den Kopf. »Die Familie in jedem Fall.«

Sollinger nickte. »Wir müssen die Eltern noch heute informieren.«

»Über ihren Unfall, oder …?« Wieder ließ sie den Satz unvollendet. »Was ist, wenn sich rumspricht, was passiert ist? Wenn jemand es noch mal versucht, weil es auf Anhieb nicht erfolgreich war? Tio hat zwangsläufig gesehen, wer bei ihr war. Könnt ihr nicht sagen, Tio ist tödlich verunglückt, um das auszuschließen?«

Josef Hack schnappte nach Luft. »Res? Ned …« Sein Mund war auf einen Schlag Wüste, sein Herzschlag eine wild gewordene Herde. »Wenn mit dir was ist … Wenn mir jemand erzählt, du wärst tot, ich …« Er schüttelte den Kopf. »Weißt du, was das heißt? Was da in einem bricht? Ich wollt wissen, ob du lebst.« Er presste seine Hand gegen seine Brust. »Tod. Damit spielt man nicht. Ich …« Mehr brachte er nicht über die Lippen.

Furchen gruben sich in die Stirn von Baurieder und Sollinger. Der Hauptkommissar fuhr sich übers Gesicht. »Theres, im Ernst?«

Sie schob die Lippen fester aufeinander. In ihren Augen flackerten Wut und Schmerz und Schuld. Er kannte sie gut genug, um zu wissen, wie sehr sie haderte mit sich und der Schuld an dem Unglück, die sie auf sich lud.

»Aber was ist, wenn derjenige es noch mal versucht?«, wiederholte Theres.

Kopfschüttelnd starrte Josef Hack seine Tochter an, sie wich seinem Blick nicht aus. Aus dem Augenwinkel nahm er die Gesten der anderen wahr, die seiner ähnelten. »Du schlachtest den Eltern das Herz. Du …«, wiederholte er. »Das kannst du den Eltern nicht antun, die anzulügen und zu sagen, sie wär tot. Wirklich nicht.«

Anton Sollinger lehnte sich zurück und starrte zur Decke. »Wir«, wisperte er tonlos. »Genau genommen sind's wir«, sagte er. »Verdammte Axt.«

Theres schabte mit den Zähnen auf ihrer Unterlippe, seufzte. »Dann darf aber wirklich niemand außer ihrer

Familie davon wissen. Nicht, dass sie noch lebt, und nicht, wo sie ist. Und schnell müssen wir sein, wenn wir Antworten wollen, ehe sich Tios Zustand herumspricht.«

»Nichts rennt schneller durchs Dorf als Gerüchte«, brummte Josef Hack.

Baurieder schnaubte zustimmend. »Irgendwer kann am End immer nicht die Klappe halten. Wir wissen, wie's ist.«

»Trotzdem: Ein kleiner Vorteil bleibt, wenn wir das zügig angehen. Schnell und kein Wort zu niemandem«, wiederholte Theres und sah jeden an, als könnte sie dadurch die Worte noch tiefer in die Köpfe prägen. Er, Paul, die Kommissare nickten.

In die Stille hinein klingelte ein Handy. Jeder am Tisch zuckte zusammen. Paul zog sein Smartphone aus der Tasche. Er sagte nur ein Wort, ehe er auflegte: »Gleich.«

Von seinem Platz stemmte er sich hoch. »Felix' Oma geht es wieder schlechter. Ich muss los zur Salbung.« Sein Blick ging zu Theres.

»Ernsthaft? Jetzt?«, knurrte Josef Hack. »Der Boandlkramer und sein Timing.«

Theres legte die Hand flach auf den Tisch. »Wir sind noch nicht fertig hier.«

Anton richtete sich auf. »Ganz sicher sind wir noch nicht fertig hier – wie's weitergeht, erstens. Zweitens: Ist sonst noch was Auffälliges in letzter Zeit passiert?« Er lehnte sich ein wenig nach vorn. »Schließlich fängt auch jeder Tsunami lang vorher als kleines Lüftchen an.«

Über Pauls Gesicht zuckte ein Beben. Er ruckte hoch wie früher bei den gemeinsamen Schulaufgaben mit Theres, wenn ihm noch etwas eingefallen war. »Ich muss los. Aber vielleicht ist da noch was. Res, vor zwei Wochen, als wir am Sonntag mal wieder am Schloss Linderhof waren ...« Er drehte sich zu ihr. »Denkst, das, was wir da aufgeschnappt haben, könnte irgendwas mit Tios Sturz zu tun haben?«

Sie hob den Kopf und legte ihn schief. »Ja, vielleicht. Schadet sicher nicht, davon zu erzählen. Und morgen setzen wir uns noch mal alle zusammen und planen.«

Der Pfarrer murmelte zustimmend auf dem Weg zur Tür. »Es ist nicht mehr lang hin bis zum Luggi-Feuer. Im Ort ist Aufregung genug, auch ohne Tios Sturz.« Im Türrahmen stoppte er. »Ist bei dem Radunfall eigentlich noch was rausgekommen? Tio wollte doch, dass ihr wegen Fremdeinwirkung ermittelt, oder nicht?« Als er, wie Josef Hack, die Mienen bemerkte, die Zerknirschtheit darauf, zuckte er mit den Schultern. »Aber hilft jetzt nichts. Ich muss los. Der Boandlkramer wartet nicht, bis ich Zeit hab.« Die Tür fiel hinter ihm zu.

»Na, prima!«, kommentierte Baurieder. Seine Stimme unterstrich, er meinte das genaue Gegenteil. »Also, was war nun in Linderhof?« Er sah zu seinem Vorgesetzten, sah zu Theres. »Oder fangen wir besser an mit dem Stalker?«

»Was ist mit diesen Hasskommentaren online gegen Tio? Kann doch sein, dass da einer ins Reale übergeschnappt ist? Hat das auch mit diesem Stalker zu tun?«, fragte Theres.

Baurieder seufzte. »Ich hau noch mal die Münchner Kollegen an. Eine akute Bedrohung gab es, als Tio hier angekommen ist, plus die Hasskommentare. Selbst der Fahrradunfall von vor zwei Wochen hätte ein Anschlag sein können, wenn wir irgendeinen Hinweis auf Sabotage gefunden hätten. Vielleicht wissen die Münchner mittlerweile wenigstens, wer hinter dieser Todesanzeige steckt.«

Sollinger tippte auf das Handy vor sich. »Und wir sehen zu, was wir hiermit rausfinden können.«

»Gewaltverbrechen fallen doch in die Zuständigkeit von Weilheim, oder? Habt ihr die Kripo schon informiert, dass …« Theres sah von Anton zu Toni.

»… was passiert ist?«, ergänzte Josef Hack. Er deutete mit dem Kinn zum Handy. »Muss das dann nicht als Beweisstück an die Weilheimer?«

»Dann haben wir hier keinen weiteren Zugriff auf die Infos«, folgerte sie.

Toni Baurieders Augen wurden schmal, seine Lippen auch. »Eigentlich …«

Hauptkommissar Sollinger schob das Smartphone über dem Tisch vor und zurück. »Nachdem der Sanka da war, hab ich die Meldung auf dem Rückweg abgesetzt. Aber das Handy …«

Theres lehnte sich ein wenig vor. »Ihr erinnert euch, wer uns letztes Mal in Sachen Technik geholfen hat? Hannas Enkelin Klara hat eine gewisse Begabung. Sie könnte für uns ganz unkompliziert und schnell herausfinden, was auf Tios Handy zu finden ist.«

»Res!« Josef Hack räusperte sich. »Bring Klara nicht wieder in Schwierigkeiten.«

Die Kommissare tauschten Blicke, Theres verschränkte ihre Arme vor der Brust. »Ja, was? Fällt euch was Besseres ein? Erzählt mir nicht, eure Angst ist größer als eure Neugier! Wenn's keiner wüsste, dass es das Handy bis zu uns geschafft hat …« Sie ließ den Satz unvollendet. »Bis das auf dem offiziellen Dienstweg passieren würde, braucht's doch eine Ewigkeit. Das muss ich euch ja nicht erklären, oder?«

Baurieder zog die Brauen hoch, dann lehnte er sich zurück. Beide Kommissare schwiegen, hielten Blickkontakt. Sollinger rieb sich übers Kinn, sein Kollege zuckte mit den Schultern, schließlich nickte der Hauptkommissar. »Wir haben nix gesagt, aber vielleicht …«

»Vielleicht …«, wiederholte der Ex-Münchner, beugte sich vor und stupste das Handy in Theres' Richtung. »Vielleicht …«

Theres streckte die Hand danach. »Vielleicht hat in der Metzgerei jemand ein Handy vergessen, und wie sollte es zurück zu seinem Besitzer oder seiner Besitzerin, wenn man nichts weiter darüber weiß?«

Beide Kommissare nickten. Sollinger deutete auf Theres, auf Josef Hack, auf Wolfin. »Und ihr …«

»Das brauchst nicht extra sagen«, kam ihm Theres zuvor. »Kein Wort zu niemandem nicht. Wir halten Augen und Ohren offen. Für den 23. und 24. hab ich zur Abholung einige Bestellungen von den Feuermachern.«

Mit fragender Miene wandte sich Toni Baurieder zu ihr.

»Die Feuermacher und die Blechbläser steigen am 24. spätestens am Nachmittag auf. Bergluft macht hungrig, und bis die Feuer bei Einbruch der Nacht entzündet werden, braucht's was Handfestes. Fürs Grillen oben am Kofel und rundum auf den anderen Hängen. Vielleicht ist dem ein oder anderen dieser Tage was aufgefallen, was uns hilft. Ich kann mich hier im Laden ja mal umhören.«

»Gut«, sagte Sollinger. »Morgen ist am Berg die Spurensicherung dran. Mit Paul und dir sprechen wir noch mal ausführlich, dann kannst auch über Linderhof berichten. Dann sehen wir, mit wem wir noch alles zu reden haben.« Sollinger stand auf und winkte seinen Kollegen mit sich. Theres schwang ihre Beine über die Bank und begleitete die Kommissare zur Tür.

13. Anton – Absperrband

20. August, Oberammergau, Laberköpfl

Anton stützte sich mit der Hand auf das Moos, blinzelte gegen die Sonne über den Bergen und Baumwipfeln und wischte sich unter der Kapuze seines weißknistrigen Schutzanzugs über die Stirn. Seit dem Weg über den Klettersteig zum Gipfel des Laberköpfl kroch Schweiß über seinen Nacken in den Hemdkragen. Er fächerte sich Luft zu. Das bisschen Wind, das an diesem Augusttag über die Gesteinskanten rollte, verschaffte ihm kaum Erleichterung.

»Ach, komm, geh da weg, du Amateur!«, hörte er hinter sich die Stimme einer Frau mit Weilheimer Dialekt und drehte sich um. Die Kommissarin der für Gewaltverbrechen zuständigen Polizeidirektion schmunzelte.

»Hey, wir haben sogar unsere eigenen Schutzanzüge mitgebracht, um darin jämmerlich zu schmelzen.« Er richtete sich auf und entdeckte sie ein Stück weiter unten, halb hinter einem der Holzstöße für das zweite Kreuz zum Ludwigsfeuer. »Die paar Minuten, die du letztes Jahr bei uns auf der Dienststelle warst, Elif, haben dir doch einen nachhaltigen Eindruck von unserer Professionalität gegeben.«

Elif zwinkerte ihm zu. »Wenn es nur so gewesen wäre. In den fünf Monaten bei euch war eine verschwundene Katze, wenn ich mich recht erinnere, das schlimmste ‚Verbrechen'.« Sie kratzte Anführungszeichen in die Luft. »Und natürlich habt ihr meine Unterstützung mehr als nötig gehabt.«

»Immer diese Adrenalin-Junkies.« Anton fasste sich ans Herz und seufzte theatralisch. Fuß für Fuß setzte er auf die festen Steinkanten, bis er nur noch ein paar Längen entfernt von Elif stand. »Ich versteh heut noch nicht, wie du uns verlassen konntest.«

»Anstatt vor Langeweile die Festspiele neu zu inszenieren, oder was meinst?« Sie zuckte mit den Schultern. »Immerhin konnt ich euch wohl beibringen, euch an die offiziellen Dienstwege zu halten. Schön, dass ihr uns gerufen habt und nicht auf eigene Faust ermittelt.«

»Das war natürlich nur aufgrund unserer Sehnsucht nach dir.« Baurieder stapfte heran. »Außerdem waren wir zu faul, den Bereich selbst zu sichern und das Absperrband so dermaßen dekorativ in die Landschaft zu flechten.«

Sie drehte sich herum, stopfte eine ihrer dunklen Haarsträhnen zurück unter die Haube und zupfte am Zipper des Reißverschlusses, der schon ganz oben am Kragen saß. »Ah! Jetzt sind meine zwei Tonis komplett!«

Ein Kollege der Weilheimer Kripo stieg von der Kante des Gipfelabhangs und an den geschichteten Stapeln vorbei zu ihnen. Er hielt Elif das Display einer Kamera mit riesigem Objektiv hin. Der Weilheimer sah zu Anton, zu Baurieder, runzelte kurz die Stirn. »Die Kollegen von vor Ort, richtig? Habe die Ehre!«, grüßte er. Dann sah er zu Elif. »Das sind also deine zwei legendären Tonis, was? Wären wir in 'nem Buch, würd es für die Namensauswahl der Figuren fette Abzüge geben.« Ein Lachen kegelte hinterher. »Nix für ungut.« Er hob die Kamera wieder an und erklärte, was er durch die Vergrößerung auf seinem Foto entdeckt hatte.

Elifs Blick glitt am Hang nach oben, Konzentration zeichnete ihre Miene, als sie sich mit ihm besprach. Schließlich winkte sie Anton und Baurieder mit sich zur Einlassung des Klettersteigs. »Ihr wisst, eure Anwesenheit hier entspricht nicht ganz dem Protokoll. Wartet bitte an dieser Stelle, die Kollegin hat hier alles gesichert.« Sie wandte sich zum Gehen, hielt doch noch mal inne. »Habt ihr kommuniziert, dass sie lebt? Oder was passiert ist? Ich hab keine Pressemitteilung gesehen.«

Anton schüttelte den Kopf. »Wir wollen vermeiden, dass er oder sie es bei Tio noch mal probiert.«

»Fabulös«, kommentierte sie, die Luft brannte vor Sarkasmus. »Und ihr seid ganz sicher, dass niemand sonst davon weiß? Auch nicht eure etwas zu todesaffine Metzgerin?« Elif bohrte ihre Blicke in jeden von ihnen.

Anton verkniff sich ein Schmunzeln. Aus ihrer kurzen Zeit in der Polizeistation in Oberammergau kannte er ihre Angewohnheit, das Offensichtliche in den Raum zu stellen, unschlüssig, ob es auch wirklich jeder wahrnahm, um dann gewissermaßen mit Stadionbeleuchtung noch mal darauf hinzuweisen, bis alle auch wirklich, wirklich geblendet waren vom Flutlicht. Er wechselte einen Blick mit Baurieder.

»Wir haben das im Griff, Elif, keine Sorge.« Baurieder sah sich noch mal um. »Sag mal, ist dir oder deinen Leuten ad hoc noch was aufgefallen? Irgendwas, das uns hilft, wenn wir anfangen, mit den Leuten aus Tios Umfeld zu reden?«

Die Kommissarin stemmte die Hände in die Hüften. »Ihr macht was? Ich glaub, das Ludwigsfeuer brennt bei euch in den Köpfen schon ein bissl vorher!«

Anton winkte ab. »Keine Sorge! Wir halten dich auf dem Laufenden und bleiben transparent. Aber auch daran erinnerst dich bestimmt gut genug: Die Ogauer reden eher so mindergern mit Fremden.«

»Ihr haltet mich auf dem Laufenden? Wie unfassbar gnädig von euch.« Elif verzog den Mund, schnaubte, schließlich nickte sie. »Hätten wir bloß Tios Handy gefunden. Oft hilft die Korrespondenz der letzten Stunden enorm weiter. Ich vermute, dass sie den Täter oder die Täterin kannte, auch wenn es vielleicht auf diesen Stalker hinausläuft.«

Baurieder starrte Elif verständig nickend an. »Wenn das nur irgendwo zu finden wäre«, pflichtete er ihr bei. »Aber weißt du was: Wir halten die Augen offen und geben dir Bescheid, wenn es irgendwo auftaucht.«

»Genauso, wie wir alle anderen Informationen sofort mit dir teilen werden«, schaltete sich Anton ein.

»Ach?« Elif musterte erst den Kommissar, dann Anton. »Das wird gar nicht notwendig sein, Gespräche finden nur zusammen statt. Habt ihr verstanden?«

»Moment!« Anton richtete sich auf. »Haben wir seit Neuestem ewig Zeit für Ermittlungen?«

Baurieder räusperte sich. »Das dauert bis Sankt Nimmerlein, bis wir durch sind. Zudem: Wegen des Ludwigsfeuers herrscht genug Trubel und danach dauert es, bis du die Leute wieder brauchen kannst.«

»Dass ihr bei den ganzen Traditionen überhaupt noch arbeiten könnt, ist ein Wunder.« Elif verdrehte die Augen und stapfte davon. »Wehe, ihr mauschelt irgendwas an mir vorbei. Ich schwöre, ich zünd für euch zwei ein ganz eigenes Feuer an, meine Herren Kollegen!«

»Als kämen wir auch nur im Entferntesten auf solche Ideen, Elif«, erwiderte Baurieder und zwinkerte ihr zu. »Aber jetzt, wo du es erwähnst …«

»Seckl!«, quittierte sie seine Bemerkung. Etwas später rief Elif sie zu sich. Ihrem Tonfall entnahm Anton, dass sie etwas entdeckt hatten. Auf halber Höhe des Gipfelhangs angekommen, streckte sie ihnen einen Gegenstand entgegen. »Schaut mal, was wir ein Stück oberhalb gefunden haben, halb unter einen der Holzstapel gerutscht.«

»Ein Handy?« Baurieder schob sich an ihm vorbei. »Na da schau an.«

14. Tio – Blitze

20. August, Murnau, Unfallklinik

Überall dieses Piepen. Das Geräusch schnitt bis durch ihre Nacht, in ihr Denken, drang durch diesen alles umschlingenden, dunklen Nebel. Sie fühlte ihre Zehen nicht, nicht ihre Knie; ihre Finger bewegten sich nicht. Als wäre alles Bewegliche an den Rändern mit Blei umwunden, sog die Schwere Tio ins Dunkel. Hinter ihrer Stirn schabten Worte, Silben, die zu Schmerzen wurden.

Was, glaubst du, bist du? Wer? Und warum ausgerechnet du? Dankbar solltest du sein. Ohne dich wäre alles besser. Warum willst du immer mehr?

In ihrer Schulter barst Feuer, Schmerz. Brannte in ihrem Hinterkopf, Rücken, Armen, Fersen. Ein Gewitter in ihrem Kopf. Dann …

Alles erlosch.

15. Theres – Knochen & Fragen

20. August, Oberammergau, Metzgerei & Tages-Bar Hack

Theres legte die Klinge auf dem Brett ab, räumte die Knochen auf die Seite, das Fleisch auf die Waage. Dann packte sie es ein und reichte es über den Tresen.

»Die Chefin höchstpersönlich hab ich schon eine Zeit lang nicht mehr hinter der Theke gesehen«, krächzte ihr früherer Lehrer.

»Für besondere Kunden doch immer, Herr Rieger.« Sie schob sich an ihrem Mitarbeiter vorbei und wies ihn kurz an, wusch sich die Hände.

Der pensionierte Lehrer Rieger packte Fleisch und Wurst in seine mitgebrachten Behälter und verstaute sie im Korb. »Weiß man eigentlich, was gestern oben am Laberköpfl war? Es hat geheißen, die Bergwacht musste rauf … Hast du was gehört davon, Theres? Du hast doch einen ganz guten Draht zur Polizei?«

»Beim Laberköpfl oben, wirklich?«

Er richtete sich auf, die Stirn noch krumpeliger als zuvor. »Genau. Vielleicht war es auch einer von den anderen. Ich bin nicht sicher. Warst du nicht auch recht spät mit deinem Wagen unterwegs? Bis in die Nacht hat im Laden doch noch Licht gebrannt.«

»Mei, Herr Rieger, Sie wissen, wie das ist: Die Arbeit geht nie aus, und die wirklich wichtigen Dinge erzählt keiner freiwillig. Außer ich Ihnen! Ich hätte da ein paar Tipps, wie das Fleisch noch besser wird auf dem Grill.« Mit Empfehlungen zur Zubereitung lenkte sie ihn ab und zur Tür hinaus. Ihr Lächeln behielt sie auf dem Gesicht, ihre Gedanken für sich. Wie gut, dass keinem hier irgendwas entgeht, dachte sie. Herrschaftszeiten, neugierige Nasen. Wie kann nur immer das Leben der anderen so viel interessanter sein als das eigene?

Sie hielt inne, entschied: Ganz vollständig und komplett anders ist die Lage natürlich bei mir.

Sie sah ihm nach, sah ihn noch winken, als er in die nächste Gasse tappelte, bis ihr Sichtfeld anderweitig beschlagnahmt wurde.

»Toni, du? Ganz allein? Hast du deinen Chef k. o. geschlagen?«

Er grinste. »Teile und herrsche …«

»Bitte nicht. Keine Lehrstunde in altertümlichen Zitaten«, fiel sie ihm ins Wort. Sie sah an ihm vorbei die Straße hinauf, beugte sich zu ihm, flüsterte: »Irgendwas Neues, wie's ihr geht?«

Kurz zog Toni den Mund schief, schüttelte den Kopf und trat in die Metzgerei. Dann hielt Theres die Ladentür noch einmal besonders weit auf. Wie eine Wächterin folgte Wolfin dem Kommissar. Die Irische Wolfshündin wandte den Kopf in alle Richtungen, schnupperte und legte sich genau vor der Ladentür mitten im Weg ab.

»Ja, schon klar«, brummelte Theres, warf nach einem schnellen Blick auf ihre Angestellten die Schürze in die Wäschekiste hinter der Theke. »Kaum Platz anderswo, um seinen Astralkörper zu parken.« Lediglich ein Mμ hob Wolfin Augen und Ohren, als würde sie kurz über die Worte ihrer Herrin nachdenken. Maximal unbeeindruckt bettete sie ihr Haupt schließlich auf die Vorderläufe. »Oh, Hundin.« Theres wies den Ankömmling in Richtung der Tische, sie peilte die Kaffeemaschine an, musterte Toni über die Schulter. »Also dann? Fragen und Antworten.«

Der Kommissar schüttelte den Kopf, deutete auf die besetzten Tische, dann nach draußen. »Spaziergang? Inklusive eines kleinen verbalen Ausflugs zurück zu dem, was dein Pfarrer erwähnt hat – Linderhof?«

Demonstrativ wandte Theres sich dem Kaffeemonster zu. Das Rattern der Bohnen in den Schneiden des Mahlwerks zersetzte ihren Impuls, ihn mit den ersten Silben zu beschießen, die ihr in den Sinn kamen. Nette Anspielung – mein Pfarrer, dachte sie. Irgendwann, wenn ich Zeit hab, denk ich drüber nach. Männer, zefix.

Sie schluckte, rollte mit den Schultern, als könnte sie die Augenpaare abschütteln, die sich auf sie richteten, oder abschütteln, wie sehr sie sich ärgerte. Sie drückte den schweren, glatten Kaffeestempel in den Siebträger, diesen in die Halterung, dann auf den Knopf für den Brühvorgang. Mit zwei Tassen und ohne Worte passierte sie Toni und bedeutete ihm mit einem Nicken, sie an den letzten Tisch mit dem *Reserviert*-Schild zu begleiten.

»Eiskaffee – dagegen hätte ich mich heut auch nicht unbedingt gewehrt«, hörte sie hinter sich nuscheln.

»Stellst dir halt vor, der wäre so kalt wie mein Herz«, brummte sie. Klack-klirrend dotzten die Tassen auf den Tisch, ein wenig schwappte der Kaffee über. Den Platz mit Blick aufs Fenster sicherte sie sich. Wolfin setzte sich in Bewegung und trabte vom Eingang heran, die Schnauze erwartungsvoll in der Höhe, nach ausgiebigem Tätscheln durch Theres und Toni wickelte sie sich um Theres' Füße.

Toni legte sein Smartphone auf den Tisch und startete die Aufzeichnung mit einem prüfenden Blick, der sich auf die anderen Gäste richtete. »Gut, dann also doch hier.« Er seufzte und senkte die Stimme: »Worum ging es denn nun bei Linderhof?«

»Moment! Erst mal hab ich eine Frage!« Sie stützte sich auf die Tischplatte und fuhr sich übers Gesicht. »Habt ihr sonst schon wen gesprochen – Familie, die Feuermacher, Freunde? Oder was gefunden zu den IP-Adressen oder ihrem Laptop?«

»Theres!« Mahnend hielt er den Zeigefinger senkrecht vor seine Lippen, verneinte dann. »Was hat das damit zu tun, dass du nicht gleich von Linderhof berichten kannst?«

Sie stieß etwas zwischen Knurren und Atmen durch die Nase und hob so fordernd wie unnachgiebig die Braue. »Weil.«

Toni seufzte und verdrehte die Augen. »Pass auf: Im Moment ist sogar ein Gespräch mit Wolfin ergiebiger als die Frage nach dem Ermittlungsstand. Sollinger ist grad bei Paul. Die Ermittlungen liegen bei der Kripo Weilheim. Die Checks laufen, also die von den Trollen auf Tios Accounts in den ach so sozialen Netzwerken. Unsere ehemalige Kollegin bindet uns immerhin ein, mit der Auflage, gleichfalls alle Informationen weiterzuleiten. Sie weiß freilich: Sprechen Menschen mit Menschen, die sie kennen, wie hier die Leute aus dem Dorf mit uns, ist das oft zielführender.«

»Elif? Die war letztes Jahr hier, oder? Wenn auch nur kurz. Leider.«

Er nickte. »Die Guten fliehen rechtzeitig.« Tonis Augen funkelten lausbubenhaft. »Ich halt es schon seit vier Jahren hier aus, weil …«

»… du keine Alternativen hast?«

Erst glitt sein Blick auf sie, dann in den Raum, schließlich zum Weinregal. »Was wäre ich ohne das hier und ausreichend Wein – das Einzige, was mich hält, natürlich.«

»Held! Nach all der Zeit ist dein Weinkonsum schon sehr überschaubar. Gott sei Dank hab ich noch ein paar mehr Kunden …« Sie unterbrach sich. Durch ihren Kopf flitzte ein Gedankenblitz, den sie zu erwischen versuchte.

»Ein paar mehr, die sich was schönsaufen müssen?«, flachste er und zersetzte ihre Überlegung.

Theres blinzelte. »Schönsaufen, ja, ganz genau – in dieser schrecklichen Umgebung vor allem.« Dann starrte sie auf die Flaschen, als versteckte sich der entwischte Gedanke dahinter.

»Wie Linderhof, zum Beispiel. Also, Theres?«

Sie sah auf und ihn an, wie er sich ein wenig nach vorn lehnte, seine Augen heute grauer, wo sie oft blau wirkten, die Lider zuckten leicht. In seinem Bart war das Grau wieder ein wenig mehr geworden.

Theres furchte die Stirn. Sie spürte, auf welche Art Toni sie ansah. »Was du vorhin über den Wein gesagt hast, vom Schönsaufen …«

»Um die Zeit, vormittags? Theres, ich weiß, die Sache gestern hat uns alle mitgenommen, aber …« Er zwinkerte ihr zu.

»Trottel.« Dann war der Gedanke wieder da, sie schüttelte den Kopf. »Nein, nicht jetzt. Aber gestern Abend. Was ist, wenn noch jemand nach Tios Unfall akuten Weinbedarf festgestellt hat? Das könnte doch sein. Weil dieser Jemand etwas Furchtbares zumindest für eine Weile aus seinem Kopf löschen wollte.«

»Aber bei deinen Öffnungszeiten? Hier war doch längst dicht.«

Sie wackelte mit ihrem Zeigefinger in der Luft. »Du hast da was vergessen, Toni, etwas, das du sogar selbst schon benutzt hast. In meinem Automaten draußen neben dem Eingang sind nicht nur Wurst- und Fleischwaren oder Feinkost. Ein Roter und ein Weißer sind da immer drin. Zahlung per Karte. Was heißt …«

»Du solltest mal nach den Umsätzen sehen, falls jemand gestern noch eine Erinnerung löschen wollte und dafür die Daten seiner Bankkarte hinterlassen hat?«

»M-hm«, sagte sie, nickte. »Ganz genau. Vielleicht führt uns das ja zu jemandem.«

»Und wann erzählst du jetzt mal von Linderhof?«, erinnerte er sie.

Theres nickte. Dann schloss sie die Augen und wanderte in Gedanken zu jenem Sonntag vor gut zwei Wochen auf Schloss Linderhof. Sie erinnerte sich, sie räusperte sich, sie begann.

Sie blinzelte gegen das Sonnenfunkeln auf dem Wasser. Der perfekte Tag für einen Ausflug. Kurz drehte sie sich über die Schulter zurück, hob die Hand. »Bis gleich!«, rief sie Paul zu.

»Bis gleich, oben!«, antwortete er und bog zu den Toiletten ab.

Hinter dem Schloss vom Musikpavillon über die Gesteinstreppen hinab funkelte die Gischt in der Sonne, rauschte in einer Kaskade herab. Vorbei am Wasserbecken mit der Fortuna in der Mitte folgte sie der Geländeanlage, den Kieswegen, den Treppen weißen Gesteins hoch zum Schloss. Theres erreichte das Plateau. Sie drehte sich um und sog den Ausblick bis zum Venustempel auf, berauschte sich am Ausblick auf Schloss Linderhof, hielt nicht Ausschau nach Paul und dann doch, und dann zerschnaubte sie den Gedanken.

Oh, Res, es ist einfach ein Ausflug, ein Sonntag, eine Freundschaft. Und Linderhof ist nicht Venedig.

Die Ellbogen auf das Gemäuer gestützt, lehnte sie sich nach vorn. Unter ihr das Spiegelbild des Schlosses, die vergoldete Figurengruppe des Brunnenbeckens. Die letzten Glitzertropfen der Fontäne trafen auf die Oberfläche und brachten das Abbild zum Beben. Ihr Blick schweifte weiter über die Wege der Gartenanlage von Schloss Linderhof zur Linde und zur dreistufigen Terrassenanlage gegenüber bis zum Venustempel. Dieses Gemisch aus altem Stein, der Hitze der Sommertage, dem grünsatten Park und den Bergen mit ihrem waldgebauschten Grün, das sich an die Hänge schmiegte, füllte die Luft. Theres richtete sich auf, legte die Hände auf das warme Mauerwerk und sog den Atem tief in ihre Mitte.

Der Stein wärmte ihre Handflächen. Sie schloss die Augen, legte den Kopf in den Nacken. Sonne, Wärme auf ihrer Stirn, den Wangen, ihren Lippen. Über die Haut ihrer Schultern die Arme hinab, über ihre Beine rollte der Sommer seine Kraft.

Keine Äxte in der Dunkelheit, kein Blut, keine Jagd. Beinahe wie so ein gewöhnlicher Ausflug, wie so ein Tag in diesen Leben von Menschen, deren Hobbys nicht Messer und Gewehre und gelegentliche Mordfälle im Bekanntenkreis sind.

Sie grübelte, wann sie zuletzt Büro, Metzgerei oder Laden gegen so etwas wie ein paar Tage, wenigstens ein paar Stunden anderswo getauscht hatte. Gar nicht.

Sie stieß sich ab und brach auf zum Ostparterre, hoch zum abgesprochenen Treffpunkt. Ein paar Stufen, vorbei an der perfekt frisierten Hecke, ein paar weitere Schritte auf den Kieswegen neben dem Blumenbeet auf den nächsten Brunnen zu, in dessen Mitte Amor seine Pfeile in den Bogen spannte. Venus und Adonis passierte Theres, als durch die Hecken hinter ihr Satzbruchstücke stolperten und Worte, vor allem: bekannte Stimmen. Theres eilte weiter, auf den Kreis mit dem blumenbepflanzten Stern zu, Richtung Maurischer Kiosk. Die Stimmen folgten, ihre Schritte knirschend auf dem feinen Kies des Weges. Weiter, schneller, fort.

Wie wahrscheinlich ist denn, dass genau jetzt, genau heute jemand aus dem Ort hier ist?, überlegte sie. Gerade weil Linderhof nur die Nachbarschaft ist und keiner hier ist, weil man immer hierher kann. Kreizkruzefix!

In ihren Shorts spürte sie ihr Handy vibrieren. Theres duckte sich zwischen eine Statue und eine Hecke. Unter den Blicken irritierter Touristen drängte sie sich gegen die Blätter und Äste und starrte in die Wolken. Die Stimmen klangen gedämpft, manches eher nach Zischen, das meiste nach Spannung gemischt mit den Versuchen, zu beschwichtigen. Um die Worte zu verstehen, war Theres zu weit weg, hoffte zugleich, die beiden entdeckten sie nicht. Sie lehnte sich vorbei an den Blättern. Ihre Augen weiteten sich.

Überrascht zog sie sich zurück und ihr Handy aus der Tasche, tippte und verlegte den Treffpunkt mit Paul. Die beiden verschwanden in dem Teehaus, das Ludwig nach der Weltausstellung in Paris gekauft hatte.

Als sie hinter dem Vorhang außer Sicht waren, eilte Theres weiter den Berg hinauf. Am Eingang der Venusgrotte setzte sie sich auf einen Findling und wartete, bis Pauls Stimme sie aus den Gedanken riss. »Kleine Pause auf der Flucht?«

»M-hm.« Sie grinste, und er grinste zurück, hielt ihr eine Wasserflasche entgegen. In den kondensierten Wasserperlen am Glas verfing sich das Licht. In seinen Augen tanzte ein Funkeln, auf ihren Wangen spürte sie für den Moment die Hitze intensiver. Sie trat in den Schatten. Der Sonne entging sie, seinem Blick nicht.

»Weshalb treffen wir uns jetzt auf einmal hier und nicht oben?«

Sie winkte ab. »Ich dachte, ich stell deinen Orientierungssinn auf die Probe, um zu sehen, ob deine Schwäche in Sachen Himmelsrichtungen dich trotzdem die Venusgrotte finden lässt.«

»Fordernd wie immer.« Paul trat neben sie und lehnte sich zu jeder Seite. »Wie ich dich kenn, Res, bist du eher auf der Flucht vor jemandem, den du nicht treffen willst. Wen hast du gesehen?«

Theres richtete sich auf. Ihr Blick folgte dem Kiesweg, dann wandte sie sich um und deutete auf den Eingang der künstlich angelegten Tropfsteinhöhle. »Lass uns reingehen. Drinnen ist immerhin überschaubar, wer uns hört oder auch nicht.«

Der vergoldete Kahn, der künstliche See, die Blumengirlanden, die Malerei. An Pauls Seite schlenderte sie weiter in die Höhle. Das scharfe Flüstern, das sie vom anderen Ende hörte, alarmierte ihre Sinne, sie drehte sich um und sah aus dem Augenwinkel, wie Paul ihrem Beispiel folgte. Ihre Hand fuhr in seine Richtung und hielt ihn zurück, sich noch weiter umzuwenden. Sie zog ihn tiefer in die Schatten der Höhle. »Nicht!«, murmelte sie.

»Theres, was ist los?«

»Klappe«, murmelte sie erneut.

Die Stimmen näherten sich, ein Streit, zwei junge Menschen, ein allzu vertrauter Dialekt.

»Ogau holt einen überall ein.«

Paul zuckte mit den Schultern, musterte sie. »Sag nicht, du hast ein Problem damit, dass uns jemand hier zusammen sieht? Ist ja nicht so, dass wir verstecken müssen, zusammen unterwegs zu sein.«

Der Ausdruck auf seinem Gesicht veränderte sich kurz, als würde er etwas zurückhalten oder bedauern. Theres spürte einen kleinen Stich in ihrer Brust. Bedauern? *Weil* es nichts zu verstecken gibt? Sie betrachtete ihn einen Moment. Erst hielt er ihren Blick, dann zog sich der Moment zu lang. Paul wandte sich ab, winkte ab, doch nicht Theres. In ihr Fühlen stahl sich ein Brennen. Wut war es nicht, aber etwas Dunkles, Zynismus vielleicht.

Sie trat aus den Schatten, wusste, wie verwundert er sie gerade ansah. Zefix, dann sag halt was, dachte sie. Soll ich riechen, was du nicht sagst? Sie ärgerte sich noch mehr, weil sie sich ärgerte.

»Keine Macht den Geheimnissen.« Theres räusperte sich und ging auf die beiden zu. »Keine Macht bescheuerten, zusammenfabulierten Geheimnissen und Versäumnissen der Vergangenheit«, knurrte sie. Kurz darauf starrten sie zwei äußerst überraschte Menschen an.

An den Tischen der Metzgerei & Tages-Bar saßen nur noch drei, vier Gäste. Gegen die Hitze des Sommertages wappneten sie sich im klimatisierten Laden mit den letzten Schlucken einer kühlen Schorle, Cola oder den verbleibenden Happen einer Salat-Bowl. Theres rieb über ihr Gesicht, sie hörte Tonis Räuspern, seine Frage, und sie zögerte. Er stellte die Frage erneut, und sie schluckte. Was ihre Antwort bedeutete und zu wem sie ihn führen würde, konnte sie sich zu gut vorstellen.

Er hob die Hand und legte sie flach auf den Tisch. »Worüber genau ging das Gespräch, und wen hast du gesehen, Theres? Sagst du bitte, wer es war? In Worten? Telepathie steht heute unter den Ressourcen nicht zur Verfügung.« Sie starrte ihn an, weiter still. »Komm schon!«, forderte er. »Schweigen …«

»Schweigen schützt nur den Täter?«, übernahm sie den Satz.

Er lehnte sich einen Tick weiter nach vorne, zog sein Handy zu sich und öffnete neben der Sprachaufzeichnung die App für Notizen.

Ihr Blick verfing sich an seinen Fingern, die über dem Display schwebten. »Der Täter, die Täterin, die Person, die Tio töten wollte«, deklinierte sie die Möglichkeiten durch.

Er sah auf und ihr in die Augen. »Du weißt, wie es ist. Also, wer war dort und worum ging es?«

»Um etwas, das laut dem, was ich hören konnte, für Tio zu dem Zeitpunkt ein Geheimnis war.«

»Genauer, bitte«, seufzte er und rollte eine fordernde Geste durch die Luft.

Sie verengte die Augen. »Ich sag dir, wen Paul und ich dort reden haben hören und worum es ging. Aber du versprichst, du fragst die beiden unvoreingenommen. Dann kannst du deine Schlüsse ziehen oder ihr eure, wie auch immer. Die beiden haben sicher ihre Gründe, weshalb sie sich im Dorf eher aus dem Weg gehen.«

»Geheimniskrämernde Sturschädelin.« Toni seufzte. »Mag sein, vielleicht steht weder das Thema noch wen du getroffen hast im Zusammenhang mit dem Versuch, Tio zu töten – oder aber all das ist verbunden miteinander. Oder es führt uns immerhin auf die richtige Spur. Also?«

Als sie die Namen nannte, runzelte er die Stirn.

»Das überrascht mich. Ich hätte im Schloss auf Tio getippt, wegen dieser Artikelreihe um den Kini, vor allem zusammen mit Felix. Letztens waren die beiden auch gemeinsam unterwegs. Oder ist das schon wieder überholt, Tio und Felix? Die hat man in letzter Zeit oft miteinander gesehen im Ort. Das andere ist aber auch eine interessante Kombination. Läuft da wirklich was zwischen den beiden?«, fragte er. »Jedenfalls hätte ich nicht auf Pat und Manu getippt.«

Theres überlegte kurz, hob die Arme. »Ehrlich: Keine Ahnung, ob oder wie lang oder wer mit wem. Im Zweifel geht das an mir vorbei.«

Toni runzelte die Stirn. »Und du würdest sagen, Pat und Manu waren nicht nur zufällig gemeinsam in Linderhof, oder?«

»Die beiden sahen ganz bestimmt nicht nach Zufallsbegegnung an einem Ausflugsort aus.« Ihr fiel etwas ein. »Habt ihr Tios Laptop eigentlich auch?«

Toni schüttelte den Kopf. »Der war nicht auffindbar laut ihren Eltern.«

Schlurfende Schritte aus Richtung des Durchgangs lenkten sie ab, sie wandte sich kurz zur Uhr. Ihr Vater tauchte im Türstock auf, die Ladenschlüssel am Hosenbund, ein Brummen, das ein Gruß sein konnte, auf den Lippen. Er stützte die Hände auf die Hüften, schaute von den Angestellten zu den Gästen, zu ihr, zum Kommissar. »Seid ihr bald fertig?«

»Mei, Babba!«, rüffelte sie gutmütig. Einer der Gäste schreckte auf, das Grinsen auf den Mienen an den anderen Tischen wurde breiter.

Josef Hack trat in den Laden, begann schulterzuckend beim Ausräumen der Theke zu helfen. »Ach geh! Das gehört zum Programm! Die Leute warten doch drauf, kurz bevor wir schließen.«

»Also?«, brachte Toni sich in Erinnerung. »Keine Zufallsbegegnung?«

»Eher wie ein Pärchenausflug. Wer sonst besucht sonntags Schloss Linderhof? Familien, Pärchen …« Sie drehte sich dem Kommissar wieder zu.

Jeglicher Rest eines Lächelns verschwand aus Tonis Miene. »Ach?«, kommentierte er nur, musterte sie. Seine Stimme wirkte kälter, er: abweisend.

Irritiert sah Theres ihn an, telepathischer Kräfte nicht mächtig, einzuordnen, worauf er hinauswollte oder was er andeutete. »Ach?«, wiederholte sie.

Ein leises Schnauben entwich mit seinem nächsten Atemzug, er ließ sie nicht aus den Augen. Dann winkte er kopfschüttelnd ab. Er räusperte sich. »Seltsam jedenfalls, wenn man den jeweilig angeblichen Beziehungsstatus der Beteiligten betrachtet und dann überlegt, wer mit wem welche Ausflugsziele besucht.« Toni schnappte sein Smartphone, stemmte sich hoch von seinem Platz.

Theres stand ebenfalls. »Meinst du Tio jetzt, oder was soll das heißen? Oder ist unklar, ob Felix mit Tio zusammen war oder ist oder nicht?« Verständnislos sah sie ihn an. »Die ganze Zeit über jetzt hab ich von Manu und Pat gesprochen.«

Achselzuckend wandte er sich ab und marschierte zur Tür. »Passt scho, Theres! Wie du meinst.«

»Was heißt, wie ich mein?«, rief sie. Hinter ihm glitt die Tür zu.

16. Babba – Pflaster

20. August, Oberammergau, Metzgerei & Tages-Bar Hack

»G'scheider Schmarrn! Hörst du?« Josef Hack verschränkte die Arme noch fester vor der Brust, bevor er den Lappen in den Wäscheeimer knallte und hinter der Theke hervortrat, die blank geputzt blitzte. Die Tische und Stühle in der hinteren Hälfte des Ladens reihten sich zueinander in Erwartung auf die Öffnung am nächsten Morgen. Nur das Kaffeemonster summte noch betriebsbereit, und in gewisser Weise auch seine Tochter. Beinahe glaubte er zu hören, wie sich ihr Blick von der immer präsenten Arbeit am Laptop löste und in seine Richtung gleißte.

»Babba? Was zum Hack …?«

»Tio.« Als er den Namen nannte, bemerkte er, was über Theres' Gesicht huschte: Sorge im Gepäck eines schlechten Gewissens. »Du weißt, es ist nicht deine Schuld, was passiert ist.«

Seine Tochter lehnte sich nach hinten, hielt sich fest an der Bank, auf der sie saß. Tief seufzend holte sie Luft. »Es war mein Vorschlag, dass wir uns treffen, und dann bin ich auch noch zu spät dran.« Sie schob ihren Rechner zur Seite. »Toni meinte, zu ihrem Zustand gibt's nichts Neues. Immerhin heißt das, es geht ihr nicht signifikant schlechter.« Theres' Blick glitt aus dem Schaufenster zum Berg, zum Kofel.

Er streckte seine Hände aus und packte die Luft, als ob er alles Übel greifen und zerreißen könnte. »Herrschaft«, fluchte er. »Hat Klara irgendwas auf dem Handy gefunden? Und was ist mit Tios Laptop? Sie war doch dabei, noch einen weiteren Artikel zu schreiben? Deswegen wolltet ihr doch alle zusammen rauf, um ihr mit Fotos zu helfen.«

Sie sah zu ihm auf. »Nichts, gar nichts bislang von Klara. Und Tios Laptop war angeblich nicht auffindbar, laut Toni. Ehrlich gesagt hege ich einen Verdacht, wo der sein könnte«, deutete sie an. »Was anderes, Babba: Meinst, die Feuermacher haben ihr den Artikel krumm genommen? Der ist vor fünf Tagen erschienen.«

Seine Geste kehrte ihre Worte zur Seite. »Geh zu! Die Feuermacher? Ja, vielleicht bellen da ein paar: freilich! Aber beißen? Nicht mal die. Da müsste Tio eher Angst haben, dass mehr als einer sie heiraten und sofort zur Hausfrau machen wollte. Aber Gebell ist anstrengend genug. Und ...« Irgendwas kratzte in seinem Hinterkopf, ein Gedanke, ein düsterer. Greifen konnte er ihn nicht. »Und wenn es doch was zu tun hat mit diesem Social-Medien-Zeug online?«

Res seufzte und schwieg, sie starrte ihn an, und ihr Blick glitt ins Leere. Über seinen Rücken kroch ein Schaudern. Immer hatte seine Tochter eine Idee, eine Hoffnung, das letzte Wort. Normalerweise.

Nach einer Weile räusperte er sich, sie blinzelte, als wäre sie aus einem Nickerchen erwacht. »Weißt, Kind, dass du immer das letzte Wort brauchst – mir gefällt das nicht. Aber wenn du nichts sagst, mag ich das noch viel weniger.«

Theres' Brauen sprangen nach oben. Statt einer Erwiderung hob sie den Kopf, schob ihr Kinn vor. Mit verkrumpelter Miene klappte sie ihren Laptop zu.

»Und dir gefällt das noch viel, viel, viel weniger«, antwortete er für sie. Er hob die Arme, dann wandte er sich um, schlurfte zurück zum Durchgang ins Hintergebäude. »Wenn du sonst nichts redest, red wenigstens mit dem Paul. Mit ihm ist dein Grant ein bissl unterhaltsamer.«

»Trottel!« Das Wort polterte hinter ihm her. Dann hörte er schnelle Schritte. Kurz vor dem Büro holte sie ihn ein, Wolfin knapp hinter ihr. »Warte, Babba! Wir könnten vielleicht was tun. Komm mit.«

Er folgte den beiden hinaus und schloss die Tür des Hintergebäudes ab. Wolfin bog über den Hof zu einem Schattenplatz im Garten ab und überließ ihm und Theres die Sommerhitze. »Hast du von Felix' Oma was gehört? Weißt du, ob es ihr gut geht?«, fiel ihm ein.

Überrascht blinzelte sie. »War ich etwa bei der Salbung? Seit gestern Abend weiß ich nichts anderes als du.«

»Gscheiderl«, brummte er. »Von Paul hast nichts gehört?«

Sie schüttelte den Kopf, dann erzählte sie von ihrem Plan. Josef Hack starrte an ihr vorbei auf die nebeneinanderliegenden Eingangstüren ihrer Wohnhäuser, schließlich zu ihr. »Tios Eltern behelligen? Nein, sicher nicht.« Er bewegte seinen Kopf von links nach rechts. »Überleg noch mal, in welcher Höllen-Dimension so was jemals eine gute Idee gewesen wär?« Seine Tochter kreuzte die Arme vor der Brust, alles andere änderte sich nicht. Er winkte sie mit sich und stapfte auf seine Haustür zu, drehte sich über die Schulter zu Wolfin. Die hob nur kurz Kopf, Schnauze, Brauen, Ohren. Dann legte sie alles wieder ab, knurr-brummelnd, als wäre sie zufrieden mit ihrem Platz oder zu sommermüde, den Aufwand für eine Verlegung anzustreben. Recht hast, Hundin, dachte er.

Auf dem Weg durchs Haus zur Terrasse packte er zwei alkoholfreie Radler aus dem Kühlschrank. Eines dotzte er auf den Holztisch, mit dem anderen plumpste er in seinen Sessel und ploppte den Verschluss auf.

Theres nahm ihres und neben ihm Platz. Sie fuhr sich übers Gesicht und kühlte mit der Flasche ihre Wangen, seufzte. »Aber es geht um Tio. Wir können nicht einfach nichts tun, Babba.«

Er legte den Kopf schief. »Ich weiß, du willst was tun. Aber du müsstest doch mittlerweile wissen, dass dem ersten Impuls nicht die beste Entscheidung folgt.«

Sie verengte die Augen, öffnete den Mund zur Antwort, er kam ihr zuvor. »Wie nach dem Abi von einem Tag auf den nächsten nach Wien zu übersiedeln. Die Blitzidee hat hier ein Schlachtfeld hinterlassen, und ich will nicht wissen, wie es in dir drin ausgesehen hat, nicht zu reden von …«

»Ja, ist ja gut, Babba«, fiel sie ihm ins Wort. »Wir zwei haben das wieder auf die Kette gekriegt. An allem anderen arbeite ich, aber man kann ja auch nicht ewig warten.«

»Wir zwei schon«, bestätigte er und ließ sie nicht aus den Augen, besonders, als er seinen nächsten Satz aussprach: »Wieso hast nicht Paul wegen deines Plans gefragt? Das wäre naheliegend.«

Sie zuckte kurz zusammen, fasste sich gleich wieder. »Wie? Wegen …«, stammelte sie und wirkte für einen Moment, als wäre sie bei etwas ertappt worden.

Er verkniff sich, seine Miene auch nur in irgendeiner Weise zu verziehen, und griff ihren Vorschlag noch mal auf. »Wie? Also: Wie sieht das denn aus? Freilich, mir ist das Wurscht wie Fleisch, und natürlich kann ich mit den Leuten reden, und ich sag nicht, dass die Idee verkehrt ist. Aber, Res: Tios Eltern gehen durch die Hölle, auch wenn sie wissen, dass ihre Tochter noch lebt.« Er schluckte, zögerte, als müsste er Kraft sammeln, allein, um das Wort auszusprechen. »Tio wäre fast gestorben und ist noch lang nicht über'm Berg. Wenn du den Gedanken schon nicht erträgst, weil du Tio magst, stell dir vor, wie's ist für ihre Eltern. Und dann tauchen da wir zwei auf, zwei Fleischzerleger, und fragen nach drei Komma fünf Sätzen Trost und Unterstützungsbekundungen zufällig, ob wir Tios Laptop kriegen. Das ist ziemlich schräg. Wie kommst du da überhaupt drauf?«

Seine Tochter zog ihr Handy hervor. Erst sah sie ihn an, dann an ihm vorbei. »Ja, zefix. Nur so ein Gefühl halt. Und an den Paul hab ich schon gedacht, nur antwortet der nicht.« In dem Moment vibrierte das Smartphone in ihrer Hand. Kurz flackerte etwas wie Hoffnung über ihr Gesicht, dann Enttäuschung, dann Erstaunen. Sie konzentrierte sich weiter auf das Display und tippte darauf.

Er räusperte sich. »Fein, immerhin muss ich nicht vollends an deinem Hirn zweifeln. Nur an deiner Geduld – oder Ungeduld, wie man's nimmt.« Kopfschüttelnd seufzte er und bemerkte erneut einen Blick, der wie ertappt wirkte. »Egal, zu Leut, die grad so was durchmachen, schickt man nicht unbedingt zwei Metzger, um Trost zu spenden und einen Laptop für die Neugier der Hobbyermittler abzugreifen, meinst nicht?«

»Babba …« Ihre Stimme war eher ein Flüstern, eher Pflichteinwurf als Widerspruch. »Ich hab's beim ersten Mal schon begriffen. Aber vielleicht geben sie mir den eher als der Polizei.« Sie seufzte, sah endlich auf, hielt ihr Handy hoch. »Klara hat sich gemeldet. Etwas hat sie schon mal gefunden auf Tios Handy: einen ziemlichen Battle zwischen Tio, Manu und ihrer Schwester.«

»Was die Tonis wissen sollten«, mahnte er sie, bemerkte direkt ihr Nicken und ihr erneutes Tippen auf dem Smartphone. Er schwenkte die Flasche in seiner Hand, sein Blick franste aus.

»Und Res«, brummte er gedankenverloren. »Geh mit dem Paul. Er als Pfarrer, und du als … Na, sie hat dich doch gemocht, und ihre Chefin warst auch. Das passt besser. Vielleicht hast recht mit dem Laptop. So oder so ist das, was passiert ist, übel. Und nicht für alles gibt's *Babberlen*.«

»Pflaster?«, wiederholte sie. »Pflaster drauf und alles gut?«

»Das wär's. Oder nicht?« Er sah sie an. »Aufs Herz, aufs Hirn, auf d'Haut. Des würd sicher viel helfen. Dir auch.«

»Mei, Babba.«

17. Toni – Listen & Steingemeißeltes

20. August, Oberammergau, Polizeistation

Etwas riss von außen an der Tür zur Amtsstube der Polizeistation. Toni stoppte seinen Satz mitten im Wort »Manu«. Der Blick seines Chefs vom Podest herab beschwor ihn, keinesfalls weiterzusprechen. In der Nachmittagshitze schleifte die Tür der Polizeistation über den Boden und zurück ins Schloss. Schritte tappten in den Raum. Doch selbst für das Klatschen von Sohle gegen Boden schien die Akustik zu erschöpft, anstatt die Laute wie üblich vom öffentlichen Bereich durch die ganze Amtsstube zu tragen. Alles klang matt – wie durch den Dampf der Sommerhitze aufgeweicht.

Ohne zusätzliche Schweißausbrüche gelang es Toni an seinem Schreibtisch, sich von Sollinger ab- und dem Tresen zuzuwenden. Und verstand das Signal seines Chefs umso besser.

Auf der Seite des Publikumsbereichs stützte Elif erst die Ellbogen auf und klappte dann die Unterarme auf den Tresen. Ihre Mundwinkel wanderten in einem genussvollen Lächeln nach oben. »Kühl.« Kurz schloss sie die Augen und rollte die Außenseite ihrer Arme über das polierte Holz der Theke.

Sollinger trat näher an den Rand des Podests. »Willst du nicht rüberkommen? Heute vergeben wir Sitzplätze kostenfrei.«

Elif gönnte der Innenseite ihrer Unterarme die kältere Oberfläche des Tresens, bevor sie sich aufrichtete und stirnrunzelnd von einem zum anderen sah. »Wobei hab ich euch zwei gerade unterbrochen? Tipps fürs Hairstyling?«

»Durchschaut! Was wir halt so tun.« Toni fuhr sich demonstrativ durch den Undercut. »Was führt dich her?«

»Arbeit. Was ich halt so tu«, konterte sie, zwinkerte dann versöhnlich. Auf dem Weg durch die Klapptüren in den Amtsraum verteilte sie Desinfektionsmittel auf Händen und Armen und stopfte das Fläschchen zurück in eine der Taschen ihrer Hose. »Ich hab Neuigkeiten: Zum einen haben wir Hautreste unter Tios Nägeln gefunden, ihren Hals zeichnen Würgemale. Zum anderen gehört das Handy in der Nähe der Absturzstelle Andreas Neulinger. Sagt euch der Name was?«

Fragend starrte Toni hoch zum Podest.

Sollinger wandte sich zu Elif. »Gut, dass du da bist. Zwei, drei Dinge wissen wir auch. Und du sagst, dem Andi gehört das Handy?«, vergewisserte er sich. »Für die Zuagroasten unter uns: einem der Feuermacher, einem der älteren«, schob er hinterher.

»Ein Glück, dass du in Oberammergau aufgewachsen bist«, zog ihn Toni auf. »In irgendwas brauchst ja auch du einen Wissensvorsprung.«

»Depp!« Sollinger nahm die Stufen vom Podest mit zwei Sätzen und lehnte sich gegen die Kante des nächsten leeren Schreibtischs. »Glück wäre es, wenn das das Einzige wäre, das du nach bald vier Jahren nicht weißt. Aber du kennst die Leut ja auch immer noch nicht, gell?«

»Mei, schee«, übertrieb Elif den örtlichen Dialekt. Sie lehnte sich mit dem Rücken gegen den Tresen und deutete zwischen ihnen hin und her. »Der liebevolle Austausch, die produktiven Gespräche, die klaren Antworten. Wie hab ich's vermisst. In Kurzfassung: Ihr wisst, wer das ist, und wir können zeitnah mit ihm sprechen, wie sein Handy dorthin kam, oder? Habt ihr in der Zwischenzeit noch was rausgefunden?«

Toni erntete einen weiteren nachdrücklichen Blick seitens seines Vorgesetzten, zusammen mit der Andeutung eines Kopfschüttelns. »Zwei, drei Dinge von der geistlichen und der fleischlichen Front«, gab er zurück. »Und was das Sprechen anbelangt: Chef, nachdem du alle kennst, ist das ja kein Problem, oder?«

Sollinger winkte ab. »Bei dir bin ich mir nicht sicher, aber grundsätzlich kriegen wir das hin.«

»Apropos sprechen … Lesen ist ja hoffentlich auch kein Problem, oder?«, begann Toni und drehte sich von Sollingers fragender Miene zu Elifs. »Ich komm drauf, weil wir grad bei den Feuermachern sind. Hat einer von euch beiden Tios Artikel zum König-Ludwig-Feuer gelesen? Kann es sein, dass deswegen einer von denen einen Grant hat?«

Elif runzelte die Stirn. »Wie meinst du das? War sie recht ungut in ihrem Bericht – forsch, vielleicht? Hat sie gewagt, eine andere Meinung zu äußern, als man hier gerne liest?«

Toni zuckte mit den Schultern. »Ich fand den Artikel ganz recht. Aber ich kann mir vorstellen, dass gerade die letzten Sätze nicht bei allen auf Begeisterung trafen.«

»Schickst du mir den?«, bat Elif. »Ich schau ihn mir nachher an. Je nachdem, was im Artikel steht, sollten wir da definitiv nachbohren.«

»Mir auch noch mal«, schloss Sollinger sich der Bitte an. »Nach meiner Unterhaltung mit dem Pfarrer und dem, was Baurieder von seinem Besuch bei der Metzgerin berichtet hat, gibt es sowieso noch weitere Gespräche, die wir dringend führen sollten, mit noch ein paar anderen Feuermachern.«

Elif zog ihr Handy aus der Hosentasche und setzte sich auf den Tresen. »Dann lasst hören!«

Toni fasste die Informationen aus der Unterhaltung mit Theres zusammen. Die Chatprotokolle aus Tios Handy erwähnte er nicht, die mitsamt Inhalten durch Klaras Hilfe inzwischen auf den Laptops der Oberammergauer Polizeidienststelle waren.

»Schau an, Feuermacher scheinen auf dem Datingmarkt im Dorf hoch im Kurs«, kommentierte Elif die Nachricht, dass Tio offenbar mit Felix und ihre Schwester Pat mit Manu, Tios Ex-Freund, zusammen gewesen war.

Dann berichtete sein Chef von dem Austausch mit Paul. »Der Pfarrer grübelt, ob wir bei dem Fahrradunfall was übersehen haben könnten.«

Kurz setzte er die Kollegin ins Bild über die ergebnislosen Ermittlungen. »Ach«, kommentierte sie nur, zog die Brauen hoch, mehr nicht. Tippte auf ihrem Smartphone mit. Sie musterte Sollinger eine Weile, dann ihn. »Weitere Zeugen außer dem Pfarrer gibt es nicht?«

»Tio selbst«, fuhr Toni dazwischen. »Sie hat den Hergang ein paar Tage später noch mal bestätigt, sogar, dass sie in das Auto geblickt hat. An den Fahrer fehlte ihr allerdings jegliche Erinnerung, beharrte sie.«

Der Hauptkommissar stützte die Hände auf die Hüften. »Zur Identifikation hat keiner der beiden beitragen können, weder Paul noch Tio. Farbe und Marke, ein Kennzeichen, das mit OA beginnt, keine Details. Das hatten wir bereits im Unfallbericht.«

Hat Tio wirklich nicht erkannt, wer der Fahrer gewesen war? Die Überlegung schoss durch Tonis Kopf.

Elif notierte weiter. »Und sonst ist niemand in der Nähe gewesen?«

»Paul ist nichts aufgefallen, und Tio stand unter Schock, meinte er. Als er zu ihr kam, war sie bei Bewusstsein, allerdings erst orientierungslos. Sie erkannte ihn auch nicht im ersten Moment, hielt ihn stattdessen für Felix. Paul sprach von einer Abwehrreaktion, einem Zurückschrecken. Dann erzählte sie ihm ziemlich aufgelöst, wem sie kurz zuvor beim Denkmal an der Kreuzigungsgruppe begegnet war, und dass ihr Fahrrad zeitweise unbeaufsichtigt an der Straße stand.«

Sollinger kniff die Lippen zusammen, starrte zu ihm, schließlich zu Elif.

»Und?«, sagte sie.

Das Schweigen nahm den Raum einen Moment zu lange ein, schabte unangenehm in Tonis Hinterkopf, und mit einem Mal wusste er weshalb und zischte einen Fluch.

»Was, und?« Sollinger furchte die Stirn.

»Verratet ihr mir den Namen, oder mögt ihr ihn lieber tanzen?«

»Manu«, sagte sein Chef. »Der Pfarrer meint aber, er würde ihm das nicht zutrauen.«

»Fabulös.« Das Wort glühte für ein paar Augenblicke zusätzlich zur Raumtemperatur. Elifs Tonfall war in der Lage, Ozeane zu trocknen. Ihr Kiefer spannte sich, wie immer, wenn Ereignisse oder ihre Mitmenschen und Kollegen hinter ihren Erwartungen zurückblieben.

»Wie gut, dass Menschen stets nur das tun, was man von ihnen erwartet und nie, gar nie, das Schlimmste, was man sich vorstellen könnte«, kommentierte sie. Die Bitterkeit der Worte brannte noch einen Moment nach.

Elif trat auf Sollinger zu. »Und kurz darauf sind dieser Manu, der auch Tios Ex ist, und Tios Schwester Pat als Pärchen in Linderhof unterwegs, wenn ich Tonis Zusammenfassung richtig aufgenommen habe. Wenn das nicht ein sehr seltsamer Zufall ist.« Sie tippte auf ihr Handydisplay, dann wandte sie sich wieder ihnen zu. »Andi, Manu, Felix und Tios Schwester Pat dürfen sich über ein kleines Interview mit uns freuen. Mit wem … vielmehr: Wer fängt mit wem an, meine Herren?«

Toni klopfte auf die Tischplatte, bis die beiden anderen zu ihm sahen. »Das sollte so zeitnah wie möglich sein, oder nicht? Andernfalls ist der Inhalt des Gesprächs schneller per Handy bei den jeweils anderen, als wir blinzeln können. Abweichungen in deren Berichten finden wir nur, wenn die sich nicht groß absprechen können.«

»Dass sich bloß keiner von euch verplappert und ihnen steckt, was mit Tio passiert ist«, hakte Elif nach. »Solange ihr dichthaltet, wissen die auch nicht, warum wir mit ihnen reden wollen.«

Sollinger deutete auf ihn. »Dein Job: Manu finden, Antworten finden. Irgendwas finden, was ein Licht in die letzten Wochen bringt.«

»Egal, wie?«

»Ich vertrau auf das ermittlerische Fingerspitzengefühl, das du irgendwo während deiner Laufbahn gepflückt hast.«

»Irgendwie, also.« Toni grinste, bemerkte Elifs schmunzelndes Augenverdrehen. Er schnappte sich das Ladekabel vom Schreibtisch und die Autoschlüssel. Er marschierte zum Ausgang.

»Moment! Du nimmst nicht ernsthaft den Wagen für ein bisschen Fahrt durchs Dorf?«, rief Elif ihm hinterher.

Mit der Hand am Türgriff stoppte Toni, er streckte sich, um auf den Tresen zu tippen. »Wie war das mit kühl? In meinem Alter bin ich noch nicht bereit zu schmelzen, zumindest nicht vor einer wichtigen Vernehmung.« Er drehte sich wieder zum Ausgang, hielt dann nochmals inne. »Wie teilen wir die anderen auf?«

»Ich kümmere mich um meine Antworten«, erwiderte sein Vorgesetzter.

»Mh. Guter Austausch, Chef!« Toni hob den Daumen.

»Depp!« Dann nickte Sollinger Elif zu. »Ich schau das Unfallprotokoll noch mal durch. Elif, kannst du veranlassen, dass man mir weiterschickt, was schon da ist? Wann rechnest du mit der Auswertung von Andis Handy, Chatprotokolle, Anrufe?«

»Ich weiß es nicht, in ein paar Stunden, wenn wir Glück haben, vielleicht morgen.« Sie wiegte ihre Hand in der Luft. »Das wäre als Grundlage für die Unterhaltung mit Andreas nicht verkehrt. Ich sag den Kollegen Bescheid, sie sollen dir das direkt schicken. Weißt was, ich mach mich auf den Weg mit Toni. Vielleicht finden wir diesen Felix auch noch.«

»Bei Felix ist recht sicher, wo wir ihn finden könnten: Im Hotel seiner Familie. Wenn ich in Sachen Andi nicht weiterkomme, nehm ich mir Felix vor.« Der Hauptkommissar suchte Tonis Blick, seine Augenpartie wurde schmal. »Ich schau mir das alles an«, wiederholte er, ohne zu blinzeln, ohne ihn aus den Augen zu lassen, und Toni verstand, dass er damit die Daten von Tios Handy einbezog. Dann hob er die Hand und erklomm die Stufen zu seinem Büro.

Die Tür der sonnenverwöhnten Karosse auf dem Parkplatz vor der Polizeistation öffnend, überkam Toni ein kurzer Impuls von Spontanschmelze. Elifs Blick, Elifs Frage, Elifs Alternativvorschlag zu Schusters Rappen, anstatt im Innenraum zu verdampfen, überging er standhaft – oder stur. Knapp vor dem Siedepunkt ächzte erst der Startknopf, dann der Motor, der Gang schleppte sich ins Getriebe und Schweißperlen rannen über Tonis Stirn und Wangen.

An ihrer ersten Destination trafen Toni und Elif niemanden, zumindest nicht Manuel. Er fand sich weder in der Einliegerwohnung bei seinen Eltern, noch trafen sie ihn kurz darauf bei seinem Arbeitgeber an. Auch auf dem Handy war er nicht zu erreichen.

Elifs Gesicht glänzte am Ende der Fahrt nur minimal weniger als der Spott in ihren Mundwinkeln. Die Kommissarin informierte Sollinger telefonisch über den Status quo und verabredete mit ihm, sich im Dorf zur Lagebesprechung zu treffen. Sie legte auf und drehte sich zu Toni. »Wie lang ist der Artikel von Tio? Auf dem Weg zum Theatercafé schaff ich doch, den zu lesen, oder?«

18. Königsfeuer

Ein Artikel von Viktoria Linh Sophia Nghun

Von all den Mythen und Rätseln um den Tod eines Königs erzählt diese Geschichte nichts. Diese Geschichte ist auch keine über die Schlösser, die jeder kennt, keine über den Starnberger See und das Sterben, keine über die Kutschen und die nächtlichen Schlittenfahrten, keine über die Skandale, die heute höchstens noch ein mildes Zucken über manche Miene jagen.

Diese Geschichte ist die Geschichte einer Liebe. Es wissen gar nicht so viele Menschen von dieser großen, glühenden Verbindung, obwohl sie noch Jahr für Jahr in der Nacht vom 24. auf den 25. August über Oberammergau leuchtet, entzündet von Oberammergauern. Für Ludwig II. Für einen Menschen, dem seine Zeit so fremd war und der als Märchenkönig später so bekannt wurde wie kaum ein anderer, über Ländergrenzen hinweg.

Liebe und Verbundenheit. Damit begann es, und dafür entflammt Oberammergau noch immer auf seinen Gipfeln rundum, auf dem Kofel, Aufacker, Laberköpferl, Laber, Rappenkopf, Hebamsberg. In den Wochen und Monaten vor dem 25. August tun sich die Feuermacher zusammen, jene Oberammergauer, die das brennende Gedenken zum Leuchten bringen. Sie arbeiten Holz, schichten, schleppen und zimmern in Form, als Kreuz, als Krone, als L, als II. Zum ersten Mal brannte das Freudenfeuer am 15. Oktober 1875, als Dank für ein besonderes Geschenk, seit 1888 brennt es regelmäßig am Vorabend des Königsgeburtstags, am 24. August. Es erinnert an den Mann, der Kunst und Fantasie über Kriege und Tod stellte, obwohl er sich ihnen nicht entziehen konnte.

Geld brauchte und nutzte er lieber für seine Bauten, die Kunst, die Musik, dafür, die Welt zu sich nach Bayern zu holen, als in politischem Ehrgeiz hervor- und möglicherweise gegen Preußen und Bismarck anzutreten.

Aber was wäre gewesen, wenn nicht? Mehr Kriege, Hunger, verwüstete Landschaften und Seelen?

Stattdessen fanden unter diesem Wittelsbacher Träume den Weg in die Realität und führten Bayern ins Zeitalter der Technik. Vielleicht waren ein Teich im Wintergarten im ersten Stock der Münchner Residenz und ein Elefant dazu nicht die nachhaltigste aller Ideen. Besser stand es um seinen Prunkschlitten als vermutlich erstem Fahrzeug der Welt mit elektrischer Beleuchtung, um die Beleuchtung der Venusgrotte bei Schloss Linderhof und um das Münchner Nationaltheater ab 1885. Auch holte Ludwig II. Carl von Linde an die von ihm gegründete Technische Universität. Für Kunst und Künstler, auch für repräsentative Architektur schlug sein Herz ganz besonders. König Ludwig II. förderte Wagner als Komponist, ließ das Festspielhaus in Bayreuth bauen, die Schlösser Neuschwanstein, Herrenchiemsee, Linderhof, mit Einflüssen aus verschiedenen Kulturbereichen.

Umso schmerzhafter, was ein paar Jahrzehnte später ausgehend von München unter den Nationalsozialisten geschah und auch an technischem Fortschritt für Zwecke umgewidmet wurde, die die Gesellschaft spalteten, Menschen missachteten und misshandelten. Als man

Fremdes mit Argwohn betrachtete und mit Angst und dem Wunsch, es zu vernichten. Als Künstler zuerst verschwanden und viele der Anständigen etwas später.

Ludwig II., also? Ist es nicht so: Allein, wenn man seine Porträts betrachtet, spürt man, er hätte alles haben, alles erreichen können. Macht, Einfluss, das Fortschreiben der Dynastie. Stattdessen wollte er seine Träume leben, vielleicht leuchtende Bilder schenken und leichte Herzen, vielleicht auch alles ganz egoistisch für sich behalten. Vielleicht wollte er Kunst und Freude verbreiten, weil er nach dem preußisch-österreichischen Krieg und dem deutsch-französischen seelenwund war oder herzwund genug, um zu sehen, wie viel Leid dieses blutige Ringen um Einfluss und Boden über sein Land und Volk gebracht hatte.

In jedem Fall wollte er aber eine Privatvorstellung der bereits damals weltbekannten Passionsspiele eines oberbayerischen Dorfes eingebettet in die bayerischen Alpen: Oberammergau.

Er sah Menschen und Werke, Kunst, Musik, die ihn bewegt haben. Der Begeisterung des Königs über die Aufführung folgte königlicher Dank – zwölf Meter hoch und achtundfünfzig Tonnen schwer. Bildhauer Halbig erschuf das damals größte Steindenkmal der Welt im Auftrag des Märchenkönigs als Geschenk. Nach rund vier Jahren mühten und zerrten und zogen nimmermüde Arme und ein Pferdefuhrwerk das Denkmal 1875 über Wochen von München, über Stein und Stock und zwei Menschenleben, durch matschtriefende Täler und die Berge nach Oberammergau. Sichtbar ist seine Wertschätzung noch immer – steingeworden für jene, die auf Bühnen stehen, die ihre Zeit und Energie opfern, um andere zu erfreuen, die Lichtfunken in die Herzen schicken. Die Kreuzigungsgruppe steht auch heute noch an ihrem Platz in der König-Ludwig-Straße.

1886 starb Ludwig II., seit 1888 leuchten und brennen die Oberammergauer Berge vom 24. auf den 25. August für ihn. Die Feuermacher zünden sie für den Kini an – aus Freude, Respekt, Erinnerung, Dankbarkeit.

Seit Jahrzehnten sind es Männer, die ihre Tradition an Männer weitergeben, im Gedenken an einen, der anders war, dessen Anderssein die Menschen noch immer berührt, obwohl er es selbst nicht sein sollte. Anders und herausgefallen aus einer Norm, von der niemand weiß, wer sie aufgestellt hat.

Vielleicht ist *anders sein* eigentlich die Norm. Angst hält uns in Käfigen und voneinander fern. Angst krallt sich an das, was immer schon war, was sich an alten Strukturen eingebrannt hat und dieses *anders* so verdächtig macht.

Vielleicht kann man, darf man, sollte man auch anders sein und … leben. Vielleicht ist Veränderung das, was Leben wirklich ist, eigentlich ist. Vielleicht verändert dieses Feuer auch unser Hier. Wenn Veränderung die Tradition einholt, leuchtet aus Neuem etwas Größeres.

19. Paul – Granit & Gefühle

20. August, Oberammergau, Kirche St. Peter & Paul

Paul trat aus dem Beichtstuhl und fuhr sich übers Gesicht, gähnte. Erst drehte er sich zum Altar, und als er niemanden in den Bänken entdeckte, in Richtung Chor und zum hinteren Kirchengestühl. Er erschrak, erkannte dann, wer hinter dem Taufbrunnen in der letzten Reihe saß.

»Himmel noch eins! Sag mal, spinnst du jetzt ganz? Du hättest mich vorwarnen können, wenn du schon eine Kirche betrittst. Weiß ja keiner, ob sich nicht gleich die Erde öffnet, wenn schon die Hölle zugefroren ist. Welcher Grund treibt dich sonst freiwillig in die Kirche?«

Theres warf ein einziges Wort gegen ihn, es hätte auch ein Stein sein können: »Trottel!« Sie stemmte sich von ihrer Kirchenbank hoch. Gleichzeitig hörte er ein Schaben und Rumpeln, dann kratzte etwas über den Boden. Theres murmelte Unverständliches, und schon stürmte ein grauer Fellwirbel auf ihn zu. Selbst auf dem Marmor hielt die Irische Wolfshündin das Gleichgewicht.

»Hölle, Teufel, hin oder her. Wenn schon, dann bringe ich sogar meinen Höllenhund mit in die Kirche.« Ein Schmunzeln lag schief auf Theres' Gesicht, das Funkeln in ihren Augen konnte Paul selbst auf die Entfernung ausmachen.

»Würde ich dich nicht kennen, könnte ich glauben, Regeln bedeuten für dich, dass nur andere sich daran halten. Aber …« Er breitete die Arme aus, hielt inne, nur um drei Atemzüge später Wolfins Fell zu strubbeln. »Sind nun mal alles Gottes Geschöpfe.« Als er sich aufrichtete, gewahrte er gerade noch, wie Theres die Augen verdrehte.

»Eigentlich …« Sie runzelte die Stirn. »Ich hab nicht gesehen, dass Tiere nicht in dieses Gebäude dürfen. Egal! Wissenschaft und Geschichte, Evolution und Technik sind ja auch nur so Willkürlichkeiten, von denen man in diesen Gemäuern höchstens gerüchteweise gehört hat.«

Paul starrte sie an, überlegte einen Moment, dann schüttelte er den Kopf. Übertrieben legte er Daumen und Zeigefinger um sein Kinn. »Sorry, ich kann dir grad nicht folgen. Ist das das Spiel? Wie stell ich eine Frage, ohne die Frage zu stellen? Oder erklärst du kurz, was du hinter deinen Worten versteckst?«

»Im Klartext: Alles muss man selbst tun, wenn man will, dass es erledigt wird.« Res zuckte mit den Schultern. »Zum Beispiel ein Smartphone bedienen und zeitnah auf Nachrichten antworten, wenn kurz vorher was Arges war oder die Metzgerin schreibt.«

»Sch…« Das schlechte Gewissen schoss einen Vorwurf durch seine Gedanken, brachte Pauls Miene in Schieflage, verwandelte das Wort in eine Frage. Seine Hand fuhr in die Tasche und griff nach dem Handy, das wie ein Fisch zwischen seinen Fingern zappelte. Er erwischte es mit dem Rist seines Fußes, was verhinderte, dass es auf dem Boden zerschellte. »Ich hab total …«

Sie hob die Hand und ließ sie wieder fallen. »Mah«, grummte sie. »Egal, Paul. Ausreden gern wieder nächstes Mal, ich hab keine …«

»Keine Zeit und irgendwas Dringendes vor. Und nach dem Monolog von eben noch weniger Zeit«, übernahm er ihren Satz.

»Trottel.«

Nach einem Blick auf das Display schob Paul Wolfin zur Seite und ging auf Theres zu. Er stupste sie an. »Gibt's eine Zusammenfassung deiner Texte? Andernfalls muss ich Urlaub fürs Lesen nehmen. Oder muss ich erst Abbitte leisten, ehe wir uns wieder unterhalten können? Wie in diesen ganzen Filmen, wo sich die Figuren in Missverständnisse wickeln, bis alles so schlimm ist, weil keiner mit dem anderen spricht? Am Ende sind statt einem Mord dann drei geschehen …«

Theres schoss einen Blick auf ihn. »Drei für einen – ein gutes Angebot, oder? Weil es jemand mal wieder nicht schafft, eine Nachricht zu beantworten. Jemand.«

Wie auf Kommando tapste Wolfin auf ihn zu und hob den Kopf. Wenn er ganz genau hinsah, glaubte er, eine tiefe Falte zwischen ihren treudunklen Augen zu sehen, die sich bis in sein schlechtes Gewissen grub.

»Ich hass dich wirklich, ernsthaft«, fuhr Theres fort. »Allein dafür, wie viel ich jetzt reden muss.« Nur das Funkeln in ihren Augen unterstrich, dass sie das Gegenteil meinte. »Aber wenn schon reden, dann auf dem Weg. Bevor ich's vergesse: Ich soll dich vom Babba fragen, wie's dem Felix seiner Oma geht. Erinner mich nachher dran!« Sie schritt vor ihm aus dem Kirchenportal, über den Friedhof Richtung Oberdorf. Als Nachhut tapste Wolfin hinter ihnen her.

Zehn Minuten und so was wie – für Hack'sche Verhältnisse – einen Dialog später, starrte er sie an und wägte ab, was er von ihrem Vorschlag und dem Besuch bei Tios Eltern halten sollte.

Über ihr Gesicht wanderte ein Schatten. »Ich weiß, die Tonis, die Kripo Weilheim, alle ermitteln in alle Richtungen. Aber ich glaube: Auf die Hänge kommt keiner so schnell, der nicht von hier ist.«

»So wie es klang, so wie Tios Nachrichten klangen, ist ihr jemand gefolgt. Tio kannte den Weg gut genug. Und jemandem zu folgen, schafft auch ein Stalker aus einer Stadt. Das Hobby der meisten Stadtleute ist doch, sich in wochenendlichen, Instagram-dokumentierten Wander-Exzessen zu ergehen«, wandte er ein.

»Gscheidhaferl!«

Wolfin wuffte kurz auf. »Dich hat niemand gefragt.« Er beugte sich zur Hündin, sah wieder auf. »Und du: Du kannst nicht ausstehen, dass ich recht habe. Gib zu: Das ist durchaus eine Option.«

»Gut, vielleicht ist das so«, räumte sie ein. »Was auf Tios Laptop ist, könnte trotzdem helfen. Der Punkt ist: Der muss bei ihren Eltern sein. Wenn die Tonis ihn nicht kriegen, vielleicht haben wir eine Chance. Also ich mit dir.«

»Ich hab kein gutes Gefühl bei der Sache, Res.«

Sie sog ihre Unterlippe ein, kaute darauf. »Das ist … also, jedenfalls: Ich brauche deine Hilfe. Wenn ich mit dir als geistlichem Beistand auftauche, wirkt das weniger seltsam als nur ich als Tios Chefin. Was ist falsch daran zu signalisieren, dass wir da sind? Wir sind zwar nicht Familie, aber wir verstehen den Schmerz und fühlen mit. Ewig zu überlegen und zu warten, hilft Tio nicht.«

Paul stoppte, nach ein paar Schritten hielt sie inne und kehrte zu ihm zurück, Verständnislosigkeit auf ihrer Miene.

»Was denn?«

Er schüttelte den Kopf. »Dir ist schon klar, dass es hier um Menschen mit Gefühlen geht? Die sind gerade sehr verletzt, die sind schockiert und denken an nichts anderes als daran, dass ihre Tochter überlebt. Tios Leben steht Spitz auf Knopf. Hast du jemals erlebt, was das mit Eltern macht? Eltern, die ihr Kind in diese Welt gebracht und beschützt haben, durch Schule und Schürfwunden, Liebeskummer und leidige Phasen. Eltern wollen sehen, wie ihr Kind sich entfaltet, seinen Weg findet, Freunde, Beruf, Partner, erfolgreich wird, glücklich, vielleicht selbst Kinder kriegt. All das zerstört jemand mit einer Tat. Und jetzt kommst du und willst einen Laptop, während ihnen das Herz bricht?«

Theres trat einen Schritt zurück. »Nichtstun hilft nichts und niemandem«, erklärte sie, rieb ihren Nasenrücken.

»Es kann sich nicht immer alles danach richten, was *du* willst.«

»Kreizkruzefix! Glaubst, ich bin aus Granit?«

»Damaszener Schwertstahl?« Sein Achselzucken brachte ihm einen Blick wie eine Messerklinge ein.

Sie fuhr herum, und was ihre nächsten Worte waren, verstand er nicht. Freundlich klang ihre Stimme auch dann noch nicht, als er sie wieder eingeholt hatte. Er öffnete den Mund.

»Bitte nicht!«, schnitt sie seinen Versuch ab. »Ich will's nicht wissen. Geh mit oder lass es bleiben, Paul. Ich bin sicher, sie hat Sicherungskopien erstellt von ihrem Handy und allem, woran sie gearbeitet hat. Viel mehr als Daten haben wir nicht – beichten wird man höchstens dir, nicht den Tonis, und auch nur dann, wenn meine Theorie greift und es einer von hier war. Ein Stalker aus der Großstadt eher nicht.«

»Die Leute sind grad vermehrt beim Beichten wegen des Ludwigsfeuers.«

»Alle? Auch die Jungen?«

Er zuckte mit den Schultern. »Die Älteren auf alle Fälle, aber normalerweise alle Feuermacher. So war es die letzten Jahre.«

»Beichten.« Der Ausdruck flappte auf die Straße wie ein Stück Unrat, um das sie lieber einen Bogen machte. Dann wandte sie sich zu ihm, und ihre Augen wurden schmal. »Das heißt, du kannst auch sagen, wer beichten war, oder? Nur der Inhalt fällt unter Geheimhaltung.«

Er furchte die Stirn. »Beichtgeheimnis.«

»Kannst du behalten, Details brauch ich auch nicht. Also: War schon was dabei? Oder wer?«

Er schüttelte den Kopf. »Das bringt uns nicht weiter.«

In Sichtweite tauchte das Mehrfamilienhaus auf, in dem Tios Familie wohnte. »Res, du bist dir sicher, dass dir der Laptop es wert ist, die Wunden bei Tios Eltern noch weiter aufzureißen, ja?« Er hörte sie tief einatmen, bemerkte aus dem Augenwinkel, wie sich ihr Oberkörper aufrichtete, ihre Miene … Er meinte Wut darin wahrzunehmen, drehte sich lieber nicht zu ihr.

»Sicher?« Das Wort aus ihrem Mund schnitt in seinen Ohren. »Sicher bin ich, dass ich die Zeit lieber anderweitig verbringen wollte, dass ich Tio lieber schreiben sehen würde, lebendig vor allem, statt halb tot. Sicher bin ich, dass es nicht sein kann, dass sie über Wochen Angst hat und am Ende sogar zu Recht. Dass es nicht sein kann, dass einfach jemand Tios Leben nimmt und wegschmeißt.«

Am Hauseingang hielt sie inne. Wolfin huschte weiter und legte sich im Schatten ab. »Bist du sicher, dass du das mittragen kannst und mir trotzdem zutraust, zu wissen, dass meine Mitmenschen Emotionen besitzen?«

Ihre Augen ließen ihn nicht los, ihr Blick versetzte ihm einen Stich, noch mehr ihre Bemerkung. Die Erinnerung an ihren Aufbruch nach Wien drängte sich in seinen Kopf und unweigerlich die Frage, ob sie damals gewusst hatte, welche Wunden sie in wem schlug. Er schluckte. »Ich bin da und geh mit dir, selbst wenn du anderen das Herz rausreißt«, entgegnete er. »Falls du das immer noch nicht weißt«, entwischte ihm der Gedanke.

Wie sich ihr Mund erst öffnete, dann wieder schloss, als hielte sie es für besser, die Worte nicht auszusprechen, wie sich ihre Miene veränderte – hart wurde, kalt, unbewegt. Er wusste nicht, was er daraus schließen sollte. Die Maske, die er sah, hielt ihn ab nachzufragen.

Sie drückte ihren Finger gegen das Klingelschild, stieß die Haustür auf und gegen die Wand, sodass das Türblatt gegen ihn schlug, als sie bereits hindurch und auf den ersten Stiegen nach oben war. An der Wohnungstür warteten sie kurz, hörten hastige Schritte sich nähern.

»Theres Hack.« Tios Mutter blinzelte durch den Spalt der Tür und wischte sich über die Wange. Aus einer geöffneten Zimmertür fiel Licht in den Flur, brach den Halbschatten über der Gestalt in splitternde Hälften.

Linh Mai Nghun starrte sie an. Ihre Wangen nass, die Augen gerötet, verquollen. Sie bemerkte ihn, und da entglitten ihre Züge. »Pfarrer Paul?« Für die letzte Silbe erlosch ihre Stimme beinahe. Die Hand, mit der sie die Tür geöffnet hatte, fiel wie Blei herab, die andere fuhr hoch zu ihrem Mund. Ihre Knie knickten ein, sie stolperte rückwärts, kopfschüttelnd, Angst in den Augen. Sie strauchelte und knallte mit dem Kopf gegen die Kante des Türstocks schräg hinter sich. Theres war mit einem Schritt bei ihr, stützte Tios Mutter und half ihr auf. Linhs Blick hing fest auf ihm.

»Nein«, murmelte sie nur, zitterte. Paul war nicht sicher, ob ihre Fingerspitzen rötlich verfärbt waren, als sie die Hand von ihrem Hinterkopf zurückzog. »Nein, nein, nein.« Mit jeder Wiederholung wurde sie kleiner.

Theres hielt ihre Hand, dann sah auch sie ihn an. Zweifel brachen durch die Maske der taffen Frau. Sie räusperte sich. »Linh, wir haben nichts Neues.« Der Satz kam leise und gehetzt über ihre Lippen.

Ungläubig sah Linh zu ihr und wieder zu Paul. Er nickte. Sie schloss die Zimmertür neben sich. Dann trat sie zur Seite und bat sie in die Küche. »Luong ist gerade auf dem Weg nach Murnau.« Ihre Lippen, ihre Hände zitterten. Sie stützte sich an der Tischkante ab und sank auf die Eckbank. »Ich hab eben gedacht: Was will der Pfarrer bei uns, wenn nicht was Schlim…« Ihr Schluchzen raubte die Silben, sie drehte den Kopf weg, ihr Körper bebte, sackte noch weiter in sich zusammen.

»Nein.« So sanft und weich wie möglich modulierte Paul seine Stimme. »Aber wir sind informiert.« Er warf einen Blick und all seine Missbilligung auf Res, deutete ein Kopfschütteln an.

Sie wich ihm aus, ihr Kinn schob sich trotzig nach vorn. Er sah deutlich, wie sie schluckte, dann straffte sie sich, trat neben Linh und berührte deren Unterarm. »Tio war und ist mir wichtig … uns wichtig. Was ihr zugestoßen ist, ist furchtbar. Wenn wir irgendwas tun können, Linh, scheu dich nicht, sprich uns an.«

Erneut bebte der ganze Körper, noch immer sah Tios Mutter nicht zu ihnen, die Wange, die Paul zugewandt war, war nass. »Meine Tio, mein Kind.« Ein Laut folgte, als würde sie ersticken, sie entzog Theres den Arm und presste ihre Faust gegen die Brust. »Sie … mein Herz.« Als sie erneut Luft holte, klang ihr Weinen in Pauls Ohren, als würde es sie zerreißen.

Theres streckte sich nach einer Box mit Taschentüchern und stellte sie auf den Tisch. Paul verdrehte die Augen. Er tippte sie an und deutete zur Tür, als Zeichen zu gehen.

»Linh …«, begann sie, rollte mit den Schultern. Tios Mutter beugte den Kopf, stützte sich mit der Hand vor Augen auf der Tischplatte ab. »Linh«, wiederholte sie, räusperte sich.

Paul atmete hörbar aus, zupfte Theres erneut am Arm, sie schlug seine Berührung fort, beugte sich vor.

»Vielleicht ist auf Tios Laptop etwas, das zeigt, wer dafür verantwortlich ist. Tio ist nicht von alleine gefallen.« Sie schob ihre Hand über die Tischplatte in Linhs Sichtfeld. »Jede Kleinigkeit hilft, den zu finden, der das war, und dass er – wer auch immer – das nicht erneut versucht.«

Tios Mutter zuckte zusammen, dann fuhr sie hoch. Sie starrte Theres an. »Noch mal?«, flüsterte sie.

Paul tippte mit der Fußspitze gegen Theres' Ferse. »Nicht«, wisperte er kaum hörbar. Hinter ihrem Rücken wedelte Theres mit der Hand, als wollte sie ihn verscheuchen. Er hoffte, sie verstand, dass sie nicht weiter drängen sollte. Er wusste, sie würde ihn ignorieren. Er verfluchte sie dafür.

»Nicht, wenn wir herausfinden, wer es war.« Theres nickte. »Oder ist Tios Laptop verschwunden?«

Linh furchte die Stirn, betrachtete erst Theres und dann ihn und hob ihr Kinn kaum, so müde und erschöpft war sie. Ihre Hand zitterte, als sie nach den Taschentüchern griff, ihre Augen tränten noch mehr, als sie versuchte, die Tränen zu trocknen. Auf ihrem Gesicht, an ihrer ganzen Statur arbeitete der Schmerz gegen die Überwältigung und Fassungslosigkeit über das, was in den letzten Tagen der Familie widerfahren war, gegen die Überraschtheit, eine ebenso profane, vielleicht sogar dreiste Frage zu hören wie die, den Laptop mit allen Gedanken und Schriften von Tio an jemanden außerhalb der Familie auszuhändigen.

Theres griff nach Linhs Hand und drückte sie, Paul schluckte ein missbilligendes Seufzen herunter. »Es ist wirklich wichtig«, hörte er sie sagen.

Verflucht, Theres!, dachte er. Kannst du es nicht einfach lassen? Wirklich wichtig sind für eine Mutter, für einen trauernden Menschen, für Menschen mit Herz gerade ganz andere Dinge.

Dann drückte Linh ihr die Hand, rutschte von der Bank und deutete zum Flur. »Wir wollten nicht alles weggeben von ihr. Der Laptop … ist Tio das Wichtigste, ein Teil von ihr. Wir wollten wenigstens etwas von ihr behalten, wenn …« Sie sammelte sich. »Wenn ich meine Tochter verliere. Sie … mein Herz …« An Theres' Arm brach sie erneut zusammen.

20. Toni – Kühle Überraschungen

20. August, Oberammergau, Theatercafé

Toni blinzelte gegen die Sonne zum Kofel und folgte Elifs zu einem Knoten gefassten Haar auf die Terrasse des Theatercafés. Hinten im Schatten schmolzen Eis und Eiskaffees vor einer Gruppe glühender Freundinnen zu Cremesüppchen. Drei Tische weiter zog ein kondensperlenüberzogenes Glas Rhabarberschorle in der Hand eines Vaters sehnsüchtige Blicke aus dem schaukelnden Kinderwagen und der Oma daneben auf sich. Hauptkommissar Sollinger entdeckte er an keinem der Tische. Elif wartete, bis er zu ihr aufgeschlossen hatte, dann deutete sie auf die schmelzenden Inhalte der Eisbecher. »So was. Drinnen.«

Kurz vor dem Eingang wichen sie Bierdeckeln aus, die eine Gruppe Endzwanziger gerade zusammen mit nicht ganz ernst gemeinten Argumenten und Gelächter um sich warf. »Servus, Toni, servus, Elfi, auch wieder im Lande?«, kam es aus der Runde, und er sah, wie seine Kollegin kurz zuckte. Aber während er die Hand hob und den Gruß erwiderte, marschierte sie in den Innenraum, als wäre nichts, und entschied sich für einen Tisch in der hinteren Ecke des Raums.

»Sag mal, Elif …« Toni zögerte kurz, als er den Ausdruck in ihrer Miene sah – zermürbt, enttäuscht. Er entschied, die Sache mit ihrem Namen nicht zu thematisieren. Mit einem letzten Blick auf die Tische in der Sommersonne setzte er sich zu ihr. »Was ist los mit dir? Bist du unter die Vampire gegangen, oder was stimmt plötzlich nicht mehr mit der Sonne?«

So zog einen Mundwinkel hoch, jedes Mehr an Aufwand war ihr in der Nachmittagshitze offenbar zu viel. »Ich weiß, das überrascht dich, aber Menschen tun das gelegentlich, nennt sich: Rücksicht nehmen. Warst du nicht eben der, der wegen seines biblischen Alters zu schmelzen droht?«

»Hm.« Ertappt kniff er die Lippen zusammen. »So gnädig von dir.«

Sie zog ihr Handy raus. »Danke für den Artikel. Fand ich gut, hoffnungsvoll, ein Mensch, der Feindseligkeit erfährt und trotzdem weitermacht und am Ende durch seine Bauten und Förderung der Kunst länger überdauert und mehr Menschen erfreut als die, die ihn bekämpfen.«

Toni zuckte mit den Schultern. »In jedem Fall war und ist der König unterhaltsam. Wenn man bedenkt, wie viele Leute über ihn geschrieben und gerätselt haben und noch immer versuchen, das Mysterium um seinen Tod im Starnberger See zu lösen«, ergänzte er. »Aber, ehrlich: Ich hätte eher was erwartet in Richtung Doppelmoral – wie Menschen, die den König feiern, einen, der heute so ist, für seine Queerness mindestens verachten. Stattdessen schmücken sie sich aber mit Pseudo-Lorbeeren. Vielleicht auch irgendwas Negatives über die Feuermacher. Einfach was, das sich eindeutiger als Mordmotiv eignen würde.«

»Meinetwegen hätte der gern noch ein wenig pointierter sein können, stimmt. Denkst du, weil Tio aktuell wieder hier lebt, hat sie sich zurückgehalten? Oder haben die ganzen Hasskommentare sie vielleicht doch eingeschüchtert?«

»Schwer zu sagen«, meinte Toni. »Wäre schade. In genug Einheitsschlacke waten wir ohnehin. Eine klare

Meinung, ein konstruktives Schlaglicht auf Probleme wäre schön, damit wir sie überwinden und nicht noch weiter versumpfen in diesem Panikjournalismus.«

»Oh«, stöhnte Elif. »Das war ja schon fast poetisch.« Sie richtete sich auf. »Aber ich seh, was du meinst, auch in Sachen Tio. Vielleicht war das dennoch ausreichend, um den ein oder anderen aus der Fassung zu bringen. Ich check mal, ob wir einen neuen Stand in Sachen Spurenauswertung haben.«

In der Zwischenzeit überflog Toni auf seinem Smartphone noch einmal Theres' Infos zu Tios Chats und grübelte. Elif sollte das wissen, dachte er, aber sobald sie davon weiß, kassiert sie das Handy ein. Shit.

Eis und Getränke standen beinahe so schnell vor ihnen, wie sie bestellt hatten. Elif wartete, bis der Wirt außer Hörweite war, dann flüsterte sie: »Wir haben mehr. Ich geb Anton Bescheid. Besser, er sieht sich das gleich an. Im E-Mail-Eingang auf dem Handy von diesem Andreas ist eine sehr offiziell klingende Beschwerde von Tio. Sie schreibt, sie würde alles publik machen und ihre Reichweite nutzen, und verlangt ein Gespräch mit ihm und den Verantwortlichen.«

»Sie verlangt?«, wiederholte er. »Zu welchem Thema?«

Elifs Augen wanderten wieder auf das Display. »Es ging darum, dass nur Männer bei den Feuermachern sind«, las sie vor. Dann sah sie auf. »Warum ist das eigentlich so? Gibt es dazu ein Vereinsbuch, Regularien, in Stein gemeißelte Gesetzestafeln? Wieso macht das keine einzige Frau?«

»Kennst du eigentlich diese Momente? Man denkt: Wie schön, diese traute Zweisamkeit mit einer Person –

und dann kommt so eine Frage?« Toni verzog das Gesicht.

»Seckl!«

Er rieb sich die Schläfe, hob dann schulterzuckend die Hände. »In meinen vier Jahren hier hab ich Folgendes verstanden: Feuermacher entstammen den alteingesessenen Ogauer Familien. Die Aufgabe wird vom Vater an den Sohn vererbt. Gewohnheit, Tradition, was auch immer. Ich erinnere mich nicht, dass es Schriftliches dazu gibt. Ist ja schließlich auch kein Verein.«

Elif legte den Kopf schief, irgendwas zwischen entnervt, erschöpft und Ärger auf ihrer Miene. »Wow!« Ihre Stimme klang bitter. »Was machen denn Feuermacher-Väter, die nur Töchter haben und deren Töchter Feuer und Flamme für so ein Theater wären? Mal wieder runterleiern, dass man etwas immer schon so gemacht hat? Da komm ich mir ja vor wie beim Passierschein A38. Euer ganzes Luggi-Feuer ist doch auch nur ein weiterer Vorwand, andere auszuschließen verpackt als Tradition.«

Toni richtete sich auf. »Moment mal! Wenn ich mich umschau, passiert in Oberammergau viel, um jeden einzubinden – Weiblein, Männlein, andere Religionsgruppen, Zuagroaste.« Er bemerkte, wie Elif die Augen verdrehte. Sie starrte ihn an, sie schwieg, nichts in ihrer Miene bewegte sich. Mit jedem Augenblick fühlte er sich unwohler.

»Feuermacher, hm«, sagte sie schließlich. »*Jeden* einbinden. Kommissare auf der Dienststelle, Regisseure beim Passion, Pfarrer, alteingesessene Ogauer.« Sie seufzte, schüttelte den Kopf. »Immerhin habt ihr eine Metzger*in*. Das ist gut, das ist richtig. Aber solange das *etwas Besonderes* ist, solange man das hervorheben kann oder muss, sind wir ein ganzes Stück von dem entfernt, was so gerne als Normalität deklariert wird. Schau dich um, Toni!« Sie deutete nach draußen. »Normal ist, dass es vielerlei Menschen gibt, nicht nur Männer, und nicht nur Männer und Menschen, die immer schon ihr ganzes Leben und über Generationen an nur einem Ort gelebt haben. Selbst du hast es immerhin von München hierhergeschafft. Aber gehörst du deswegen dazu?« Elifs Augenpartie wurde schmaler. »Du fällst vielleicht nicht so auf, weil du so aussiehst, wie die meisten hier aussehen. Trotzdem bist du immer noch der Münchner. Frag nicht, was ich bin. Wenn's charmant rausgeht, bin ich die Elfi. Was ein echt schöner Name ist, nur nicht meiner«, sagte sie. »Die Metzger*in,* die hier aufgewachsen ist, gehört auch nicht wirklich dazu. So kurz ich hier war, hab ich das oft genug gehört. Mehr als einmal wurde gemauschelt, dass der alte Metzger oder ein männlicher Nachfolger besser gewesen wäre für die Metzgerei & Tages-Bar.«

Toni musterte sie. So stumm wie anklagend die Wahrheit und Enttäuschung auf ihrer Miene, in ihren Worten, ihrem Blick. In seinem Kopf stellte er ihre Ausführungen gegen seine Zeit hier, die Erfahrungen und die Monate, in denen Elif mitgearbeitet hatte, erinnerte sich, was Theres gelegentlich erzählte. Elifs Worte schälten den Zuckerguss von seiner zusammengebackenen heilen Welt, stupsten ihn darauf, dass weit weniger heil und gut war, als er für gewöhnlich sehen wollte.

Er sah weg, konzentrierte sich auf die Schale mit Eis vor sich. Es versprach wohltuende Kühlung. Sein Blick schwenkte nach draußen. Er fluchte.

Ohne Erklärung stand er auf, durchquerte den Raum, Elifs Fragen in seinem Rücken. Auf der Terrasse stellte er sich mit der Sonne im Rücken an einen Tisch. Sein Schatten fiel auf Manu.

Wenig später erschien Elif neben Toni, sie tauschten einen stummen Blick. Manu senkte seinen, wie seinen Kopf, wie seinen ganzen Körper, der tiefer in den Stuhl und aus dem Schatten rutschte. Das Sonnenlicht offenbarte Unerwartetes auf der Miene des jungen Mannes.

Überrascht musterte Toni sein Gegenüber, dann Elif, die nickte. Er räusperte sich. »Manuel, wie schön, dich so zufällig hier zu sehen«, begann er. »Was für ein Zufall, dabei haben wir gar nicht versucht, dich anzurufen oder dich zu treffen.«

Die Weilheimer Kommissarin legte ihr Smartphone demonstrativ auf den Tisch. Sie deutete darauf, dann zielte sie auf Manus Wange. »Bestimmt ist dein Handy kaputt oder mindestens so angeschrammt wie dein Gesicht. Möchtest du uns dazu ein bisschen was erzählen?«

21. Tio – versunken

20. August, Murnau, Unfallklinik

Sie schnappte nach Luft, aber etwas blockierte ihren Mund. Tio riss die Augen auf. Sofort verschwamm ihre Sicht wie unter Wasser, aber es war viel zu dick und zu träge. Wieder zog die Nacht sie hinab, ihre Lider glitten zu. Sie strampelte dagegen an wie gegen Schlacken. Neben ihr schwamm ein Purpurmantel, ihre Glieder verhedderten sich darin, dann war er fort. In ihrem Kopf wurde das Schrillen laut. Sie kämpfte gegen die Wellen der Dunkelheit, und durch ihren Körper blitzte Schmerz, dann eine Erinnerung, ein Bild, ein Gesicht wie gemalt. Das Porträt des Märchenkönigs löste sich auf wie Nebel.

Nacht war um sie, und da war Mondlicht und die Luft, die schon ein wenig feucht schmeckte. Viel zu weit weg wirkten die Bergkanten. Zu ihren Füßen meinte sie ein Rauschen zu vernehmen. Nicht der Kofel, meldete irgendwas in ihr. Kurz wurde es hell, sie sah Schläuche, einen Monitor.

Dann war wieder Dunkel überall. Es zog sie in die Tiefe ihrer Erinnerung und zurück in die Nacht am Berg, zurück zu all den anderen Nächten in all der Zeit davor. Worte prallten wie Geschosse gegen sie. In ihre Brust, in ihren Kopf sengten sie sich tief ein, Worte, die wollten, dass sie schwieg. In ihre Augen brannte sich ein Blick, die Kontur des Gesichts verwischte, als raubte er ihr die Fähigkeit zu sehen. In ihren Ohren brannte die Stimme ihres Gegenübers, die wollte, dass sie …

Sie verstand nicht, was die Schreie bedeuteten. Sie spürte den Schlag an ihren Schultern, stechend und dumpf, wie er sie packte, drückte, schob.

Nicht ertrunken. Die Worte kreisten in ihren Gedanken. Sie fiel. Sie stemmte sich gegen ihre bleischweren Lider, doch ihre Augen öffneten sich nicht.

Vor ihr ein Gesicht, es ergab keinen Sinn, es erinnerte sie an den Mann in der Nacht, nachdem all diese Schmerzen auf sie eingeprasselt waren, vor den Sirenen, bei den Sirenen. Nichts passte zusammen.

Ihr Denken verschwamm, der Schmerz damit. Nur noch der Märchenkönig stand weiter vor ihren Augen, und ihr Bewusstsein glitt davon.

22. Theres – Schatten

20. August, Oberammergau, Metzgerei & Tages-Bar Hack

Hinter Theres klackte die Tür des Mehrfamilienhauses ins Schloss, der Ausblick vor ihr schickte eine Gänsehaut ihren Rücken hinab. In Pauls Nacken spannten sich Taue statt Muskeln, als sollten sie ihn noch weiter von ihr fortziehen. Stiege für Stiege stapfte er hinab und weiter, ohne sich zu ihr umzudrehen, nicht einmal andeutungsweise. Theres überlegte. Sollte sie noch mehr Abstand halten? Sich in Luft auflösen? Dematerialisieren?

Sie presste die Lippen aufeinander, die Augen zu. Nichts geschah. Sie lief ihm nach. Dröhnend und schmerzhaft hallten der Nachmittag, die Gasse, die ganze Luft um Theres von Pauls Schweigen wider. Sie versuchte, leise Schritte auf den Teer zu setzen, leise zu atmen. Als zerbräche andernfalls alles in tausend Splitter. Sie spürte Paul neben sich brodeln. Sie ahnte, in ihm arbeitete nicht einfach Wut, sondern ein Vulkan aus Schmerz, Trauer, Enttäuschung und Verletztheit.

Bis zur Abzweigung zum Pfarrhaus klammerte sie sich an der Stille fest, so fest wie Paul die Hand in den Stoff seiner Hose gekrallt hatte, den Laptop unter ihrem Arm hielt sie noch fester. Dann drehte er sich um. »Du nimmst dir einfach, was du willst. Ganz gleich zu welchem Preis und was das mit den Leuten macht.«

»Ein Ziel zu haben bedeutet nicht, weniger zu empfinden. Ich mache das für Tio. Um herauszufinden, wer das war«, warf sie ihm hinterher. Anstelle einer Antwort knallte die Haustür zu, er hatte nicht einmal einen Blick für sie übrig.

»Sturkopf«, grummte sie. »Und wenn *du* das nicht siehst, dann …« Theres starrte auf die geschlossene Tür. »Kreizkruzefix.«

Wenig später im Schatten ihrer Terrasse auf der Liege brannte die Sonne weniger als ihre Wut. Sie starrte in den Garten, der noch so war wie in den Sommern ihrer Kindheit. Eine Holzwand trennte ihre Terrasse von der ihres Vaters, den Garten teilte nichts. Im Kopf hetzte sie den Gedanken und den vergangenen Stunden hinterher. Als hätte ich was anderes tun können, dachte sie.

Sie ärgerte sich. Ärgerte sich, weil sie sich ärgerte. Sehnte sich nach dem Moment, der das Früher zurückbrachte, die Spannung auflöste in jenes Was-auch-immer, die Erinnerung an die Sommer der Kindheit. Doch dann zerbrach der Augenblick, zerschellte. Daumen und Zeigefinger presste sie so fest gegen die Wurzel ihrer Nase, dass sie im ersten Moment zweifelte. Wo rührte das Klingeln her? Kopf oder Tür?

Ein zweites Mal schrillte die Glocke durchs Haus und hinaus. Der Nachhall begleitete sie durch die Räume und in den Gang hinein. Das Metall kühlte ihre Hand, der Griff gab unter ihrem Druck nach, die Tür schwang auf, ein wilder Blick aus zornigen Augen. Im ersten Moment zuckten Theres' Mundwinkel nach oben, Erleichterung flog in ihr Herz. Dann registrierte sie die fehlende Brille, die längeren Haare, die größere, kantigere und doch weiche Statur.

Tios jüngere Schwester stützte die Arme auf ihre Hüften. »Zum Teufel, was nimmst du dir raus?«

Theres blinzelte, trat einen Schritt zurück, als ihr gewahr wurde, dass sie starrte, wie sie starrte. Dann trat sie wieder nach vorn. »Pat.«

Die jüngere Schwester unterbrach sich kopfschüttelnd. »Hast du kein Gewissen, keinen Anstand, irgendwas? Dass Tio für dich gearbeitet hat, gibt dir noch lang kein Recht auf ihre Sachen.«

»Ich …«

»Du?«, fuhr Pat in ihren Satz. »Um dich geht es nicht. Es geht um uns. Weißt du, was es für meine Eltern heißt, dass sie sterben könnte? Was das mit meinen Eltern macht, dass Tio … wenn Tio stirbt?«

»Was ist so schwer daran zu glauben, dass auch andere um Tio trauern – ich zum Beispiel?«

Pat trat auf sie zu. »Ich will Tios Laptop zurück. Er gehört nicht dir.«

Theres verschränkte die Arme vor der Brust. »Und dann, Pat? Was tust du damit? Ist da etwas, das du verstecken musst?«

Pats Kinn schob sich nach vorne, die Muskeln ihres Kiefers spannten sich. »Brat doch in der Hölle!« Sie schüttelte den Kopf, und Theres sah, wie die Hand auf Höhe des Oberschenkels sich zur Faust formte. Theres machte einen Schritt nach vorn. Tios Schwester fuhr herum. »Warte!«, sagte Theres.

Pat reagierte nicht, eilte davon.

»Zefix!«, fluchte sie.

23. Toni – (R)ausgerutscht

20. August, Oberammergau, Theatercafé

Toni stützte sich auf der Tischplatte auf, ohne Manu aus den Augen zu lassen. »Magst vielleicht reinkommen mit uns? Oder ist es dir lieber, wenn wir hier draußen bleiben?« Er deutete auf die Fensterfront.

Manu sah sich auf der gut besuchten Terrasse des Theatercafés um, dann zu Elif, zu ihm. Dass er wenig Interesse daran hatte, die Unterhaltung mit der Polizei unter den Augen der anderen Gäste zu führen, drückte allein schon seine Miene aus. Elif nickte Toni zu und ging voraus, dahinter versuchte Manu, nicht zu hektisch nach drinnen zu schlendern. Toni beobachtete, wie er das Handy aus der Hosentasche zog, darauf tippte und beinahe über die Türschwelle in den Innenraum stolperte.

Toni grübelte kurz. An wen diese Nachricht wohl geht?

Am Tisch starrte Manu von ihm zu Elif. Im Vergleich zum Gesicht des Feuermachers war das Weiß an den Wänden des Cafés eine tiefsatte, spektralreiche Farbe.

Elif setzte ihr typisches Lächeln auf. Das von den Abenden ihrer Zeit in Oberammergau, als sie Sollinger und Toni umfassend unter den Tisch getrunken hatte und nur noch sie und Theres zu einer Unterhaltung imstande gewesen waren. Die Kommissarin lehnte sich ein wenig vor und krallte ihren Blick in Manus. Ihre Finger schwebten über dem Startknopf für die Sprachaufzeichnung. »Du hast doch nichts dagegen?«, sagte sie mehr feststellend als fragend. »Ich bin Kommissarin Elif

Aygün von der Kriminalpolizei Weilheim. Vergangenes Jahr war ich zeitweise zur Unterstützung hier im Ort. Und du bist Manuel, nicht wahr? Manuel Demmler. Oder Manu – was ist dir lieber?«

Der Angesprochene sank tiefer in seinen Stuhl, sein Blick huschte durch den Raum. »Manu passt schon«, raunte er, als wagte er nicht, von ihr – oder von ihnen beiden – auch nur einen einzigen weiteren Buchstaben zur Erklärung einzufordern.

Elif fuhr fort: »Manu, wir haben erfahren, dass Tio einen Fahrradunfall hatte und du sie kurz zuvor getroffen hast. Ums kurz zu machen: Du hattest Gelegenheit, ihr Fahrrad ungesehen zu beschädigen.«

»Was?« Manu ruckte in seinem Stuhl nach oben. »Hat Tio das gesagt? Das hat sie …« Er unterbrach sich, presste die Lippen aufeinander, als wollte er etwas zurückhalten. Ein paar Augenblicke lang sah er zwischen ihnen hin und her, die Furche in seiner Stirn grub sich beständig tiefer. »Soll das heißen, Tio denkt, ich hab ihr Fahrrad manipuliert und ihren Unfall verursacht? Oder wollt ihr mir das unterstellen? Ich hab mich am Denkmal nur mit Tio unterhalten.«

Elif sah auf und warf Toni einen Blick zu, dann schüttelte sie den Kopf. »Es ist doch so: du hattest Gelegenheit, das zu tun.«

Manu wischte sich über den Mund, er starrte an ihr vorbei. »Nein. Ich …« wieder unterbrach er sich. »In hundert Jahren würd ich so was nicht …«

Toni schnaubte vor Ungeduld. »Komm schon, Manu. Ich hab heut Nachmittag noch was anderes vor.«

Sein Gegenüber schob das Kinn vor. »Ich bin mit Pat zusammen«, knurrte er. »Klar, Pat hat angedeutet, dass es in Tios Worten so klang, als gäbe sie mir die Schuld. Aber ich war das nicht, ehrlich.« Manu hob die Hände über den Tisch in einer ratlosen Geste. »Ist das jetzt eine offizielle Vernehmung zu dem Fahrradunfall? Seit wann braucht es für so was gleich die Kripo?«

Toni räusperte sich. »Es geht nicht um den Fahrradunfall. Hast du heute mit Pat gesprochen, oder gestern?«

»Mehr können wir dazu nicht sagen«, beeilte sich Elif. »Das ist keine Vernehmung. Noch nicht, jedenfalls.«

»Wir treffen uns später. Vorhin hat sie mir eine Nachricht geschickt. Total seltsam. Sie will mit mir sprechen. Sie klang nicht gut.«

Elif lehnte sich weiter zu Manu. »Pass auf: Ich geh davon aus, dass selbst du mit Mitte, Ende zwanzig schon den ein oder anderen Krimi gesehen hast und daraus schließen kannst, was es bedeutet, Informationen zurückzuhalten.«

»Nichts Gutes«, stellte Toni klar.

»Wir haben Fragen an dich, Manu, und es ist zu deinem eigenen Vorteil, wenn du die ausführlich und aufrichtig beantwortest.«

Manu sank wieder in sich zusammen. »Okay.« Die Art, wie er seine Finger knetete, machte selbst Toni nervös.

Elif verengte die Augen. »Was ist und was war deine Beziehung zu Tio? Worüber habt ihr euch an dem Tag am Kreuzigungsdenkmal unterhalten? Worüber hast du mit Tios Schwester in Schloss Linderhof gestritten? Und wo warst du gestern Abend?«

Manu drängte sich so weit in seinem Stuhl nach hinten, dass Toni sich schon fragte, ob ein Körper sich einfach so durch eine Stuhllehne hindurchfräsen und verschwinden konnte. So weit physisch möglich, hatte sich der Teint des Oberammergauers weiter entfärbt. Er schrubbte sich übers Gesicht, dann erzählte er von der Aussprache am Osterbichl, dass er ihr geraten hat, Konfrontationen zu meiden, statt mit ihrer Meinung und ihrer Forderung nach Veränderung zu provozieren, den unterschiedlichen Ansichten. »Ja, ich hatte mit Tio Beef, seit das damals nichts geworden ist mit uns. Aber ich schwöre, sonst war nichts. Ich kann doch trotzdem wollen, dass es ihr gut geht. Deswegen hab ich ihr auch erzählt, dass Felix derzeit total unter Spannung steht. Wenn sie das weiß, kann sie Fettnäpfchen und Streit vermeiden, oder?«

»Das ist aber sehr fürsorglich von dir«, kommentierte Elif mit einer Stimme zwischen Spott und Zweifel. »Der Ex-Freund, der sich darum sorgt, dass die neue Beziehung seiner Jugendliebe funktioniert. Hast du das aus einem Kitsch-Film? War das mit Happy End?«

Manu hob die Hände. »Ich weiß, mich geht das nichts an. Darüber hab ich mit Pat schon gestritten. Das war das Thema in Linderhof. Sie glaubt, ich bin eifersüchtig. Tio weiß nichts von uns. Erst wollte Pat nicht, dass ihre Schwester davon erfährt. Als ich Tio beim Denkmal nichts über uns erzählt habe, war sie trotzdem sauer.« Er seufzte. »Versteh das einer.«

»Moment mal!«, hakte Toni nach. »Das klingt, als wäre nach dem Gespräch mit Tio und dir alles Zucker gewesen. Was wir wissen, hattet ihr aber im Anschluss einen äußerst unschönen WhatsApp-Verlauf.«

»Was?« Gleichzeitig flog ihm das Wort von Manu wie von Elif entgegen, aus Richtung seiner Kollegin eher ein Zischen, dafür verbunden mit einem herzlichen Tritt gegen seinen Fuß. Manus Blick bohrte sich in den Tisch, ertappt zerknitterte sich seine Miene.

In den Augen seiner Kollegin las Toni einen wenig versteckten Folterwunsch. Toni versuchte, sich nicht anmerken zu lassen, dass er sich ertappt fühlte. »Ach, schau an. Da hab ich wohl ins Schwarze getroffen. Oder willst du weiterhin behaupten, zwischen dir und Tio war mit einem Plausch alles gut und Pat hatte keinerlei Grund zur Eifersucht?«

Manu verschränkte die Hände vor der Brust. »Und?«, murmelte er, ohne aufzusehen. »Dann würde ich Tio doch erst recht nichts tun. Sicher nicht an ihrem Rad rummurksen.«

Mit einer tiefen Furche zwischen den Brauen starrte Elif auf den Feuermacher, der in seinem Stuhl weiter verkrumpelte. »Oder genau das, um Pat zu beweisen, wer dir wichtiger ist«, schlug sie vor.

Manus Kopf fuhr hoch, er verzog das Gesicht, zuckte kurz, als ob ihm die Schrunden Schmerz bereiteten. »Wie krank ist das denn?« Er schüttelte den Kopf. »Ja, ich wollte was von Tio. Und ich war sauer auf sie. Dann ist das mit Pat passiert …« Schulterzuckend hob er die Arme, als könnte er sich selbst nicht erklären, wie. »Und das ist gut. Und das Thema ist durch.«

»Einfach so, oder wie?« Elifs Brauen wanderten hoch. »Dir ist klar, dass das ein bisschen sehr einfach und gutgläubig klingt? Gefühle schaltet man nicht einfach vom einen auf den anderen Menschen um.«

Wieder zuckte er mit den Schultern, starrte die Kommissarin fragend an. »Na ja, aber Pat ist da.«

»Und da hast du Tio ausgetauscht, oder wie?«, fragte Toni nach. »Einfach so?«

»Fand ich anfangs richtig Mist, aber dann ist da plötzlich jemand. Pat und ich haben viel geredet. Sie hat auch gesagt, Tio ist ein Mensch mit Recht auf ein Nein, auf ihre eigene Meinung. Ganz gleich, was ich will oder wer auch immer. Das Gute ist: Pat will mich. Wir verstehen uns.« Manu nickte, und etwas wie ein Lächeln schob seine Mundwinkel hoch, sein Blick war in die Ferne gerichtet.

Toni stieß seiner Kollegin den Arm in die Seite. Sie sah aus, als müsste sie sich kurz übergeben, räusperte sich dann. »Und wenn Tio dich doch wollen würde?«

Manu blinzelte, richtete sich auf. »Was? Will sie mir deswegen das mit dem Unfall unterschieben? Weiß sie von Pat und mir?«

Elif seufzte, winkte ab. »Vergessen wir das kurz. Wo warst du gestern Nachmittag und Abend, Manu? Sagen wir, ab circa sechzehn Uhr.«

Der Feuermacher legte den Kopf schief, kniff die Lider zusammen. »Ihr könnt doch die Handydaten tracken oder GPS oder was weiß ich, wie das heißt. Dann seht ihr, wo ich war. Machen die doch auch in den Filmen.«

Elif warf erst Toni einen Blick zu, dann gab sie dem Handy auf dem Tisch einen Schubs, und es drehte sich um die eigene Achse. »Sofern dein Handy nicht mit deinem Körper verwachsen ist, bedeutet es lediglich, dass dein Handy an dem Ort war. Und ich würde jetzt mal sagen …«

Toni stoppte das kreiselnde Telefon, tippte darauf, sah vom Handy zu Manu. »Erzähl uns einfach, was du gemacht hast und wo du warst. Und bei der Gelegenheit: was mit deinem Gesicht passiert ist.«

»Die Wahrheit, kurz und knackig. Dann ist es, wie's im Fernsehen immer heißt: Du hast nichts zu befürchten«, ergänzte Elif.

Manu schnaubte etwas wie ein Lachen, das irgendwo zwischen seinem Kinn und der Tischkante krepierte. »Kann mir ja denken, wie das aussieht. Der Trottel vom Dorf, der in euren Augen in eine Schlägerei nach der nächsten rutscht. Nach Jahren schwärmt er noch immer für seine Jugendliebe, will sich für die Abfuhr rächen. Als er das mit ihr und Felix rauskriegt, macht er sich an ihrem Rad zu schaffen, und zack, hat sie ihre Strafe, weil sie ihn verschmäht. Tolle Story, oder nicht? Da passt einfach alles zusammen. Das habt ihr doch schon beschlossen«, murrte er. »Früher, vor ihrem Abi, haben wir auf den Dorffesten geknutscht, ich hätte alles für sie getan. Mein Gehalt langt für Frau und Kinder. Ich hab 'nen Bauplatz hier im Ort. Aber Tio wollte bloß keinen Kerl aus Ogau, der nicht rausgekommen ist. Damals nicht und nicht heute. Und dann ist sie auf einmal mit Felix zusammen? Oder war, oder vielleicht auch nicht. Eine Ausnahme, meint Pat. Egal! Jedenfalls: Ich war das nicht. Ich hab nichts gemacht, ehrlich. Selbst wenn Tio denkt, dass sie was anderes braucht als das, was für alle anderen gut genug ist.«

Elif stützte die Arme auf. »Fabulös! Dann sind wir uns alle einig: Tio ist schuld, weil sie nicht zufrieden ist mit dem, was andere ihr zugestehen. Alle anderen haben nichts gemacht, und überhaupt ist nichts passiert.«

Manu riss den Kopf hoch, sein Mund klappte auf. »Aber … ich …«, stammelte er.

»Schon gut!« Die Kommissarin hob beschwichtigend die Hand. »Vielleicht kennst du viele Beziehungen, die ähnlich wirken. Aber wie viele kennst du, die auf diese Weise glücklich sind? Und wie ist also noch mal deine mit und zu Tio?«

Manu starrte sie an, Verwirrung auf seinem Gesicht. »Was hat das jetzt mit dem Fahrradunfall zu tun?«

»Deine Beziehung zu Tio hat durchaus damit zu tun«, beharrte Toni.

»Da ist nichts mehr«, schoss Manu zurück.

»Fabulös. Meinst, du wärst mit ihr glücklich geworden?«, hakte Elif nach.

Der Feuermacher hob die Hände in einer unschlüssigen Geste. »Keine Ahnung. Mit Familie, Kindern …«, setzte er an. »Aber Tio hat andere Pläne. Pat sagt immer, sie mag das, aber dann auch wieder nicht.« Er hielt inne. »Das versteh ich. Pat ist nicht Tio, aber ich merk immer, dass sie ihre Schwester ist. Dass wir bei den Feuermachern nur Männer sind, davon ist sie definitiv genauso genervt wie Tio.«

»Pat und Tio verstehen sich gut?«, schaltete Elif sich ein. »Wollte sie deswegen nicht, dass Tio von euch erfährt, aus Angst, Tio wäre dann sauer?«

Der junge Feuermacher winkte ab. »Manchmal denk ich, Pat denkt, Tio könnte mich vielleicht doch zurückwollen. Sie streiten auch wegen anderer Sachen, weil Tio sich immer überall einmischt und ständig meint, sie kann was ändern.«

»Ach!« Toni runzelte die Stirn über die Bemerkung, erkannte auf Elifs Miene, dass auch sie überlegte. Seine Finger begannen einen eigenen Takt auf der Tischplatte zu trommeln. »Irgendwer muss anfangen. Dann ändert sich was. Früher hat man in Großfamilien auf dem Land zusammengelebt.«

Manu fuhr sich übers Gesicht. »Ich würd mich erschießen. Die ganze Sippe unter einem Dach. Ein Wunder, dass es früher nicht mehr Tote gab.«

Toni verbiss sich ein Grinsen. »Hat sich geändert. Besser, schlechter? Man weiß es nicht. Vor fünfhundert Jahren gab es noch keine Passionsspiele, vor zweihundert kein König-Ludwig-Feuer. Selbst die Traditionen waren nicht schon immer so. Die haben sich genauso mit den Lebensumständen der Menschen verändert.«

»Vielleicht ja auch in Sachen Feuermacher, zumindest vielleicht irgendwann mal, falls der Andi vor Zorn über Tios E-Mail doch noch explodiert«, ergänzte Manu mit einem Schmunzeln. »Dann hätte sie immerhin auch was verändert.«

Elif klopfte auf den Tisch, zog Manus Aufmerksamkeit auf sich. »E-Mail? Woher weißt du davon?«

»Pat«, antwortete er. »Und vom Andi selbst. Ihm ist es rausgerutscht bei der letzten Besprechung, dass Tio gedroht hat, die ganze Tradition öffentlich in Verruf zu bringen. Ich wollt das Tio noch sagen, wie angefressen er war. Und nach dem Artikel, da hätt er sie dann am liebsten gevierteilt.«

Tonis Zeigefinger zielte auf ihn. »Und du?«

»Ich fand den Artikel okay. Ich hätt ihr das auch gesagt. Aber sie hat ja einfach alles von mir abgeblockt.«

»Ehrlich, Manu: Du willst uns erzählen, du warst nicht angefressen, weil sie dich abgewiesen hat?«, stichelte Toni.

Manu seufzte. »War ich. Nur um danach mit Pat zu streiten, damit sie auch angefressen war und Tage später auch noch. Und jetzt ist es noch schlimmer.«

»Weil?«, fragte Elif.

»Pat will nachher mit mir reden.« Manu schüttelte den Kopf und sank gegen die Lehne, rutschte tiefer.

»Womit wir wieder an dem Punkt wären.« Toni legte eine kurze Pause ein, zielte den Zeigefinger auf Manu. »Wo warst du gestern?«

»Im Wellenberg erst, relativ früh, da war es noch nicht so voll. Später mit Pat bei mir.«

»Im Bad. Mit wem?«, fragte Elif weiter.

»Allein, nach der Arbeit. Ich weiß nicht, in welchem Universum ihr wart, hier war´s heiß.«

»Ab wann war Pat bei dir?«, feuerte Toni die nächste Frage ab. »Und immer noch: Was ist mit deinem Gesicht?«

Manu schüttelte den Kopf. »Auf dem Weg vom Wellenberg heim hat's mich hing'lassen. Ich war in der Sonne, ich hatte vielleicht ein, zwei Radler. Warum ist das so wichtig auf einmal? Ich bin heim, duschen, umziehen. Pat ist gegen neun gekommen, so was.«

»Kann das jemand bestätigen?«, fragte Elif. »Pat war die ganze Nacht bei dir? Hast du nicht vorhin gemeint, du hast gestern mit Pat nicht gesprochen?«

»Ja, Herrgott, fragt meine Eltern und Pat«, schnaubte Manu. »Und nein, hab ich nicht. Ich hab nur gesagt, ich hab heut noch nicht mit ihr gesprochen, nur eine Nachricht von ihr. Braucht ihr noch meine Schuhgröße oder den Umfang meines Handgelenks, die Liste der Leute, denen ich die letzten zwei Wochen vergessen hab, einen guten Morgen zu wünschen?«

Toni sah Elifs Brauen nach oben wandern, ihre Mundwinkel zuckten, als sie die Arme demonstrativ vor der Brust verschränkte. »Ja, bitte, Manu. Aber das kannst du auch schriftlich nachreichen. Per E-Mail, wenn du möchtest, oder Brieftaube.«

Der junge Feuermacher starrte sie an, seine Miene bebte. Toni ahnte, was in ihm vorging: Er war unschlüssig, ob er etwas erwidern sollte oder ob das seine Lage verschlimmerte. Manu hielt sich ans Schweigen, nickte.

Toni tauschte einen Blick mit seiner Kollegin und sie trafen eine stumme Übereinkunft, dann legte er seine Hand neben Manus Arm auf den Tisch. »Für heute haben wir's beisammen. Wir melden uns.« Er deutete in den Gastraum. »Und geh ans Handy nächstes Mal.«

Über die Schulter gewandt beobachtete Toni, wie die Tür hinter Manu zufiel. Der eben Verhörte stapfte am Schaufenster vorbei über die Terrasse und Richtung Dorfkern, während er auf seinem Handy tippte.

»Mensch«, kommentierte Elif. »Bin gespannt, wohin er jetzt unterwegs ist. Und wen er jetzt trifft. Versteh ich gar nicht, dass der Kerl nach unserer freundlichen Konversation nicht mehr hier im Café bleiben will.«

»Sag bloß«, zog Toni sie auf. »Pat, oder nicht? Meinst du, sie wollten sich hier treffen? Dann hätten wir das glückliche Pärchen direkt ...« Mitten im Satz versackte sein Scherz, ihm fiel Tios Zustand ein. Aus Elifs Miene schloss er, dass sie Ähnliches dachte.

Im nächsten Moment stach ihr Ellbogen in seine Rippen. Er schrak auf. Sie schickte ihm einen zornigen Blick. »Sag mal, du Knaller! Was war das mit dem Chatprotokoll von Tios Handy? Ich dachte, das Smartphone ist nicht aufgetaucht?«

Toni fuhr sich über den Mund, lenkte seinen Blick an ihr vorbei, und von seinen Wangen zog das Brennen direkt in sein Hirn und seinen Magen. »Ähm«, murmelte er. »Geraten.« Er versuchte, das Wort zu einer Aussage statt einer Frage zu biegen. Ihr Blick erstach ihn beinahe.

»Ach, schau an: geraten. Wirklich? Was für ein Zufall. Hast du noch mehr derartig zufällige Einfälle?«

Er zog sein Handy raus, tippte auf Sollingers Nummer. »Hauptsächlich den, dass wir dringend den Chef informieren. Für sein Gespräch mit Andi sollte er Bescheid wissen, dass der einen Zorn auf die Tio gehabt hat.«

»Ganz arg wahnsinnig f… zauberhaft!« Elif ballte die Hand, hielt den mittleren Finger in seine Richtung gestreckt. »Glaub nicht, dass du so einfach davonkommst.«

24. Anton – Vernehmung

20. August, Oberammergau, Hotel Königsblick

Auf Antons Weg durch den Ort leuchteten die Farben an den Fassaden noch stärker in der Sonne. Die Figuren auf den Häuserfronten schienen kurz davor, den ersten Schritt zu tun, die Hand zu strecken oder – im Falle der Heiligen Familie mit dem Jesuskind über dem historischen Wohnhaus kurz vor der Kirche – das Mündchen zum ersten Schrei zu öffnen. Am alten Forsthaus verwandelte der Sonnenschein das Gelb der Längssäulen in Gold, ebenso an den Fensterumrandungen am Turmwirt. Neben dem Grün der Fensterläden brannte das Rot umso satter. Dahinter erzwang der Kofel Antons Aufmerksamkeit. Unverkennbar nahm der Berg über den Giebeln und den bemalten Fassaden den Blick, den Himmel über Oberammergau ein und drängte sich in die Wolkenbauschen, als würde er sich erheben, um ein wenig von der Hitze abzuwehren.

»Schön wär's«, murmelte Anton. Vor der Steintreppe am Hotel wischte er sich über die Stirn. Im Wirtsgarten musterte er Tisch um Tisch. Durch die Gespräche unter den Sonnenschirmen klirrten und klonkten ab und an die Gläser und Krüge der Gäste zum Prost. Einige grüßten, der Hauptkommissar grüßte zurück. Den, den er suchte, entdeckte er weder unter den Schirmen noch ums Eck unter dem Ahorn.

Anton checkte die Uhrzeit und wandte sich zum Eingang des Hotels. Sein Handy unterbrach ihn. Das Smartphone und Baurieders Stimme am Ohr, bahnte er sich einen Weg vorbei an den gut besetzten Tischen im sonnenbeschienenen Wirtsgarten. Auf der Straße wanderte er außer Hörweite vor der Mauer des Gasthofs auf und ab, wich neuen Gästen aus. Er diskutierte mit gesenkter Stimme kurz den Ermittlungsstand.

Wenig später entdeckte er durch die Fensterfront Felix hinter der Bar. Gähnend polierte er ein Glas.

Schrammen im Gesicht? Schau an, wunderte Anton sich. Ein Kellner steuerte auf Felix zu, warf offenbar ein paar Worte über den Tresen, deutete auf die Striemen, die Hals und Wangen seines Gegenübers zeichneten. Felix winkte ab. Anton war zu weit weg, um Details zu verstehen. Anscheinend fragte der Kellner noch mal nach. Felix' Miene verzerrte sich, sein Arm schoss hoch und zielte auf den Ausgang.

Wut, ging es Anton als erste Deutung durch den Kopf. Er kniff die Augen zusammen, musterte den Hoteliersssohn. Wut … und was noch?

Er trat in den Gastraum. Wenige Schritte vom Kellner und von Felix entfernt donnerte er seine Hand auf den Tresen. »Da schau her!« Beide fuhren herum. »Felix, auf ein Wort!«, drängte er dazwischen. »Wenn ihr aber gerade was Dringendes zu besprechen habt, bleib ich gern hier und hör zu, bis ihr fertig seid.« Der Kellner empfahl sich. Felix' Blick schwenkte an ihm vorbei und in Richtung Boden. »Möchtest du hier an der Bar meine Fragen beantworten, oder …?«

Felix' Augenpartie zuckte, Begeisterung kam nicht ansatzweise in die Nähe seiner Miene. Er stieß das polierte Glas zu den anderen, knallte sein Tuch auf den Tresen und löste die Schürze. Ohne ein Wort verließ er den Barbereich und marschierte in den hinteren Teil des Raums zu einem Tisch.

»Ganz ehrlich: Der Omel geht's grad wirklich nicht gut. Mein Kopf ist voll. Das Luggi-Feuer ist bald, im Hotel ist viel los. Ich hab genug zu tun. Was will die Polizei jetzt hier?« Er rieb sich mit dem Handrücken über die Stirn.

Anton lehnte sich über seine ineinander verschränkten Hände vor. »Mmmh.« Mehr sagte er nicht. Er musterte Felix. Der sah ihn noch immer nicht an. »Die hat gestern die Salbung erhalten, nicht?«

Felix' Schultern sanken, er nickte. »Meine Leut haben den Pfarrer noch in der Nacht gerufen«, bestätigte er.

»Und?«

»Was: und?«

»Deine Oma, die Salbung?«, fragte Anton nach. »Habt ihr Abschied genommen? Ist sie ins Krankenhaus?«

»Was man halt so macht. Bist etwa wegen der Oma hier, oder was?« Felix schob sein Kinn vor, als würde er sich auf einen Angriff vorbereiten, anstatt einen Moment der Trauer zu durchleben. »Heut geht's ihr besser«, murmelte er.

Anton lehnte sich zurück und beobachtete ihn, verschränkte die Arme, wunderte sich einen Wimpernschlag lang über Zurückhaltung und Verschlossenheit. Er schob die Empfindung beiseite. Krankheit, Tod … als Smalltalk-Thema vielleicht wirklich suboptimal, dachte er. Vielleicht nächstes Mal doch lieber Wetter oder Pandemie.

Der Hauptkommissar räusperte sich, platzierte sein Handy auf dem Tisch und startete die Aufnahme. »Damit hast du kein Problem, oder?« Er deutete erst auf das Smartphone, dann auf Felix' Gesicht. »Erzähl mal, wo das herkommt. Und dann hab ich eine Frage zu deinem Beziehungsstatus.«

»Bin gestürzt«, warf Felix den Wortbrocken über den Tisch, presste die Lippen zusammen.

»Bissl mehr Details vielleicht? Wo genau?«

Felix verdrehte die Augen. »Mich hat es zerwürfelt, hab auf dem Kiesweg mit dem Gesicht gebremst.« Er ruckte auf seinem Sitz hin und her, schaffte es dann noch, die Straße Nähe Osterbichl und Kofelweg zu beschreiben. Die Antworten zu Beziehungsstatus und was er am Abend noch gemacht hatte, verloren sich zwischen Einsilbigkeiten und undefinierbarem Brummen. Anton beschloss, das Thema für heute gut sein zu lassen.

Anton brummte in die Stille nach dem letzten Satz hinein, löste die Finger aus der mittlerweile schmerzenden Haut seiner Oberarme, stoppte die Aufnahme. Er klopfte zweimal auf den Tisch. »Ich seh schon. So ist es also. Danke dir, Felix. Und für die Oma alles Gute!« Er schob seinen Stuhl nach hinten. Er ging. Das Schweigen und Felix' Blicke in seinem Rücken begleiteten ihn durch die Tür und über den Wirtsgarten hinaus auf die Straße.

Immerhin Antworten zum Gesundheitszustand der Oma und wie müde der arme Bursche ist und sich schon am frühen Abend betten musste. Und dann die herausragende Erläuterung, woher die Schrammen in seinem Gesicht stammen … Anton schüttelte den Kopf. Ungefähr so gut erklärt wie sein Beziehungsstatus mit Tio: Vielleicht-Freund oder auch doch nicht, seit etwa sechs Wochen oder vielleicht seit zwei. Aber besprochen haben sie nichts deswegen. Klare Antworten sind eindeutig überbewertet.

Zwei Anrufe später grübelte er noch stärker über das Gespräch, bis ihn vertrautes Gebell aus den Gedanken riss.

25. Babba – zusammen & allein

20. August, Oberammergau, Metzgerei & Tages-Bar Hack

Wolfin wuffte kurz, dann noch mal. Von ihrem Platz in den letzten Sonnenstrahlen vor der Fensterfront des Ladens sprang die Hündin schwanzwedelnd auf, lief Richtung Trottoir und auf den Hauptkommissar zu. Josef Hack stemmte sich von den Stufen hoch. Den klimpernden Schlüsselbund in der Hand, erklomm er die Stiege zum Ladeneingang, stieß das passende klappernde Metall ins Schloss. Mit Schwung glitt die Tür auf, er hielt sie kopfschüttelnd, bis Anton an ihm vorbei war. »Geh weiter!« Wolfin drängte sich an ihn, tätschelnd und kraulend schob er sie in den Raum. »Sag mal, ihr wisst schon, was Öffnungszeiten sind? Die haben wir nicht zum Spaß verkürzt.«

»Nicht?« Hauptkommissar Anton Sollinger machte sich nicht die Mühe, die Ironie in seiner Mimik zu spiegeln. »Aber denk dir nichts, Metzger: Ich bin auch jedes Mal ganz überrascht, dass sich kein einziger Unfall, kein Einbruch, kein Mord je um Dienstzeiten oder Wochenenden schert.«

»Mei, schee«, brummte Josef Hack.

Anton steuerte auf den üblichen Tisch zu. »Ist Theres da? Baurieder und die Kollegin von der Kripo kommen gleich.« Wolfin schloss mit erwartungsvollem Blick auf, stupste dem Hauptkommissar an die Hüfte. Ein Geräusch zwischen Winseln und Brummen kam aus ihrer Kehle und verstummte erst, als Sollingers Hand durch ihr Fell strubbelte. Sie legte die Schnauze neben ihn auf die Bank.

Josef Hack zeigte mit dem Daumen über die Schulter. »Theres hat vorgestern Rotwild erlegt. Sie löst's grad aus, hinten im Schlachthaus.«

Anton schnaubte und setzte an, etwas zu sagen.

»Magst hinter zu ihr, oder soll ich's holen?«, kam er dem Hauptkommissar zuvor.

»Hm, ja, das wär recht fein.«

Auf dem Weg zum Durchgang schaltete er das Kaffeemonster an, startete die Mühle. Die Bohnen ratterten durchs Mahlwerk und übertönten seine schlurfenden Schritte.

Im Schlachthaus ging der Blick seiner Tochter erst zu ihm, dann zum Reh, dann zum Messer in ihrer Hand.

Er räusperte sich. »Wolltest, es wär wer anders?«

»Babba!«

»Ach«, knurrte er feststellend und verkniff sich, darüber zu schmunzeln, wie empört und ertappt seine Tochter gleichzeitig wirkte.

Res wischte mit dem Unterarm über ihre Stirn. Wasser rauschte über den Klingenstahl, spülte Blut und Fasern davon. »Pat war vorhin da. Mit Paul hab ich mich zerstritten, glaub ich«, murmelte sie. »Heut Mittag.« Das Messer trocknete sie am Handtuch, das im Schürzenband steckte, platzierte es neben das Beil. »Nur noch zerlegen. Dann wär ich fertig gewesen für heut.«

»Schön wär's«, sagte er. »Kenn ich, den Gedanken. Hast nicht auf dein Handy geschaut? Du wirst erwartet.«

Seine Tochter sah auf, kurz lag etwas wie Hoffnung auf ihrem Gesicht, die nach einem Blick auf ihn zerstob. »Die Tonis.«

Ihr Gemurmel verlor sich hinter ihm im Flur, kurz nach ihm trat sie in den Laden. Wolfin bewachte die Eingangstür. Passieren durften Baurieder und Elif die fellzauselige Wächterin erst nach ausgiebigen Krauleinheiten. Mit verwunderter Miene blieb die Kommissarin mitten im Laden stehen, sah sich um. Wolfin schmiegte sich sicherheitshalber an Theres beim Kaffeemonster, vergrößerte dann doch den Abstand und trollte sich auf ihren Stammplatz.

»So schnell schon wieder hier?«, warf Theres in Richtung der Tonis.

»Moment mal!«, merkte Elif auf. »Was heißt, schon wieder? Was genau wird das hier? Habt ihr mit Hacks einen Sonderdeal zum Abendessen? Dann frag ich mich, wo das Essen ist, oder …« Sie drehte sich von den Tonis mit einer Geste zu Theres und ihm, dann verdrehte sie die Augen. »Sagt nicht, ihr habt hier eine ermittlerische Außenstelle eröffnet.« Der Blick, den Josef Hack von Elif zu den Tonis bemerkte, schnitt selbst ihm unter die Haut. Dann marschierte sie auf den Tisch zu.

Sollinger lehnte sich zurück, und Baurieder stützte sich auf den Tisch, als Elif ihre Hand darauf niederkrachen ließ. »Ich glaub, ich häng! Ich teile, was ich weiß, und ihr? Ihr könnt doch nicht das halbe Dorf einschalten für die Ermittlungen. Sagt mal, ha…« Sie schluckte, schnaubte. »Ernsthaft: Hackt's bei euch?« Sie wirbelte herum. »Theres, ich schätz dich, aber … Die Kripo ermittelt hier. Ich kann es vertreten, meine Ergebnisse mit der örtlichen Polizeidienststelle zu teilen, aber die Dorfmetzgerin ist raus. Und nachdem die Herren hier offensichtlich sogar Infos zurückhalten, sind die Kommissare direkt auch raus. Den Kaffee für mich kannst stecken lassen.« Sie wandte sich zum Gehen.

Theres trat in ihren Weg. »Nein«, sagte sie, stützte ihre Arme auf die Hüften. »Tio geht mich was an und alles, was mit ihr ist. Ich werd so oder so nicht aufhören rauszufinden, was war. Entscheid dich, was dir lieber ist. Miteinander oder gegeneinander. Du warst letztes Jahr nur ein paar Monate da, aber du weißt, Elif, zwei Mordfälle haben wir zusammen gelöst. Und du weißt gut genug, mit wem die Leut vom Ort reden und mit wem nicht. Oder warum arbeitest du sonst mit den Tonis? Und wenn's nicht die Polizei ist, reden die Leut ein ganzes Stück mehr«, brachte Theres die Sache auf den Punkt. »Wir machen das zusammen, oder deine Ermittlungen ziehen sich mindestens bis Weihnachten, ohne dass es irgendjemandem hilft oder irgendwas dabei rauskommt.«

»Fa-bu-lös.« Elif betonte jede Silbe, richtete sich auf. »Metzgerin! Du weißt, es gibt Vorschriften.«

»Vorschriften reden weniger als ich«, brummte Josef Hack vom Kaffeemonster in Richtung der beiden.

»Deine Vorschriften bringen dir keine Antworten«, ergänzte Theres.

Elif schnaubte. »Du gibst nicht die Hälfte eines Millimeters auf, oder?«

Der Mundwinkel seiner Tochter wanderte zu einem schiefen Grinsen nach oben. »Aufgeben hat noch keinem geholfen und die Sache mit den Vorschriften auch eher selten.« Erst zuckten ihre Schultern, dann ihre Brauen in die Höhe. Nach wie vor hielt Res Elifs Blick. Sie trat einen Schritt näher. »Uns sowieso noch nie. Und eins weißt eh, Kommissarin: Ich mach das nicht für mich, nicht für uns und unseren Vorteil. Da hätt ich genug anderes auf der Liste stehen, was mir nutzt.«

Beinahe meinte Josef Hack die Andeutung eines Nickens in Elifs Miene, die kurz weicher wirkte, zu erkennen, dann schaute sie wieder so grimmig wie zuvor. Er beobachtete die anderen, seine Tochter.

»Fabulös«, knurrte Elif schließlich. Erst senkte keine der Frauen den Blick, Theres dann doch mit einem Zwinkern. Sie streckte ihre Hand aus, Elif packte sie. Mit dem Finger der anderen zielte sie auf jeden von ihnen. »Nichts verlässt diesen Raum.«

»Moment«, warf Theres ein. »Was ist mit Paul?«

Die Kommissarin verdrehte die Augen. »Ja, verflucht noch eins. Der Pfarrer, oder? Der darf dann halt auch mitkochen bei diesem seltsamen Süppchen.«

Vier dampfende Kaffeetassen auf dem Tisch später wischte sich Josef Hack die Hände an seiner Hose ab und nickte in die Runde. »Wird länger, was?« Er wandte sich noch einmal um, kehrte mit drei Karaffen Wasser zum Tisch zurück. Theres streckte sich nach den Gläsern hinter sich im Regal.

»Wär's nicht g'scheid, der Pfarrer wär auch dabei?«, fragte er und bemerkte, wie seine Tochter kurz zusammenzuckte.

Anton Sollinger hob die Hand. »Ich hab's versucht. Er ist nicht erreichbar. Keine Mailbox, die Nachrichten gehen nicht durch. Res, weißt du, in welchem Funkloch er ist?«

Seine Tochter zögerte so kurz, wie es nur ihm auffallen konnte, schüttelte dann den Kopf. »Wir waren heut bei Tios Eltern. Seitdem kein Wort.«

»Ihr wart was?«, wiederholten der Hauptkommissar und Baurieder unisono. Die Weilheimerin seufzte, Tadel auf ihrem Gesicht, sie lehnte sich nach vorn. »Immerhin:

Wenn du mit ihm nicht sprichst, muss ich mir keine Sorgen machen, dass er irgendwas ausplaudert, was er nicht soll.«

Res zuckte erneut kaum sichtlich, winkte dann ab. »Ich erzähl gleich davon.«

Die Hände auf die Hüften gestützt, stellte Josef Hack sich vor dem Tisch auf. »Ich muss nicht hier sein, oder? Den Rest schafft ihr allein.«

»Moment!« Sollinger schüttelte den Kopf. »Wir haben Fragen zu Felix, zu Tio, zu dem, was man im Dorf vielleicht schon tratscht. Und beide arbeiten für euch.« Der Hauptkommissar fasste die Details zusammen von seiner Begegnung mit Felix im Hotel Königsblick. »Nach dem, was ihr über Manu berichtet habt und was mir der Felix erzählt hat, scheint Radfahren hier in Oberammergau exorbitant gefährlich geworden zu sein. Manu ist angeblich gestern auf dem Weg vom Wellenberg nach Hause gestürzt, Felix auch, wohl irgendwann tagsüber. Abends war er dann früh im Bett, sagt er. Und dann war auch noch die Sache mit seiner Oma.«

Vor ihrem Gesicht malte Elif einen Kreis in die Luft. »Beide Schrunden im Gesicht, Tio Hautreste unter den Nägeln. Pat oder Manus Eltern haben wir wegen einer Bestätigung noch auf Rückruf.« Sie wandte sich an Theres und ihn: »Manu sagt, Pat war abends bei ihm, aber erst ab neun. Bei Felix daheim waren alle auf die Oma fixiert«, fasste sie zusammen. »Aber ehrlich … Zeit gehabt, Tio zum Laberköpfl zu folgen, hätten also beide.« Sie ließ den Satz so im Raum stehen und hob fragend Brauen und Arme.

Josef Hack setzte sich. Theres füllte die Wassergläser. Baurieder ließ den Blick in die Runde schweifen, kratzte sich am Dreitagebart. »Was sagst du zum Felix, zum

Manu, Metzger? Du kennst doch das ganze Dorf und die Burschen seit immer.«

Josef Hack verschränkte die Arme und starrte den Kommissar an. »Schau ich aus, als merk ich mir das Gerede von den Leuten?«

Anton Sollinger, Elif und Theres grinsten. Toni nickte schmunzelnd. »Als würdest nicht *nicht* zuhören und Bescheid wissen«, zog seine Tochter ihn auf.

»Gscheiderl«, hackte er zurück. Er rutschte in seinem Stuhl vor. »Hör zu: Der Felix arbeitet zuverlässig, nie zu spät, einer, der alles stehen und liegen lässt, wenn einem anderen was runterfällt. Eigentlich.« Er presste die Lippen zusammen. »Aber einmal hat er gewartet auf sie. Es wurde laut, bis Pat dazukam, dann ist er weg. Zu Manu kann ich nicht viel sagen.« Vom Fenster her bellte Wolfin, als wollte sie seine Worte noch unterstreichen.

Elif drehte sich zu Theres. »Und du dachtest, du stattest Tios Eltern einen Besuch ab?«

Theres griff nach dem Wasserglas und versenkte sich ins Trinken. »Verboten hat's keiner.« Sie richtete sich auf und nickte Sollinger und Baurieder zu.

»Uns davon in Kenntnis zu setzen, hat auch keiner verboten«, hielt Anton dagegen.

»Kenntnis.« Sie zog das Wort in die Länge.

Elif lehnte sich weiter zu Theres, hob lediglich in einer stillen Forderung die Brauen.

Res zuckte mit den Schultern. »Warum ich da war?«, fragte sie das Offensichtliche.

Elif nickte.

»Ich konnte nicht glauben, dass ihr Laptop nicht auffindbar war. Laut der Mutter wollten sie noch ein Stück von Tio behalten, nicht alles von ihr verlieren.«

»Die Eltern haben dir den Laptop gegeben? Einfach so?«

»Genau. Und vielleicht noch Folgendes: Pat war kurz darauf bei mir, eher das Gegenteil von erfreut über meinen Besuch.«

»Versteh ich nicht, dass sie kein Feuerwerk gezündet hat vor Begeisterung.« Baurieders Worte vertrockneten in der Luft. Er räusperte sich, wandte sich an Josef Hack. »Aber noch mal zurück zu Felix.«

Josef Hack musterte den Ex-Münchner. Er wunderte sich über den nachlässigen Übergang vom Laptop zurück zum Felix-Thema, zupfte sich am Ohrläppchen. »Felix … An seinem Rad gestern war nichts, gesagt hat er auch nichts. Aber ich hab ihn auch nicht gesehen. Die letzten Tage war er recht aufgekratzt, und immer, wenn was war, lag es am Luggi-Feuer oder der Oma.« Er hob schulterzuckend die Arme. »Vielleicht haben die Burschen sich auch gefetzt, habt ihr daran schon gedacht?«

Sollinger nickte. »Die Option liegt auf dem Tisch.«

Theres räusperte sich und sah von Kommissar zu Kommissar zu Kommissarin. »Ganz ehrlich: Nach dem, was ihr erzählt, klingt es irgendwie, als wäre Pat eifersüchtig auf Tio. Und dann noch ihre Wut, weil ich den Laptop habe. Als hätte sie was zu verbergen.«

»Wie gut, dass du den Laptop an dich genommen hast.« Die Anklage in Elifs Stimme schwang deutlich mit.

Seine Tochter lächelte. »Wir kümmern uns drum. Aber was wir haben, bleibt hier, der Laptop auch. Die Daten und alles, die Gesprächsnotizen kriegst du. Versprochen.«

»Fabulös. Das blutige Wort einer Metzgerin, wie zauberhaft!« Sie schnaubte. »Dass ich Bedingungen verhandeln muss und mich auch noch darauf einlasse …« Sie schüttelte den Kopf. »Das muss die seltsame Luft sein in eurem Ort.«

»Gut. *Ich* kümmere mich drum. Morgen.« Res sah in die Runde.

Bis der Rest der Kaffees in ihren Tassen kalt, die Wasserkaraffen geleert waren, hatten sie den Inhalt der heutigen Gespräche und Überlegungen ausgetauscht. Josef Hack beobachtete seine Tochter, wie sie hinter den dreien die Ladentür schloss. Stolz wärmte seine Brust weit mehr als die Abendluft, die sich hereingeschlichen hatte.

Auch nach einer Weile stand sie noch dort, ihren Blick irgendwo auf die Straße oder einen Punkt in weiter Ferne gerichtet. Er trat neben sie. Sie blinzelte nicht. Er war sich nicht sicher, ob sie ihn wahrnahm. Aus dem Augenwinkel musterte er seine Tochter. Er räusperte sich, doch auch darauf zeigte sie keine Reaktion.

»Res«, murmelte er. »Warten hat noch keinen irgendwohin gebracht – oder irgendeinen her, und von allein kommt nix und niemand. Keine Antworten, keine Pfarrer.«

Wolfin stupste sie an. Sie zuckte zusammen, als wachte sie auf, und ihr Blick irrlichterte zu ihm, forschte in seinem Gesicht, die Lippen verschlossen, als hielten sie den größten Schatz oder die schlimmsten Monster verborgen. Beides, vermutete er. Dann erschienen Funken in ihren Augen. »Machen, nicht warten. Oder?«

Er zog die Brauen hoch, kniff den Mund zusammen, hielt ihren Blick.

»Ganz egal. Der Paul wird's schon verstehen, sonst …«, murmelte sie. »Jemand hat Tios Leben zerschmettert. Noch lebt sie … vielleicht, aber mit welchen Schäden? Weil sie etwas getan hat, das dem anderen nicht gefiel? Weil …« Sie sprach die Worte in die Dämmerung. »Nichts rechtfertigt, so etwas zu tun. Und dann ist niemand da, der dich davor warnt oder beschützt oder der das verhindert.« Seine Tochter sah ihn an. »Ich hoffe, das geht gut. Noch scheint keiner von dem Unfall zu wissen oder dass sie lebt, abgesehen von uns und der Familie. Wer auch immer das war – will er, dass sie überlebt?«

Josef Hack legte Theres die Hand auf die Schulter. Er zog sie zu sich und nahm sie in den Arm.

26. Tio – Märchentod

20. August, Murnau, Unfallklinik

Stoff kratzte an ihren Fingern, oder … etwas. Etwas lag auf ihr. Alles schwer, schwere Lider, ihr Arm, ihr Körper. Schmerz. Er trug sie davon in die Dämmerung ihrer Gedanken. Durch Nebel und Nacht, durch die Qualen ihrer Träume und das Summern um sie in diesem Raum – war sie in einem Raum? War es in ihrem Denken?

Wortfragmente und Satzwolken pulsierten in ihrem Kopf. Irgendwo wartete der Mann mit der Krone auf sie – immer. Er stand da, aufrecht, aus Schatten, aus Büchern und zerrissenen Seiten. Sein Umhang ein Mosaik aus Büchern, die Uniform alte Artikel. Die Krone ein Opernhaus. Die Tage, die Arbeit, die Recherche der letzten Wochen in der Bibliothek verwoben in einem Wesen. Worte in ihrem Kopf. Hineingelesen, hineingedacht, hineingeschlichen, verschmolzen in Körper, in Gesicht, in einen Menschen der Vergangenheit: Sie kannte den Namen, jeder kannte ihn. Nur nicht jetzt. Als die Nacht um sie wieder dunkler, die Schmerzen lauter wurden, zogen die Bruchstücke sie mit. Sie fiel. Aus ihrer Gegenwart stürzte sie in eine andere Zeit.

Etwas zog sie tiefer, hinab ins Dunkel, in Traurigkeit. Ihre eigene? Eine Erinnerung?

Im Nebel lauerte ein Gefühl, sie konnte es nicht fassen. Wie Papierseiten, die ihre Fingerspitzen streichelten. Bogen um Bogen flippten sich die Seiten zu einer Geschichte wie im Daumenkino, hetzten durch ihre Hände. Zum Ende. Zurück auf Anfang. Wieder und wieder. Erst verschwommen, dann klarer. Die Seiten fügten sich zu einem Menschen, jung und schön und strahlend, wie ein verheißungsvoller Morgen nach einem langen Winter. Bis Schmerz die Geschichte brach.

Sie fiel tiefer, die Gestalt fiel mit ihr in die fiebrige Nacht, fiel schneller. Ein Mensch voller Träume, Träume in der falschen Zeit.

In ihm lag das Wissen, greifbar in den Händen, Zugang zu Wissen und Bibliotheken, Ideen, wie man es besser machen konnte – die Straßen sicherer, die Herzen leichter, den Alltag mit Musik und Kunst bunter, die Mühen leiser, die das Leben den Menschen, den Ärmeren abverlangte. Im Herzen der Wunsch, das zu tun. Ein Mensch. Ein Sturz.

Tausend Splitter stachen in ihren Körper, tausend Bruchstücke setzten sich wieder zusammen. Tio. Die Gestalt in der Dunkelheit mit Krone und Königreich, mit Willen und Wunsch zu schaffen. Wunsch? Wahn?

Jemand, der die Welt besser machen wollte. Jemand, der nicht glaubte, wachsende Königreiche bedeuteten Erlösung und Erleichterung oder überhaupt etwas für die Menschen, die sich die Knochen aus dem Leib arbeiteten für ein paar Brotkrumen und um den Tag zu überstehen.

Erneut bauschte der Schmerz sich auf und warf sich in einer Welle gegen sie, im nächsten Moment riss die Dunkelheit auf, das Atmen wurde leichter, in ihrem Ohr kein Piepen mehr, nur noch ein gleichmäßiger Ton von fern, schnelle Schritte. Sie wandte sich den Farben zu, den Bildern, die scharf wurden und klar. Ein König beobachtete Schwäne im See, zögerte am Schreibtisch, den Stift über Papieren, die Waffen und Krieg und Tod brachten, vielen Menschen nichts, wenig anderen mehr

Land und Einfluss. Ein König wandte sich Bauplänen zu für Schlösser und Notenblättern mit Sinfonien und Opern. Nächtliche Schlittenfahrten und Vertraute, die ihn ablenkten von Plänen für die Hochzeit mit einer klugen Frau und Prinzessin, über deren Lebenszeit die Verbindung Unglück schieben würde.

Stimmen um sie herum schrien, etwas knallte auf ihre Brust. Tio riss sich los. Sie wollte die Privatvorstellung sehen, der Passion. Augen leuchteten, Spannung, Wangen glühten, der König trommelte den Takt der Musik mit. Ein ganzes Dorf, das über Stunden Geschichte lebendig werden ließ, sang, spielte, schuf, was Menschen bewegte.

Ein Stoß ging durch ihren Körper, ein Blitz brannte sich durch jede ihrer Fasern. Sie wollte das nicht. Sie wollte die Farben, die Schlösser, die Reisen, die Opernhäuser, die Denkmäler. Dann stritt er, Geld für Denkmäler statt Waffen, lehnte Vorschläge ab, seine Berater. So viele Bilder, Meinungen, Rätsel. Alle schrien. In ihrem Kopf und irgendwo draußen. Die Stimmen peitschten durch ihre Ohren, die Farben platzten, lösten sich auf in Nebel und Schmerz. Sie war müde. Wieder ging ein Stoß durch ihren Körper.

Der König ging zu Boden, Dunkelheit waberte um ihn wie Wellen, sog ihn ein. Einer, der anders war, am Ende allein, verletzt, tot. Was ihn getötet hat? Verrat, vielleicht. Vielleicht: Vertrauen in die falschen Menschen.

Ein nächster Stoß warf die Fluten über ihn und über ihr Denken, franste aus, trieb in schwarzen, glitschigen Wellen davon, löste sich auf wie alles andere auch. In ihrem Kopf wurden Bilder und Stimmen dunkel, leise, schwer. Die Schmerzen blieben laut.

Eisige Angst zog bis in ihre Fingerspitzen. Das Herz in ihrer Brust wollte bersten. Dann war das Piepen wieder da, gleichmäßig. Ihr wurde warm.

27. Theres – Bauklötzchentürme

21. August, Oberammergau, Kindergarten

Vorbei an der Rutsche und den Wippen tapsten und stöpselten die Mädchen und Buben aus dem Gartentor des Kindergartens, bonbonfarbene Shirts und Röcke und Hosen und leuchtende Wangen. Die meisten der Eltern grüßten und lächelten Theres zu. An der Tür wartete jedoch alles andere als ein Lächeln auf sie.

Tios jüngere Schwester versuchte nicht einmal, zu verbergen, wie sehr diese Begegnung sie nervte. Sie verdrehte die Augen und zog die Tür auf. »Du gehst nicht einfach, oder?«

Theres folgte in eines der nun verlassenen Gruppenzimmer, wich Kreiseln aus, Springseilen, verstreuten Autos, Kippern und Puppen. Die Bilderbücher standen ordentlich im Regal. »Dass ihr in den Sommerferien überhaupt aufhabt …«

Pat wandte sich über die Schulter. »Unser Kindergarten ist die erste.« Sie schnappte eine Kiste. Draußen vor der Fensterfront entdeckte sie ein Kind und winkte ihm zu, bis es mit seinem Papa außer Sichtweite war. »Hast du dir noch nicht genug geholt von meiner Familie, fehlt noch was?«

»Antworten.«

»Antworten? Ich wüsste nicht, dass ich dir welche schulde. Ich erkenne nach wie vor nicht, dass du verstehst, wie es anderen geht damit oder was es für uns als Tios Familie bedeutet. Du nimmst dir das einfach raus. Da steht auf einmal die Dorfmetzgerin vor der Tür, die Frau im Ort, vor der jeder kuscht und bei der die

Kommissare ein und aus gehen. Glaubst du, das ist dein Recht, weil du … was auch immer bist? Meine Eltern waren völlig überrumpelt.« Pat ging neben den Bauklötzchen in die Knie. »Ich seh keinen Laptop in deiner Hand, den du zurückbringst.« Bunte Holzquader landeten in der Box.

Mitten in der Bewegung stoppte sie, sah auf und reckte in der einen Hand einen grünen Würfel hoch, in der anderen ein blaues Rechteck. »Schau, das ist, als sollten meine Gruppenkinder einen Turm bauen mit diesen Holzklötzchen. Dann kommt das stärkste Kind, schiebt alle anderen zur Seite, schnappt sich die Bauklötzchen und zieht aus dem Turm noch einige heraus. Und der Turm und die anderen …« Sie ließ den Satz offen.

»Wacklig.« Bevor sie reagieren konnte, starrte Theres wieder auf einen Rücken.

»Und nichts ist da, um den Turm zu reparieren, alle starren nur drauf, keiner kann was tun. Man fühlt sich ausgegrenzt und übergangen. Also, wir fühlen uns so. Ich«, verdeutlichte Pat. »Such dir was aus! Du greifst einfach in unser Leben ein und bestimmst. Dabei hättest du das *mit* uns tun können, wenn Tio dir so wichtig ist«, endete Pat, nickte, Theres nickte auch. Sie ging in die Knie. Schweigend sammelten sie gemeinsam die restlichen Bauklötzchen auf.

Theres ließ sich nach hinten auf einen Sitzsack fallen. »Ich hab das übersehen. Wegen Tios Laptop«, begann sie, und sofort wurden Pats Augen schmal, ihre Miene wieder verschlossen. »Ich hab nicht nachgedacht, was dir Tios Laptop bedeutet, oder was es für dich bedeutet, wenn ich ihn an mich nehme.« Auf Herzhöhe legte Theres die Hand flach über ihre Brust. »Ihr seid Tios Familie. Ich … nicht. Entschuldige bitte. Ist darauf etwas, was ich besser nicht lesen sollte?«

Pat musterte sie. »Familie … was man sagt … Streit ist da halt viel krasser als zwischen Freunden. Untereinander weiß man, wie's gemeint ist. Wenn du das liest … Du gehörst nicht zu uns. Ich weiß nicht, ob dir das klar ist, was im Streit einfach nur dahingeworfen ist. Hättest du eine Schwester, wüsstest du, wie sehr man sich manchmal wünscht, keine zu haben. Deswegen mag ich sie nicht weniger – oder sie mich«, zischte Pat.

»Und jetzt, wo sie wieder bei euren Eltern wohnt?«

»War ich froh … Bin ich froh, dass sie hier ist und wir öfter was machen können«, übernahm Pat den Satz. »Die Zeit vergeht viel zu schnell.«

Theres sah sie ernst an. »Tio spricht mit allen und jedem, ist durch ihre Arbeit bei der Zeitung im Gespräch und regt an, dass Dinge sich ändern. Vielleicht hat sie sich verändert, seit sie hier weggezogen ist.«

»Und?« Pat schüttelte den Kopf. »Tio wurde mehr Tio. Das war gut. Wer ändert sich nicht?«

»Wolltest du deswegen nicht, dass sie Manu trifft oder von dir und Manu weiß?«

Pat sah auf. »Woher weißt du davon?«

»Linderhof, schon vergessen?«, sagte Theres. »Ich hab euch streiten gehört.«

»Das …«, murmelte Pat, reichte ihr die Hand und zog sie hoch. Sie hielt den Blick. »Das ist kompliziert. Mist ist das.«

»Was genau?« Theres senkte ihre Stimme.

Pat schüttelte den Kopf und stakste ans Fenster. Theres sah, wie sie die Augen schloss gegen das Sommerlicht. Theres setzte einen Fuß vor und blieb doch stehen, beobachtete nur und startete die Aufnahme auf ihrem Handy.

»Ich …« Pats Körper schüttelte ein Schluchzen. »Vorgestern Mittag war noch alles gut. Sie hat mich abgeholt, wir sind ins Wellenberg, nur zwei Stunden, bis es voll wurde, waren dann auf ein Eis im Theatercafé.« Sie zog ihr Handy. »Dann haben wir über Manu geredet, gestritten.« Tränen erstickten die Stimme. Pat schlang die Arme um sich selbst. »Sie ist meine große Schwester. Wenn ich nicht wusste, was zu tun ist, Tio hat's immer gewusst. Sie hat gesagt, Manu hätte ihr Fahrrad manipuliert. Ich wollt's nicht glauben. Und dann liegt sie wenig später im Koma auf der Intensivstation.« Traurigkeit zeichnete das Gesicht. »Mama weint den ganzen Tag. Ich kann sie nicht das kleinste bisschen trösten. Papa sagt nix. Seit das mit Tio war, sagt er einfach nichts. Er geht zur Arbeit, er kommt zurück, seine Augen sind wie tot, wenn wir zusammen essen. Dann geht er ins Bett. Ich hör ihn weinen. Mama weint vor dem Fernseher. Mein Bruder ist da. Ich bin hier. Tagsüber, wenn die Kinder da sind, ist es nicht so schlimm. Aber dann sind die weg. Und daheim …« Wieder schüttelte ein Schluchzen Tios Schwester, ging wie ein Beben durch alle Glieder. »Sie können nicht miteinander reden. Und sie reden nicht mit uns. Wir sind doch auch noch da. Es ist, als hätte man sie ausgeknipst. Und wenn Tio …« Pat sank in sich zusammen, vergrub das Gesicht in ihren Händen. »Ich weiß nicht: Geht das jemals wieder an? Ich wünschte, wir könnten die Zeit zurückdrehen.«

Theres lauschte schluchzendem, rasselndem, tränenklebrigem Atmen. So leise wie möglich trat sie näher, bewegte ihre Hand auf Pats Schulter zu. Ehe sie sie berührte, zuckte die andere zusammen.

»Was war nach eurem Streit am Nachmittag? Was hast du gemacht?«

»Ich wollte sie nicht sehen. Ich bin einfach durchs Dorf.«

»Allein?«

»Ich war sauer. Tio war stinksauer, wegen Manu, wegen dem, dass alle auf sie sauer sind – meinetwegen.«

»Weshalb, und weshalb deinetwegen?« Theres gab ihr etwas mehr Raum.

Pat atmete hörbar ein und aus. »Sie hat das mit den Feuermachern und dass es nur Männer sind meinetwegen gemacht. Ich hab mich so drüber geärgert. Hier sind Mädchen in der Gruppe, die das auch so gern machen würden wie ihre Papas. Die bauen mir Lego-Eiffeltürme und rennen und wuseln stärker und schneller und wilder als jeder andere, die kraxeln auf jeden Baum und heil wieder runter. Was sag ich denen denn? Sie dürfen dies nicht, sie dürfen das nicht, weil sie Mädchen sind?« Sie seufzte. »Tio hat das aufgegriffen, weil sie es ja auch so sieht und selbst kennt. Dann hat sie sich beschwert, dass sie deshalb schon wieder angefeindet wird. Na ja, nicht direkt beschwert, aber … na ja. Mir hat sie vorgeworfen, ich hätte sie gedrängt, das genau jetzt vor dem Ludwigsfeuer zu schreiben, wo sie genug anderes am Hacken hat, genug Hasskommentare. Und meinetwegen kämen jetzt noch die Anfeindungen von den Jungs dazu. Die ganze Zeit über hat der Andi sie wohl angefegt, wenn sie Fragen hatte oder ihm über den Weg gelaufen ist.«

Mit der Hand wischte Pat Tränen von ihren Wangen. »Ehrlich: Ich weiß, dass sie das Richtige tut, und jedes

Mal kriegt sie die Breitseite ab. Tradition – am Arsch. Wenn er keine Frauen will, die an irgendwas beteiligt sind und den Mund aufmachen, dann soll er sich 'ne Gummipuppe kaufen und die heiraten.« Zorn stand in ihrer Miene. »Ich hab's so satt!«, knurrte sie. »Ich hab's so satt. Und dann streiten wir, weil sie von allen Seiten angefahren wird und mir die Schuld gibt. Ich hab versucht, sie anzurufen. Und ich wusste nicht, wegen Manu … ob sie nicht recht hat. Ich wollte wirklich keinen sehen.«

»Manu auch nicht?«

»Später. Ich hab Tio nicht erwischt, nur einen gesalzenen Text von ihr bekommen. Meine Antwort war nicht besser. Dann bin ich zu ihm.« Sie schüttelte den Kopf. »Und dann passiert so was. Tio war sicher genauso wütend und ist hoch auf den Berg und gestürzt. Alles meinetwegen. Sie werden mir das nie verzeihen.«

»Pat, hast du Tio …«

Tios Schwester legte den Kopf in den Nacken, die Wangen glänzten nass, von ihrem Kinn tropften Tränen. »O Gott, ich vermiss sie so, und ich bin auch noch dran schuld, dass alles passiert ist. Hätte ich einfach nur …«

Theres furchte die Stirn. »Hast du Tio gestoßen?«

»Was?« Pats Augen weiteten sich. »Gestoßen? Wieso gestoßen? O mein Gott, jemand hat Tio …?« Ihre Stimme erstarb. »Tio ist fast tot. Und es ist meine Schuld.«

Ganz sanft legte Theres ihre Hand auf den Oberarm der jungen Frau. »Das stimmt nicht«, sagte sie. »Ihr hattet einen Streit, du bist eingetreten für etwas, das wichtig ist und richtig. Du und Tio – ihr habt ausgeteilt. Unter dem, was an Tio alles zerrt, hat sie versucht, ihren Stress und Schmerz zu verteilen, und du warst in dem

Moment greifbar. Deine Beziehung mit Manu zu verstecken, hat nicht gerade Zucker über den Moment gegossen.«

»Hat Manu auch gemeint«, murmelte Pat. »Und als ich wieder daheim war … Denkst du, sie … das wird wieder?«

»Ich weiß es nicht.« Sie schüttelte den Kopf. »Sag mal, kann es sein, dass ich den Manu heut mit recht arg zerschundenem Gesicht gesehen hab?«

Pat hob die Hände. »Gestern war das ganz frisch, als ich zu ihm bin. Aber er wollt nicht sagen, wo er es herhat. Es war ihm peinlich. Männer …« Sie schüttelte den Kopf. »Aber dass es für Tio Spitz auf Knopf steht, hat ihn auch getroffen. Ich vermiss sie so arg.«

Theres runzelte die Stirn. »Du hast ihm das erzählt?«

Pats Kopf ruckte hoch. »Ja!« Dann zuckte sie mit den Schultern. »Er ist doch mein Freund, warum nicht?«

»Schon gut«, erwiderte Theres. Was soll schon schiefgehen?, dachte sie. Sie verbiss sich jeden weiteren Kommentar, hob zum Abschied die Hand. Halb aus der Tür deutete sie zurück auf die Klötzchenbox. »Und: Danke für die Nachhilfe.«

28. Anton – Geschichten

21. August, Oberammergau, Polizeistation

»Res hat geschrieben.« Anton stützte sich auf das Geländer des Podests und starrte auf Baurieder, der sich am Schreibtisch zu ihm umdrehte. »Elif auch. Die Spusi hat oben am Laberköpfl noch einige Fußabdrücke gefunden, natürlich auch Tios und andere.«

»Nein, sag bloß!« Kopfschüttelnd rieb sich sein Mitarbeiter übers Gesicht. »Ist ja kaum so, dass Wanderer bei schönem Wetter am Laber und rundum zum Laberköpfl unterwegs wären, oder die Tage vor dem Feuer irgendwer, der zufällig zu einer Gruppe Feuermacher gehört.«

»Dann wissen wir, was zu tun ist«, erwiderte Anton und signalisierte seinem Mitarbeiter aufzustehen.

»Res.« Baurieder hievte sich von seinem Stuhl hoch und krempelte seine Ärmel noch ein Stück hinauf, hielt dann den Autoschlüssel hoch. »Ich würd ja zu Fuß gehen, aber nicht, dass dein Make-up zerfließt.«

»Depp!«, rief Anton aus seinem Büro in den Raum. Er schnappte sich sein Handy. »Ich kauf ja nicht so ein Billig-Glump wie du.« Er schloss den Rechner und die Tür beim Hinausgehen hinter sich ab.

Zuverlässig begleitete die Bimmel Antons Schritte und die seines Mitarbeiters in die Metzgerei & Tages-Bar. Von der Theke zum Eingang schickte Theres' Mitarbeiter einen Gruß zwischen Auflegen und Abwiegen von Wurst, seine Kollegin deutete in eine Ecke der Tages-Bar auf Theres, dann wandte sie sich dem nächsten Kunden zu.

Anton stellte sich neben Baurieder an den Tisch, zeigte auf die leeren Plätze. »Hast schon alle verjagt?«

»Grad rechtzeitig«, brummte Theres. »Mittagszeit ist durch, und wer nicht hier sein muss, ist im Wellenberg oder am Soilasee oder am Staffelsee.« Sie sah auf von den beiden Laptops, die aufgeklappt vor ihr standen. Wolfin reckte hinter ihr die Schnauze in die Höhe.

»Ach, schau an.« Anton deutete auf einen der beiden. »Sollte *der* nicht besser bei Klara sein? Oder bist du jetzt unter die Passwortknacker gegangen? Fällt eigentlich keinem auf, womit du hier sitzt? Dass sich da keiner wundert.«

Baurieder schwang sich neben der Metzgerin auf die Bank und beugte sich zum Bildschirm. »Ich glaub, über Theres wundert sich wirklich keiner mehr.«

»Lebensziel erreicht.« Sie hob den Arm und die Faust zu einer ironischen Geste des Triumphs, krauste dann die Lippen, deutete auf den Stuhl an der Stirnseite. »Übrigens: Tios Artikel über das König-Ludwig-Feuer, den sie als Folge geplant hatte, ist so gut wie fertig«, erklärte sie, sah von ihm zu Baurieder, verdrehte die Augen. »Was euch total nicht interessiert«, folgerte sie. »Aber: Wenn du willst, Anton, verrate ich dir Tios Passwort. Nach der Aussprache hat Pat es mir weitergegeben.«

Anton setzte sich. »Lass uns bitte unbedingt über einen Zeitungsartikel sprechen.« Ironie tränkte die Worte.

»Lass uns lieber mal auf deinen Hinweis zurückkommen: *Dringende Neuigkeit*«, ergänzte Toni. »Warum schreibst du uns selbige nicht einfach?«

Sie runzelte die Stirn. »Mei … Bin ich Metzgerin oder Schreiberin?«

»Witz komm raus …« Anton beugte sich nach vorn, deutete auf den Laptop. »Der geht jetzt aber flott an Klara, damit wir an die Daten kommen. Wie ab… wie *ver*-sprochen.«

Mit einem Satz war Wolfin zwischen ihm und Theres, ein kurzes Knurren bebte von der Hündin bis unter seine Schuhsohlen. Seine Hand zuckte zurück. Er ärgerte sich. Als kenn ich sie erst seit gestern. Er streckte den Arm wieder aus, durchknetete Wolfins Fell, und die Laute verstummten.

»Gut, dass du alles so gut bewachst, Hundin«, schmunzelte Theres.

Anton striegelte weiter die Seiten. »Ach geh, Theres, als könnte irgendwer oder irgendwas Wolfin je abbringen, die wirklich wichtigen Dinge bis auf die Knochen zu verteidigen.«

»Du meinst: die Knochen zu verteidigen.« Theres linste zur Theke. Ihre Mitarbeiter waren mit Kunden beschäftigt, richteten Essen zum Mitnehmen oder Fleisch- und Wurstbestellungen. »Am liebsten würde ich Wolfin ganz woanders hinschicken zum Bewachen. Pat hat Manu erzählt, dass Tio noch lebt. Ich hab kein gutes Gefühl dabei.« Ihre Stimme war lediglich ein Wispern.

»Ungut.« Baurieders Kinn schob sich nach vorne, sah zu Anton. Wolfin wuffte bestätigend.

Anton rieb sich über die Stoppeln seines nachwachsenden Barts. »Sie liegt auf Intensiv. So leicht kommt da niemand rein.«

»Wille, Weg und so. Du kennst doch das Sprichwort«, wandte Theres ein. »Jemandem, der schon einmal versucht hat, Tio von der Klippe zu stoßen, könnte an ihrem Schweigen liegen.«

Baurieder richtete sich auf. »Ist das deine Meinung zu Manu?« Anton musterte den Kollegen, dann die Metzgerin, deren Augenpartie sich verengte.

»Meine Meinung?« In einer Geste warfen Theres' Hände Skepsis über den Tisch. Mundwinkel und Stirn flackerten, als überlegte sie, ob sie überhaupt Worte für ihre Antwort benutzen sollte. »Leut reden, so viel ist gewiss. Feuermacher reden miteinander und das nicht unbedingt weniger als irgendwer anders. Neben dem Reden denken die Leut ab und an auch, zum Beispiel daran, was passiert, wenn Tio aufwacht.« Sie starrte erst ihm, dann Baurieder in die Augen. »Was der Manu macht oder gemacht hat oder machen wird – oder Pat oder wer auch immer –, weiß ich nicht. Aber ich würd meinen, es ist schlimm genug, wenn er oder sie mit den falschen Leuten darüber redet, wie es um Tio steht.«

Anton fuhr sich übers Gesicht, schüttelte den Kopf. »So viel zu: Sagt es niemandem weiter.«

»Ungut«, wiederholte Baurieder. »So viel zu: *Kommunikation verbindet*. Da wünscht man sich glatt, mehr Leut würden sich an deinem Vater ein Beispiel nehmen oder an dir. Wobei das heut schon recht viel Worte von dir sind. Hast du heut den Redeanteil von deinem Vater noch zusätzlich übernommen?«

Anton musterte sie. »Apropos: Wo ist dein Babba überhaupt?«

Sie sah ihm direkt in die Augen, presste die Lippen zusammen. Dann blinzelte sie schulterzuckend. »Bei Tio.«

»Ach, schau an! Unser Messer- und Axt-Ermittlerteam agiert doch nicht etwa in Eigeninitiative, kann das sein?«, folgerte er. »Kannst du uns nicht einfach vorher informieren, Herrgott noch mal!«

»Zu viel Worte«, erklärte Theres.

Baurieder grinste kopfschüttelnd. »Der Metzger ist also im Krankenhaus. Dann sind wir ja mal gespannt, was er berichtet. Hast du eigentlich aus Richtung unseres Hochgeistlichen was gehört?«

Wieder hob sie die Arme, diesmal sprach Unkenntnis aus der Geste. »Nein. Habt ihr zufällig was zu den IP-Adressen, die auf Tios Social-Media-Accounts herumtrollen? Sind dabei welche, die möglicherweise hierherführen würden?«

»Eigentlich sollten wir heute noch Infos von den Kollegen in München zu den Adressen und zu Tios Stalker bekommen, vor allem, ob sich da die ein oder andere IP-Adresse überschneidet. Ansonsten«, berichtete Baurieder, dann senkte er demonstrativ den Daumen, »nichts.«

»Die Münchner? Das überlasst ihr denen? Einfach so? Wollt ihr den Stalker nicht selbst finden und vernehmen, oder habt ihr Bammel?«

Anton bemerkte den Blick seines Kollegen, hob die Hand, um einem Einwand zuvorzukommen. Er sah dem Kaffee nach, der durch den Laden nach draußen getragen wurde, und rollte Theres' Fragen durch seinen Kopf.

»Vergiss es, ich hab die dringende Anweisung, den Laptop abzugeben, und ihr habt auch noch ein paar Dinge auf der To-do-Liste. Kaffee is' heut nicht.« Theres trommelte ihre Fingerspitzen auf die Tischplatte. »Also, noch mal: Abgesehen von eurer Angst, in die große Stadt zu fahren …«

»Schon gut«, stoppte Anton sie und nickte seinem Mitarbeiter zu.

»Alles klar, ich hake bei den Kollegen nach.« Baurieder griff nach seinem Handy und rutschte ins Eck.

»Sag ruhig, ihr seid ganz allein auf die Idee gekommen, eine kleine Unterhaltung mit Tios Stalker zu führen«, frotzelte sie gerade laut genug, dass ihre Mitarbeiter nichts hören würden. Mit dem Telefon am Ohr zog der Kommissar eine Grimasse und verdrehte die Augen. Theres schmunzelte.

»Und sonst so?« Anton forderte sie mit einer Geste auf weiterzusprechen.

»Sonst so?« Sie zwinkerte ihm zu. »Fängst du etwa an, die Meinung einer Axt-und-Messer-Hobbyermittlerin zu schätzen, Herr Hauptkommissar? Dann hätte ich noch eine Theorie.«

Anton kam ein wenig näher, seine Stimme senkte er. »Wie meinst du das?«

Auch Theres beugte sich etwas vor. »Pat, würd ich tippen, war eifersüchtig, wegen Manu oder wegen Tios Engagement und der Anerkennung dafür. Bei Manu geht's entweder auch um Eifersucht oder um verletzten Stolz, vielleicht Zurückweisung. Das passt bei Felix allerdings auch. Grant gegen Tio scheint bei allen genug vorhanden. Ihr habt doch die Chats auch gelesen.«

»Haben wir, stimmt. Nach dem Fahrradunfall hat Felix Tio noch häufiger geschrieben, von ihr kam immer seltener was zurück, worauf er vorwurfsvoll und mit noch mehr Nachrichten reagierte. Als wollte er sie festklammern und sie dagegen alles eher ruhiger angehen«, ergänzte er.

Theres schüttelte den Kopf. »Was er da teilweise geschrieben hat ... So kenn ich ihn gar nicht. Er hat sie ganz schön unter Druck gesetzt mit seinen Vorstellungen.«

»Ich kenn den, seit er im Fußballverein in der F-Jugend rumgestöpselt ist«, erinnerte Anton sich. »Gut, vielleicht war er ab und an mal zornig, weil der Ball knapp neben das Tor ist, aber wer ist das nicht? Neben dem Platz ist er immer höflich, hat immer 'nen guten Spruch auf den Lippen, geschäftstüchtig mit dem Hotel der Eltern.«

»Aber man muss sagen, die letzten WhatsApp-Nachrichten zwischen Tio und ihm waren versöhnlich. Nur die Frage, ob sie jetzt ein Paar sind, hat sie konsequent ignoriert, auch die nach dem nächsten Treffen.« Theres presste Daumen und Zeigefinger gegen die Nasenwurzel. »Wie dem auch sei. Vorhin bei dem Gespräch war Pat sehr angefasst. Außerdem, erinnerst du dich? Das, was Manu an Tio schrieb, hatte es ebenfalls ganz schön in sich.«

»Willst du, Frau metzgernde Oberermittlerin, Pat ausschließen? Immerhin sind die Nachrichten von Pat an Tio auch krass. Und die von Andi«, führte Anton an.

Das Handy wie einen Schild erhoben, rutschte Baurieder wieder zu ihnen. »Alles geklärt mit den Kollegen. Ich hab die Adresse vom Stalker. In München. An den anderen IP-Adressen sind sie dran.« Sein Blick wanderte in die Runde. »Was ist über eure Gesichter gelaufen? Blei? Die neuesten Pläne unserer Metzgerin und Jägerin?«

»Trottel!« Ein Abbild reinsten Charmes, warf Theres seinem Kollegen den Ausdruck zu.

Anton zuckte mit den Schultern. »Viele Menschen, die sich viele unschöne Nachrichten schreiben, die uns kein Stück weiterbringen.«

Theres schnippte mit den Fingern. »Zefix! Dass da auch immer nicht Mörder drüber aufleuchtet, wenn's einer war – oder Mörderin. Schon Mist. Kann das keiner mal erfinden?«

Baurieder wiegte die Hand in der Luft. »Bei diesem Andi bin ich mir nicht sicher. Der war ziemlich grantig am Telefon.«

»Den habt ihr noch nicht ausführlich gesprochen, ihr Helden.«

»Der war die letzten Tage ständig an einer der Feuerstellen auf einem der Gipfel, Hänge, Berge. Mir reicht, wenn der Verhörte im übertragenen Sinne am Abgrund steht, nicht ich an einer Bergkante. Aber wir haben die Nachrichten zwischen den beiden gelesen«, verteidigte Baurieder sich. »Beim Motiv tippe ich auf Verbissenheit in Traditionen, Angst vor Veränderung …«

»Wut, weil Tio wagt, Dinge infrage zu stellen? Als Frau.« Die Metzgerin richtete sich auf. »Wäre meine Interpretation, nicht nur bezogen auf die Chats und E-Mails mit Tio, ehrlich gesagt. Wetten, wenn ich mit ihm rede, hätten wir Gewissheit.«

Anton klappte die Handflächen nach außen. »Und vermutlich den nächsten Toten. Theres, ich weiß, Fleisch und alles ist hier immer frisch, und man muss kreativ sein mit den Lieferwegen. Aber nicht jeder Konflikt kann mit dem Messer gelöst werden. Ich würd dich wirklich ungern verhaften.«

Sie wandte sich ihm zu, und so hoch ihre Mundwinkel wanderten, so wenig erreichte das Lächeln ihre Augen. »Trottel.« Diesmal merkte man ihrem Lieblings-Ausdruck noch mehr an, dass sie zehn Jahre in Wien gewesen war. Sie zog ihr Handy, öffnete das Display und zeigte ihnen die Aufnahme-App, stand dann auf. »Das ist das Gespräch mit Pat, das schick ich euch.«

Wolfin wuffte erneut und stupste ihre Besitzerin an. Zeitgleich mit Baurieder erhob Anton sich, strubbelte der Irischen Wolfshündin durchs Fell. »Ich würd sagen, Wolfin hat alles gesagt!«

»Schon schön so mit der Polizei.«

»Schon schön mit diesen neugierigen Hobbyermittlernasen«, seufzte Anton.

Theres deutete in Richtung Hintergebäude. »Beschwerden bitte am Schlachthaus abgeben.«

Sein Finger zielte nochmals auf den Laptop. »Klara. Dringend! Und: Ein Update von deinem Babba zum Stand im Krankenhaus wäre mir lieber«, erinnerte Baurieder sie.

»Ach, sei still!« In ihren Mundwinkeln bebte die Ahnung eines Schmunzelns. Eskortiert von Wolfin scheuchte sie sie vor sich her zur Ladentür und hinaus.

29. Babba – Blumen

21. August, Murnau, Unfallklinik

Allein der Geruch machte ihn schaudern. Kaum durch die Drehtür der Klinik, hielt er den Strauß Blumen wie einen Schutz vor sein Gesicht. Auf dem Weg zum Empfang richtete Josef Hack seine Aufmerksamkeit strikt auf den Boden, als könnte ihn andernfalls irgendwer oder irgendwas auf eine der Stationen entführen. Eher beiläufig erfasste er am Rande seines Sichtfelds eine Bewegung, und sie wirkte vertraut. Er sah auf.

Von der anderen Seite der Eingangshalle her schlurfte Felix ebenfalls auf das Klinikpersonal am Empfang zu, hinter ihm Manu. Erst wartete Josef Hack, schließlich richtete er sich auf, hob die Hand. »Servus!« Fast synchron drehten sich alle in der Eingangshalle der Klinik zu ihm, und die Feuermacher rissen überrascht die Köpfe hoch.

Felix brauchte einen Moment, den Mund zuzuklappen, ein Lächeln schaffte es nicht ansatzweise auf sein Gesicht. Mit zwei Fingern wischte er einen Gruß von seiner Stirn. »Habe die Ehre, Babba Hack! Metzgerei ist überall, was?« In der Nähe der Fenster trafen sich ihre Wege. »Hier in der Klinik ganz besonders. Unterstützung für die Chirurgie vielleicht?«

Manu sah irritiert zu dem etwas Jüngeren. »Ernsthaft?«, murmelte er, schüttelte kurz und missbilligend den Kopf.

Josef Hack schob die Brauen zusammen, legte den Kopf schief. »Magst vielleicht noch mal drüber nachdenken, was aus deinem Mund kommt, bevor's rauskommt?«, knurrte er.

Felix hob entschuldigend die Hände. »Sorry.« Dann zeigte er auf die Blumen. »Was bringt dich her, Metzger?«

Josef Hack ließ einen weiteren Blick über die beiden gleiten. »Krankenbesuch.« Das Offensichtliche polterte so schwer von seinen Lippen, dass keiner der beiden es wagte nachzufragen. »Zu wem wollt ihr?«

Manu warf Felix einen Blick zu, nach so etwas wie der Andeutung eines Nickens räusperte er sich. »Tio.« Als lasteten auf einmal Gewichte auf ihnen, sanken die Schultern der Burschen. Felix kaute auf seiner Unterlippe und starrte auf seine Hände, als könnten sich jeden Moment Worte daraus formen.

»Also«, begann Manu, er knetete sich den Nacken. »Pat hat erzählt, dass sie hier ist. Ich dacht, Felix sollt's wissen. Was auch immer das ist zwischen ihm und ihr. Aber wenn so was passiert, dann wünscht man dem anderen immer, dass alles wieder wird.«

»Ach.« Er stierte den Jüngeren an, der sah nicht auf. »Ist da noch was, oder ist jetzt schon Schluss?« Felix schwieg. Josef Hack räusperte sich und deutete auf das Gesicht seines Gegenübers. »Hast dir deswegen das Gesicht zerkratzt, weil Schluss ist? Oder ihr euch gegenseitig, so wie ihr ausseht?«

Manu sah zu Felix, als bemerkte er dessen Verletzung zum ersten Mal. Felix schob seine Hand vor die Wange. »Das ist vorgestern passiert, ganz blöd, vorgestern Nachmittag beim …«

»Das ist mal Zufall«, unterbrach Manu ihn. »Mich hat's vorgestern auf dem Heimweg vom Wellenberg vom Radl gelassen. Sag nicht, du hast auch einen derartigen Stunt gebaut?« Er lachte kurz und, mit Blick auf die Besucher und Patienten, die auf dem Rückweg zu ihren Zimmern oder nach draußen unterwegs waren, etwas verhalten. »Ich hoff, damit haben wir unser Pensum an Verletzungen durch und am Berg beim Feuer passiert dann nichts mehr.«

Josef Hack verengte die Augen. »Beim Radfahren? Ach?«, wiederholte er. »Felix, du auch, oder was?«

Felix nickte. »Zum Glück ist sonst nichts passiert«, sagte er und nickte weiter.

Dass ihm der Kopf nicht abfällt, dachte Josef Hack, ein Wunder. »Ein Glück«, kommentierte er, ohne den jüngeren Feuermacher aus den Augen zu lassen. Der rollte mit den Schultern und zog den Kopf ein, die Lippen zuckten. Seinem Blick wich er aus, stellte Josef Hack irritiert fest. So verdruckt ist er sonst auch nicht. Er musterte ihn noch einen Moment, dann hob er das Kinn, deutete in Richtung der Tafeln mit den Stationsbeschreibungen der Klinik. »Und jetzt wollt ihr zu Tio? Oder seid ihr auf dem Rückweg?«

»Felix hat dem Personal erzählt, dass sie zusammen sind und ich sein Bruder bin, der ihn begleitet. Abgewiesen haben sie uns trotzdem.« Manu deutete auf den Empfangsbereich. »Andi wollte auch kommen, eigentlich.«

Wieder wanderten Josef Hacks Brauen nach oben und sein Blick über die beiden. »Andi? Ich hätte nicht gedacht, dass Andi recht viel am Hut hat mit Tio.«

»Wegen dem Feuer …« Felix unterbrach sich, hustete. »Mit Tios Recherche wegen dem Ludwigsfeuer und den Feuermachern, wegen dem halt.«

Josef Hack stierte von Manu zu Felix und zurück. Schließlich trat er einen Schritt zur Seite, seine Mundwinkel schoben sich hoch zu so etwas wie einem Lächeln.

»Aber egal! Weiter als bis zum Empfang sind wir nicht gekommen.« Felix' Blick wanderte zu Manu.

Josef Hack grübelte, wie viel Flehen, zu schweigen, darin lag. »Seid ihr nicht gerade aus dem Gang gekommen?«

»Wir haben nur geschaut«, wiegelte Manu ab. »Unser Besuch zur Aufmunterung war umsonst.«

»Umsonst ist nix«, brummte Josef Hack. Mit einem Gruß wandten beide sich zum Ausgang, er sah ihnen nach. Durch die Gänge der Klinik schrillte Alarm. Josef Hack zuckte zusammen. Seltsame Abordnung, um Tio zu besuchen. Gegen das ungute Gefühl in seiner Mitte half nichts, ganz gleich, wie fest er die Blumen in seiner Hand packte.

30. Theres – Vorwände & Verbündete

21. August, Oberammergau, Metzgerei & Tages-Bar Hack

Die Eingangstür verkündete mit dem üblichen Bimmeln ihren Bewegungsdrang. Theres sah dem Weißwein und dem Milchkaffee hinterher, die nach draußen getragen wurden. Der Strom der Laufkundschaft war versiegt. Im Schatten vor dem Laden ließen ein paar Gäste den Tag ausklingen. Zu einem kleinen Plausch blieb ihre Mitarbeiterin einen Moment halb in der Sonne, halb im Schatten stehen.

Nur ein wenig beugte Theres sich neben ihrem Platz hinab. Ohne zu blinzeln, versenkte sie den Blick in das tiefdunkle Braun von Wolfins Augen. Zuerst hielt die Hündin die Schnauze hoch. Theres stemmte eine Hand in die Hüfte und richtete sich ein wenig auf, ohne sich abzuwenden, kniff ihre Augen zusammen.

Es war ein leiser Laut, der sich Wolfins Kehle entrang, eher ein Seufzen als ein Jaulen. Dann sank der Hundekopf, schließlich das ganze Tier. Auf ihre Vorderpfoten platzierte Wolfin ihren Kopf.

»Ach«, rollte aus dem Durchgang vom Hintergebäude das Brummen von Theres' Vater heran. »Blickduell? Gibt's einen besonderen Grund dafür?«

Theres deutete auf die Hündin. »Dafür?« Sie zog die Augen hoch und winkte ab. »Viel spannender: Was kannst du Neues berichten?«

Ächzend winkelte Josef Hack seine Knie und irgendwie seinen Körper ab und ging neben der Fellgefährtin in die Hocke. Erst zuppelte er sie an den Ohren, rieb dann über das Fell der Stirn. »Ist sie wieder recht grantig zu dir, meine Res?«, redete er auf die Hündin ein. Dann stemmte ihr Vater die Hände auf die Oberschenkel und sich hoch. »Wo ist der zweite Laptop? Tios?«

»Auf dringende Bitte der Tonis bei Klara zur Auswertung« berichtete sie.

»Verstehe: Kampflos aufgegeben an die Tonis.« Wieder ging die Ladentür auf, ihre Mitarbeiterin kehrte zurück an die Theke.

»Fast.« Theres schmunzelte und tätschelte Wolfins Fell. Auf ihren Vorschlag hin schlappte er voraus ins Hintergebäude und an seinen Schreibtisch. Vor ihm legte sie eine schmale, silberne Box, fest verschraubt und voller Technik, auf den Tisch und begegnete den Fragen in seinen Augen mit einem breiten Grinsen. Sie musste nichts sagen. Zu seinen Füßen ließ sich Wolfin nieder. »Alle Daten von Tios Rechner sind hier auf dem externen Laufwerk.«

»Nicht g'schlampert.« Seine Mundwinkel presste er zu etwas zusammen, das Anerkennung sein mochte. Seine Stirn furchte sich.

Er schüttelte den Kopf. »Gibt's das denn? Du kommst einfach auf ihre Dateien, ohne Passwort?«

»Pat hat es mir gegeben. Nachdem ich mich bei ihr entschuldigt habe.« Sie schloss die externe Festplatte an ihren Rechner an. »Tatsächlich komm ich aktuell aber nicht an die Sprachnachrichten. Tios Messenger sind nicht nur auf dem Handy, sondern auch auf dem Laptop installiert. So hat sie immer Zugriff auf alles, was eingeht – Texte und Gesprochenes auf allen Geräten. Aber über dieses Kästchen jetzt dranzukommen, scheitert gerade. Klara zufolge sind genau an dem Nachmittag sowohl von Felix als auch von Andi noch Sprachnachrichten auf Tios Handy eingegangen. Von ihrer Schwester ein paar gesalzene Texte. Dabei ist das mit Manu und Tio wirklich ewig her.«

Ihr Vater scheuerte den Handrücken über sein Kinn. »Du weißt, mindestens das sollten die Tonis …«

»Die Nachrichten kennen die Tonis.«

Ihr Vater schob Blätter auf dem Schreibtisch hin und her. »Die Tio und der Manu waren zusammen? Daran erinnere ich mich nicht.«

Theres zog die Brauen hoch. »Nach Tios Abi oder so. Hast du die Tage nicht so was erwähnt wie, dich würd's nicht kratzen, was die Leute treiben und merkst dir das eh nicht?«

»Hö!«, protestierte er. »Du kannst mir doch jetzt nicht vorhalten, was ich vor ein paar Tagen gesagt hab. Am Ende muss ich mir meine eigenen Worte merken. Wo kommen wir denn da hin?« Er hob die Hände. Seinen Mundwinkel zuckten und deuteten sein innerliches Grinsen an.

»Was?« Sie musterte ihren Vater. »Als Moralapostel brauchst dich mit solchen Aussagen aber nicht zu bewerben, Babba. Da sagt man was, macht das, erinnert sich dran, was man gesagt und getan hat, damit man's den Leuten besser vorhalten kann, die das nicht tun. Vor allem weiß man immer, was andere versäumt und Zeug hätten besser machen können.«

In übertriebenem Bedauern senkte er ein wenig den Kopf und schüttelte ihn. »Sag halt so was nicht, ich hab mich so angestrengt die ganze Zeit.«

»Ich raub dir ungern die Illusionen.« Theres hielt ihre Miene so ernst wie möglich. Sie klappte ihren Laptop auf und öffnete den Ordner auf dem Sicherungslaufwerk mit den E-Mails. »Babba, wie steht's um Tio?«

Im nächsten Moment verdunkelte sich seine Miene, er verschränkte die Arme und erzählte von seinem Besuch im Krankenhaus und der Begegnung mit Felix und Manu.

»Was mit Tio ist, geht allen nah.« Theres seufzte. »Vielleicht Felix auch deswegen, weil er Tio so unter Druck gesetzt hat in letzter Zeit. Auf WhatsApp hat er sich mit ihr sogar noch arg wegen seiner Oma gefetzt.«

Josef Hack legte den Kopf schief. »Dass man mit der Brunnerin streitet, versteh ich, aber über sie? «

Theres zuckte mit den Schultern. »Felix beschuldigt Tio, die Oma aufzuhetzen. Anfangs hätte sie Tio gemieden, schreibt er und dass er wünschte, er hätte auf seine Oma gehört, bevor Tio sich eingeschmeichelt habe mit ihren Artikeln und Spinnereien, die sie der Oma in den Kopf gesetzt haben soll.«

»Die Brunnerin wagt sich in ihrem Alter noch an Spinnereien?« Ihr Vater schüttelte ungläubig den Kopf.

»Er schreibt, sie hadert in Dauerschleife darüber, dass sie als Mädchen nicht machen durfte, was sie wollte oder wo sie wollte, weil sie nichts war als eine bessere Magd. Felix wirft Tio vor, seiner Oma ginge es immer schlechter, weil sie wegen Tio um all das kreiselt, was für sie nicht möglich war«, fasste Theres zusammen. »Weil sie all das bereut. Schon eigenartig.«

Zwischen den Brauen des Metzgers grub sich eine Furche ein. »Schau an! Da zetert die Brunnerin stets gegen die Schwiegertochter und jede Mama mit Kind, die arbeiten geht, dabei hätte sie das gern selbst gehabt«, brummte er.

»Wenn Frauen mit so einer Arbeit nicht zufrieden sind, womit denn überhaupt, schreibt Felix«, berichtete Theres weiter. »Ist ja schließlich für die Familie. Dabei kriegt Felix' Oma für Haushalt und Erziehung keine Rente, das Hotel hat sie nebenbei mitaufgebaut.«

»Wie ein Krebs im Eimer. Selbst ist man gefangen, und jeden und jede, die versucht, es aus dem Eimer zu schaffen, zieht man zurück. Andernfalls könnte glatt einer Frau gelingen, dass ihr Leben am Ende besser ist.« Wieder schüttelte er den Kopf. »Menschen … Wir sind uns selbst der schlimmste Feind.«

Theres dachte über seine Worte nach. »Tio hat ihr Schreiben, du hast eine Metzgerei, und ich hab sie modern gemacht. Wir haben unsere Wege gefunden.«

Josef Hack zuckte mit den Schultern, scheuerte sich das Kinn. »Mh.« Mehr sagte er nicht.

»Ich verstehe nicht, weshalb man deswegen einen Streit lostreten muss. Selbst wenn an ihm frisst, dass es seiner Oma schlecht geht. Aber ein Streit verbessert auch nichts. Er ist doch sonst …« Sie hob achselzuckend die Arme. »Zuverlässig, freundlich, selbst in der Zeit, wo es ungut für alle in Hotel und Gastro lief und die Touristen fehlten.«

»Mei«, brummte ihr Vater. »Warum wer was macht und mit wem ausgerechnet zu den blödesten Zeitpunkten streitet …« Er hielt inne und stieß einen Blick gegen ihren, in dem für Theres sehr deutlich stand, auf welche aktuelle Lage zwischen ihr und Paul er anspielte. »Das weiß ich nicht. Aber eines doch: Jeder ist zu allem fähig; zu jeglicher Dummheit – selbst die Klügsten von uns.«

»Mh.« Theres grummte, nickte dann. »Die Tonis müssen das jedenfalls dringend wissen, dass die beiden im Krankenhaus waren.«

»Die beiden waren, und Andi wollte.«

»Warum nicht gleich ein Ausflug von ganz Ogau auf die Intensivstation. Auch noch der Andi, bist sicher?«

»Der wollte«, sagte ihre Vater. »War dann aber verhindert. Was sagt eigentlich Paul zu dem Ganzen? Gibt's von ihm was Neues?«

Sie packte den Griff des Schlachtmessers an ihrem Gürtel und legte es neben dem Laptop auf den Tisch. »Ich kann ihn ja mal fragen.«

»Res! Bittschön!«

»Schon gut.«

»Du hast immer noch nicht mit ihm gesprochen, seit ihr bei Tios Eltern wart, oder?«

Sie schüttelte den Kopf.

Sein Gesicht verkrumpelte, und die Furchen auf seiner Stirn gruben sich besonders tief.

»Ich hab dem Herrn Pfarrer geschrieben.« Sie seufzte. »Komm, wir unterhalten uns draußen weiter in der Sonne.«

»Oh, Res!« Er stapfte hinter ihr her durch den Laden zur Tür. »Vor allem, weil dir an seinem Pfarrersein so viel li…« Er stoppte sich mitten im Wort. »Jedenfalls: Schau einfach, dass du heut noch über deinen Schatten springst und mit dem Paul redest.«

Theres fiel etwas anderes ein, sie zielte mit dem Zeigefinger auf ihn. »Gibst du den Tonis Bescheid, was im Krankenhaus war?«

»Ein Mensch, ein Wort.«

Mit einem Glas Wein für sich und ihren Vater wählte sie draußen einen Tisch mit etwas Abstand zu den Gästen, sammelte Grüße ein, grüßte zurück. Sie lehnte sich in ihren Stuhl und starrte auf das Display ihres Handys und die Nachricht.

Nicht reden hat noch niemandem irgendwas geholfen, las sie die Antwort, die eben aufleuchtete, auf die Nachricht, die sie vor zwei Stunden versandt hatte.

Trottel! Theres verbiss sich das Wort und warf einen Blick zu den anderen Gästen. Niemand beachtete sie. Und dann hat er auch noch recht. Sie verfluchte ihn in Gedanken und griff nach dem Wein.

31. Paul – Ansichten

21. August, Oberammergau, Auf dem Weg zur Metzgerei & Tages-Bar Hack

Die Glocke am Turm der Kirche schickte ihm zu jedem einzelnen Schritt einen Gong mit auf den Weg, kaum dass er zur vollen Stunde aus dem Friedhof trat. Der letzte Schlag verklang zwischen balkonbeblumten Hausfronten und bemalten Fassaden, getrimmten Hecken und akkurat verlegtem Pflaster. Aus einer der Nebenstraßen surrte ein Motor in die Stille. Paul trabte in die Abzweigung, schluckte.

Schon von Weitem zeichneten sich vor der Fensterfront der Metzgerei & Tages-Bar Umrisse ab, Gäste an den Tischen in der Abendsonne, manche im Schatten. Der eine, bestimmte – ihrer – brannte wie schwarzes Feuer. So, wie ihr Vater ihn trotz der Entfernung bemerkte, bemerkte auch Theres ihn. Die Sonne verwandelte die Scheibe hinter ihr zum Teil in einen Spiegel, zum Teil in Gold, und warf das Licht zurück auf Theres, setzte ihre Erscheinung in einem tieferen Dunkel ab.

Pauls Puls beschleunigte. Seit gestern nur Nachrichten, und die gesprochenen Worte davor waren nicht gut gewesen. In seinen Gedanken wendete er jeden Satz von links auf rechts, von oben auf unten, schob sie neu zusammen und zu dem, was er Theres sagen wollte. Er rieb sich mit dem Handrücken übers Kinn. Ein Surren mischte sich in seine Nervosität, rauschte lauter, fuhr an ihm vorbei, verlangsamte. Als er Farbe und Nummernschild erkannte, hob er die Hand.

Das Fenster auf der Fahrerseite glitt herab, ein Ellbogen heraus. Das Auto stoppte. »Hast du keine Seelen zu retten und andere wichtigere Aufgaben als entspannte Spaziergänge im Ort, Herr Pfarrer?« Toni Baurieder musterte ihn, sein Augenzwinkern entschärfte die Ansage etwas.

Paul stutzte. »Was?« Auf dem Beifahrersitz entdeckte er Anton Sollinger.

»Hast du gerade Pause von deinen Tätigkeiten als Hobbyermittler und Pfarrer?«, fasste der Hauptkommissar zusammen und lehnte sich etwas über seinen Mitarbeiter.

Baurieder schob sich weiter aus dem Fenster der Fahrerseite. »Falls Menschen Dinge an dich in deiner Funktion als Seelsorger herangetragen haben, wichtige und sachdienliche Informationen zum Beispiel, die du uns berichten möchtest … Jetzt wäre ein guter Zeitpunkt für ein Update.«

Paul trat näher ans offene Fenster. »Nichts, was uns mit Tio weiterhilft. Beichtgeheimnis hin oder her. Ich war gerade noch mal bei Felix' Oma, der Arzt ist jetzt da. Diesmal ist es wohl endgültig so weit.« Paul hörte ein Seufzen aus dem Innenraum. »Immer schmerzhaft. Der Boandlkramer kennt da nix. Ich denk, die Re… die Hacks sollten's wissen.« Er deutete auf das Auto und Baurieder. »Und du patrouillierst jetzt durch Oberammergau, um Theres und mich voneinander fernzuhalten?«, fragte er. »Du weißt schon, es gibt Smartphones und Apps und Textnachrichten?«

»Das ist reiner Zufall, dich zu sehen. Und: nun ja. Wem liegt nichts am Herz der Metzgerin.«

Paul verzog das Gesicht. »Autsch, Toni, der war flach.«

»Aber dafür mit einer extra Portion Ch…«

»Schleim.« Paul bewegte seine Hand, als könnte er dadurch etwas abschütteln.

Toni lehnte sich etwas weiter aus dem Fenster und überprüfte die Leere in der Straße diesseits und jenseits des Dienstwagens. Er winkte Paul näher. »Erstens: Depp! Zweitens: Von der Intensiv aus Murnau kam ein Anruf. Tio ist bei Bewusstsein«, erklärte er mit gesenkter Stimme.

Pauls Blick fuhr kurz zum schäfchenbewölkten Blau über ihnen. »Ich bete, das bleibt so. Aber seid ihr sicher, sie ist stabil genug, sie zu befragen?«

»So neugierig wir sind, wir warten die Nacht ab. Wir haben noch was anderes auf dem Plan«, antwortete Toni.

Sollinger schnippte einen Gruß zu Paul, richtete sich wieder in seinem Beifahrersitz ein. Toni tippte sich an die Stirn und fuhr los. Das Fenster glitt summend hoch, und Paul trat vom Auto zurück, setzte seinen Weg fort.

Tonis gerufener Abschiedsgruß riss ihn aus Gedanken und mitten im Schritt zurück. »Die Wege des Herrn …«

»… zählen hier auch nicht, solange wir nicht mehr wissen.« Paul sah dem Wagen der Kommissare hinterher, dann sah er hinüber zur Fensterfront. Noch schwärzer schien der Umriss vor der Scheibe. Er spürte selbst aus der Entfernung ihren Blick auf sich. In seine Brust fuhr ein Stich. Er betrachtete sie noch einen Moment, dann buhlte das Klingeln seines Handys um seine Aufmerksamkeit. Er erkannte die Nummer, und mit dem Telefon am Ohr drehte er sich in die der Metzgerei entgegengesetzte Richtung und schlug den Weg zum Königsblick ein. Seine weiteren Pläne hatten sich gerade neu sortiert.

32. Toni – Kümmernis

21. August, München, Agnesstraße Ecke Hiltenspergerstraße

»Bist du sicher, dass du lesen kannst?« Sollinger drehte sich vor dem Gebäudeeingang zu ihm. »Also richtig lesen und richtig zuordnen? Vielleicht hätt ich vorher fragen sollen, ehe wir in München unsere Zeit verschwenden.«

Toni hob Arm, hob Hand, hob Mittelfinger. »Ich hab die Adressen nicht verwechselt. Wenn, dann die Kollegen hier, die zweimal dieselbe Adresse listen.«

Der Hauptkommissar nahm ihm den Ausdruck aus der Hand und überflog selbst die Kopie des Beschlusses. »Das ergibt doch gar keinen Sinn.« Wieder richtete er sich auf und den Blick zur Hausnummer oberhalb der Eingangstür. »Das soll das sein, was bei der Gewaltschutzanordnung rauskam.«

Toni nickte. »Ich weiß, das sieht falsch aus. Dass Tios Stalker hier wohnt, hätte wohl wirklich keiner gedacht.« Er drängte sich an seinem Vorgesetzten vorbei. An der Haustür suchte er das Klingelschild mit den passenden Namen. »Mich würde nur interessieren, ob Tio das überhaupt wahrgenommen hat, nach all dem, was die letzten Wochen passiert ist.«

»Vielleicht hat sie es für einen Fehler gehalten und dann vergessen nachzuhaken. Eigentlich war sie in Oberammergau ja auch erst mal in Sicherheit«, schlug Sollinger vor.

Toni fand die Klingel. »Vergessen oder verdrängt«, bemerkte er, drückte den Knopf erneut. »Wer will schon wahrhaben, dass der Stalker, der einem eine Todesanzeige schickt, möglicherweise der eigene Mitbewohner ist?«

Nach wiederholtem Betätigen der Klingel surrte der Türöffner. Kurz darauf ging eine Wohnungstür auf. Mehr Gähnen und zerzaustes Haar, mehr Shirt- und Jogginghosenknäuel als Mensch, öffnete ihnen.

Sollinger baute sich vor dem vermutlichen Endzwanziger auf. »Hannes Rehmer?«

Ein Nicken antwortete.

»Wohnt Viktoria Nghun auch hier?«

Erneutes Nicken. Der Hauptkommissar stellte sich und Toni kurz vor und deutete in die Wohnung. »Wir würden gern drinnen weiterreden.«

Hannes starrte von Sollinger zu ihm. »Ist was mit ihr?« Wie um es glatt zu streichen, fuhr er sich übers Gesicht und durch das etwas zu lang nicht mehr geschnittene Haar. »Ich bin eben erst aufgestanden. Lange Nacht und Deadline für einen Artikel«, stammelte er.

»Nachmittag ist der neue Morgen.« Toni räusperte sich. »Drinnen, ja?« Hinter den schlurfenden Schritten erreichten sie die Küche. Hannes klappte einen Laptop zu, der von einem Stoß Unterlagen, iPad und Handy eingerahmt wurde, und lehnte sich gegen die Fensterbank, in der Hand eine Tasse. Ein letzter Rest Spülschaum floh aus dem Waschbecken, daneben tropfte das Geschirr in die Ablagerinnen.

»Zeit zum Abwasch war wohl noch zwischen Aufstehen, Weiterschreiben und Türöffnen?« Toni zielte mit dem Finger auf die Spüle, dann auf sein Gegenüber. »Wie kommst du darauf, mit ihr wär was?«

Hannes beugte sich vor und streckte sich nach seinem Handy. »Ich erreich Viktoria seit Tagen nicht. Wir schreiben eigentlich viel, ich weiß normalerweise immer, wo sie ist. Und weshalb stehen sonst zu dieser Stunde zwei Polizisten vor meiner Tür?«

»Ach, schau.« Sollinger suchte seinen Blick.

»Die Begründung ist wirklich praktisch«, kommentierte Toni. Er richtete sich auf und verschränkte die Arme. »Clever, würd ich beinahe meinen.«

Hannes' Miene verkrumpelte sich, seine Augen wurden schmal, gingen zwischen ihnen hin und her.

Der Hauptkommissar trat auf ihn zu. »Machen wir's kurz: Aufgrund einer Gefahrensituation gegenüber Tio haben wir eine IP-Adresse ermittelt und identifiziert, mit der sie wiederholt kontaktiert, belästigt und bedroht wurde. So ich die IT-Spezialisten richtig verstanden habe, lässt sich das technische Equipment hinter dieser IP-Adresse eindeutig dir zuordnen«, erklärte er. »Jetzt wäre ein guter Zeitpunkt, reinen Tisch zu machen. Was hast du getan und wieso ging offensichtlich eine Todesanzeige von dir an Tio?«

Toni machte ebenfalls einen Schritt nach vorn. »Falls du gelegentlich Filme schaust, weißt du: Alles, was du zurückhältst, macht es am Ende für dich nur ungünstiger.«

Tios Mitbewohner stellte seine Tasse neben sich auf die Fensterbank. Er nickte, dann atmete er tief ein und aus. »Nein.« Er deutete zur Tür. »Einfach: Nein.«

»Bitte, was?«

Sollingers missbilligende Ungläubigkeit äußerte sich in einem lauten Ausschnauben.

Hannes stützte die Hände auf die Hüften. »Ich schreibe genug, ich recherchiere genug. Ich muss hier gar nichts, vor allem nicht, mich von zwei Dorfpolizisten einschüchtern lassen«, erwiderte er. »Zwischen Viktoria und mir, das war ein Scherz. Sie hat es vielleicht falsch verstanden, wollte mir eins auswischen, wie ich sicher auch ihre Signale falsch verstanden habe. Trotzdem ist nichts passiert.« Er warf eine Geste in den Raum. »Viktoria und ich arbeiten und wohnen zusammen. Ich freu mich für sie und feiere mit ihr, auch wenn wir beide uns auf eine Stelle bewerben. Ich schätze ihre Artikel und dass sie eine eigene Kolumne hat. Wer freut sich nicht, wenn es die Kollegin schafft? Wenn sie jetzt auf einmal einen Sinneswandel hat und Anzeige erstattet, kann ich das nur auf einen schlechten Scherz zurückführen, oder es ist verspätete Rache.«

»Rache?«, wiederholte Toni. Zwischen seinem Ärger über den Redeschwall rasten seine Gedanken durch den Inhalt, suchten nach schnell greifbaren Hebeln. »Hat Tio dich abgewiesen, hast du versucht, dich ihr aufzudrängen?«

Hannes hob die Hände abwehrend vor seine Brust. »Zwischen uns war alles geklärt. Mehr gibt's dazu nicht zu sagen. Wenn ihr eine IP-Adresse auswerten könnt, dann auch die Chat-Protokolle. Ich hab mich um Viktoria gekümmert und muss mir nichts vorwerfen lassen. Dass ich sie belästigt oder bedroht haben soll, dafür seh ich weder Beweise noch einen Durchsuchungsbefehl noch eine Vorladung. Es gab ein Missverständnis, und das ist erledigt.« Nachdrücklich deutete er erneut in den Flur.

Sollinger hob die Hand. »Wenn alles so klar ist, hast du sicher kein Problem, eine DNA-Probe abzugeben.«

Toni stellte sich in den Türstock. »Als besonderen Service nehmen wir dich auch mit zur nächsten Polizeidirektion, Rücktransport nach Hause inklusive. Da du nichts zu verbergen hast, hast du es gleich hinter dir.«

Kurz wurden Hannes' Augen schmaler, dann schüttelte er den Kopf. »Ich würde ja … Ich werde, keine Frage.« Mit dem Zeigefinger zog er das T-Shirt von seinem Hals. »Aber ich muss heut noch mal in die Redaktion. Und gerade weil ich nichts zu befürchten habe, geht mein Job vor. Den brauche ich auch nach diesem lächerlichen Verdacht nämlich noch.«

Sollinger richtete sich auf, setzte zu einer Antwort an. Hannes kam ihm zuvor. »Heut Abend, spätestens morgen.«

Hinter ihnen donnerte die Tür ins Schloss. Noch auf den Stufen nach unten wählte Toni Elifs Nummer und stellte sich lieber nicht die Reaktion der Kollegin vor.

Auf der Straße angekommen drehte er sich noch einmal um und blickte auf das erleuchtete Fenster des Jugendstilgebäudes zurück. »Na, da bin ich gespannt, ob und was davon passiert.«

33. Paul – Tod ist (k)ein Freund

21. August, Oberammergau, Pfarrheim

Seine Hand schmerzte, seine Augen auch. Paul legte das Handy auf den Tisch, blinzelte mehrmals. WhatsApp ließ er geöffnet, den Chat mit Theres. Die Statusanzeige unter ihrem Namen bewies, dass sie online war. Antworte endlich, Res. Er ärgerte sich. Schwachsinn. Er schaltete das Display schwarz und stieß das Smartphone von sich. Ich hätt vorhin einfach noch vorbeischauen sollen.

Seine Hand fuhr Richtung Weinglas, stoppte, er griff nach der Schorle. Paul schloss die Augen und wanderte durch seine Erinnerung zurück zu dem Abend von Tios Unfall, dann zu dem Besuch bei ihren Eltern und durch jedes Wort, das er auf dem Weg dorthin mit Theres gesprochen hatte.

Die Klingel riss ihn zurück in seine Wohnstube. Ein Fingertipp auf sein Handy zeigte, es war kurz nach neun. »Wer …?« Die Türglocke schrillte durch den Rest der Worte. Er überlegte. Um diese Zeit brachte kein Besucher Gutes. Trauer, Schmerz, Menschen, die jemanden verloren hatten, den sie lieben, oder die dabei waren, diesen zu verlieren.

Erneut die Klingel. Am Lichtschalter zögerte er kurz, schließlich tippte er darauf. Er blinzelte gegen die Helligkeit an und bemerkte durch das Milchglas der Tür eine Bewegung in den Schatten. Dann war der Türgriff in seiner Hand. Theres stand vor ihm. Das Erste aus ihrem Mund seit ihrer letzten Begegnung überraschte ihn nicht – Stille.

Er trat zur Seite und sie an ihm vorbei. Ihre Schritte donnerten durch den Flur wie der Takt eines Songs. Die Tür knallte ins Schloss und zwischen die Schritte, denen er in den Wohnraum folgte.

Theres wandte sich ab und dann ihm wieder zu. Anders als sonst lehnte sie sich einfach gegen die Tischkante, statt die Gläser zu holen oder Platz zu nehmen.

»Was?«, sagte er.

»Paul«, sagte sie. »Ich hab keine Bedienungsanleitung gefunden.«

»Was? Wofür?«

»Fürs Leben«, sagte sie. »Zefix noch mal, für dich.« Theres zeigte auf ihn, sich und den Raum dazwischen. »Ich bin narrert auf dich, und dann schreibst du, wie schlecht's um die Brunnerin steht. Und was weiter mit Tio ist, weiß keiner.«

»Braucht's also erst den Boandlkramer, damit sich eine Metzgerin bewegt?«

Sie hob entschuldigend die Hände. »Leuchtreklame exklusiv vom Tod versteh sogar ich. Wie deppert, wütend zu sein, wenn's vielleicht kein Morgen gibt. Nicht miteinander zu reden ist Zeitverschwendung.«

Er musterte sie. Sie zuckte mit den Schultern. »Und Zeitverschwendung ist ungut. Nicht mit dir reden besonders. Ich dacht, ich wart diesmal nicht erst ein paar Jahre, bis wir das beilegen. Ich weiß, das war arg bei Tios Eltern.«

»Wenn's nur das wär …« Sein Handy auf dem Tisch klingelte. »Himmel.« Er griff danach.

Theres wich zur Seite. »Um diese Zeit bedeutet das nix Gutes, oder?«

Die angezeigte Nummer erkannte Paul wieder. Die tränenerstickte Stimme am anderen Ende der Leitung bestätigte, was er vermutete. Ohne ein Wort zu sagen, lauschte er und beobachtete, wie sich Theres' Miene veränderte. Bedauern las er darin, aber auch, dass sie verstand.

Er drückte sein Handy fester ans Ohr, murmelte hinein. »Beileid.« Er sah, wie ihre Lippen sich zeitversetzt bewegten. Er räusperte sich. »Ich bin gleich da.« Dann legte er auf.

»Der Boandlkramer? Wen hat er heimgeholt?«

Paul fuhr sich mit dem Finger den Kragen entlang. »Felix' Oma, wie erwartet. Wenigstens war heut noch mal die ganze Familie zusammen bei ihr.«

Theres legte den Kopf zur Seite, furchte die Stirn. Sie sah irritiert aus, und in ihren Augen war dieses Funkeln, wie immer, wenn noch ein Gedanke aufblitzte. »Aber … warte mal.«

Er trat auf Theres zu. »Theres, du weißt, wie es ist. Ich meld mich.«

»Ich weiß, wie's ist.« Theres nickte, sie hob die Hand und drehte sich zum Ausgang. »Wir sprechen morgen.«

An der Haustür sah er ihr nach, sah ihre Konturen mit der Nacht verschmelzen. Paul klappte den Kragen der schwarzen Jacke hoch und sperrte ab. »Timing ist alles.«

34. Theres – Familiensachen

22. August, Oberammergau, Metzgerei & Tages-Bar Hack

Irgendwas kratzte noch in Theres' Hinterkopf. Irgendwas aus den Gesprächen der letzten Tage. Etwas, das Paul erzählt hatte oder Anton, Toni, ihr Vater? Oder war es aus der Runde mit Elif? Hatte Pat irgendwas gesagt, was nicht zum Rest passte? Die Hitze, ihre Müdigkeit, die Geschehnisse der vergangenen Tage verklebten alles und vermengten es zu Brei. Details verschwanden im trägen Nebel. Sie wälzte sich in ihrem Bett.

Gedankengewimmel. Vielleicht liegt es einfach am Tod, überlegte sie.

Der Gedanke glitschte ihr weg, die Nacht hüllte Dunkelheit um sie, Schlaf und Traum umschlangen sie, bis der Wecker alles zerschlug.

Ihr Kopf schmerzte. Jede ihrer Bewegungen knarzte und brannte von ihren Gelenken bis in ihr Denken – vom Zähneputzen bis sie im Schlachthaus stand.

Ihr Milchkaffee wartete auf der Ablage neben dem Schlachttisch. Vom Türrahmen aus musterte ihr Vater sie. »Gestern Abend warst recht bald wieder daheim.«

»Dir auch einen guten Morgen.« Ihre Stimmbänder schmirgelten gegeneinander und beförderten Worte aus ihrem Mund, sie räusperte sich.

»Mei …«

»Babba, die Brunnerin … gestern war's so weit.«

Kurz drückte er die Lippen aufeinander, dann nickte er, drehte sich um. »Gestern haben wir noch von ihr geredet«, murmelte er im Fortgehen. »Jedes hat seine Zeit, gut, dass keiner von uns weiß, wann.«

Sie starrte irritiert auf seinen Rücken, obwohl sich dort noch nie Worte zu Antworten gebildet hatten. »Jedes? Was jedes? Jedes Unglück?« Sie stapfte ihm nach in die Kühlung.

»Jedes Menschenkind«, brummte er über die Schulter.

»Das kommt aufs selbe raus, oder?«

»Heut Nacht zu viel Zuversicht und Nächstenliebe inhaliert?«, schob ihr Vater nach, drehte sich dann ab. Seine Pranke schloss sich um den Griff eines der Holzbretter mit der Fleischauslage aus dem Regal in der Kühlung. »Hoffentlich bleibt's die einzige Beerdigung für die nächsten Tage. Grad ist mir der Boandlkramer ein bisschen zu aufdringlich.«

Umgeben von den Spezialitäten einer Metzgerei, in den Räumen einer Metzgerei, beschloss Theres zu ignorieren, wie grotesk der Kontrast der Worte war zu dem, was sie umgab und was ihr täglich Fleisch und Brot war.

Sie nahm weitere Platten mit Wild und Biofleisch auf, drapierte sie in der Ladentheke, startete die Abrechnungs-Tablets für die Bestellungen und Kasse. Die alte Bahnhofsuhr über dem Kaffeemonster zeigte noch ausreichend Zeit für mindestens einen Kaffee, bis ihre Angestellten eintrafen, bis der Laden öffnete. Theres gähnte auf dem Weg zum Kaffeemonster, brühte sich und ihrem Vater einen weiteren Kaffee. Mit ihrem Laptop setzte sie sich an ihren Lieblingsplatz. Auf der anderen Seite der Fensterfront nahm sich die Sonne den Tag. Wolfin trottete in den Halbschatten.

Ihre Kaffeeschale an den Lippen, nahm sie einen warmen, weichen, bitterherben Schluck von ihrem

Hafermilchkaffee. Immer noch kratzte der Gedanke von gestern Abend in ihrem Kopf, irgendwas stimmte nicht in den Gesprächen. »Vielleicht war auch noch was in diesen Chats«, nuschelte sie in Richtung Bildschirm, las noch einmal über die letzten Einträge und die Anfänge der Chats. An oberster Stelle standen die Namen von Manu, Felix, Andi, Pat.

Andi. Hat den mittlerweile jemand erwischt und gesprochen?

Von der Hintertür bis durch den Flur hörte sie ihre Leute eintreffen. Auf dem Weg zur Ladentür gönnte sie sich einen Funken Eigenlob, weil ihr gelang, als Antwort auf den Morgengruß die Hand zu heben, in der sie nicht die Kaffeeschale hielt. Malheurfrei sperrte sie die Ladentür auf. Zurück vor ihrem Laptop entschied sie sich erneut für den Chat der Schwestern.

»Wow.« Das Wort flappte aus ihrem Mund, der Blick auf die Zeilen vor ihr färbte ihre Gedanken bitter. Einzelkind zu sein hat auch Vorteile. Dasselbe dachte sie gleich darauf noch einmal, als die Tür aufschwang und das Bimmeln den Raum durchschellte.

Theres klappte ihren Laptop zu, lehnte sich zurück und beobachtete. Wolfin folgte durch die Tür, überholte und war im nächsten Moment neben ihr wie eine Wächterin. Der Blick der Hundin löste sich nicht einmal für ein Blinzeln von dem Beinpaar, das sich näherte.

Theres durchkämmte schmunzelnd das Fell. »Sturschädel«, mumpfelte sie ihrer Gefährtin zu, dann richtete sie sich auf, musterte ihr Gegenüber. »Warst du schon bei den Tonis für deren Morgenappell oder gebührt mir allein diese Ehre?«

Elifs hochgezogene Mundwinkel waren Antwort genug für diese Uhrzeit. Theres gähnte in ihre Armbeuge, ohne die andere aus den Augen zu lassen. Die Kommissarin schob ihre Hände noch ein wenig tiefer in die Cargoshorts und stellte sich neben Theres an den Tisch. Dann zog sie den Stuhl zurück, die Arme auf die Tischplatte gestützt setzte sie sich.

»Die beiden sind heute Morgen nach Murnau. Gestern ist Tio aufgewacht, heute scheint es ihr besser zu gehen. Mal sehen …« Sie ließ den Satz offen. »Gestern waren sie noch in München bei dem Stalker. Wir haben mittlerweile Auswertungen zu den Gewebeproben unter Tios Fingernägeln, und immerhin können wir sagen: Von wem auch immer sie sind, er oder sie war zuvor noch nie straffällig. In der Datenbank ist absolut nichts. Den Mitschnitt des Gesprächs zwischen dir und Pat kennen wir inzwischen. Wir wissen, dass sowohl Manu als auch Felix Abschürfungen im Gesicht haben. Ganz gleich, was die beiden erzählen, bei beiden Geschichten gibt es eine Lücke, genau wie bei Pat, in der alles passiert sein kann. Heißt, wir sollten sie dazu bringen, uns einen DNA-Test vornehmen zu lassen.« Sie seufzte. »Wenn das bloß so einfach wäre. Auf eine richterliche Anordnung warten wir ewig, wenn es dumm läuft …«

»Was ist eigentlich mit dem Andi?« Theres zog die Brauen zusammen. »Sag mal?«

»Sag mal?« Elif richtete sich auf, ihre Braue wanderte hoch. Ihr Zeigefinger zielte auf sie. »Metzgerin.« Dann auf sich. »Ermittlerin.«

Theres verschränkte die Arme vor der Brust. »Heißt: Fragen ist nicht? Weil du hier Fragen stellst?«

Wieder zuckte Elifs Braue. »Heißt …« Sie seufzte erneut, rieb sich über das Gesicht. »Heißt: Gscheidhaferl mag keiner. Noch weniger solche, die einem ständig in die Hacken hacken oder einfach glauben, wir machen den Job zum ersten Mal.«

Theres hob ihr Kinn. »Und das ist jetzt plötzlich wichtig, weil …?«

»Weil du … Ich leite die Ermittlungen, ich gehe Schritt für Schritt vor. Ich teile die Ergebnisse mit den Tonis, mit dir auch, weil ich denke, dass wir gemeinsam weiterkommen als allein. Vielleicht lassen wir das mit dem Armdrücken und uns gegenseitig beweisen, wer schneller schießen kann. Du bist nicht umsonst Jägerin, Theres, aber hier eben nicht die einzige.« Elif hob die Hände und schüttelte den Kopf. »Neben all dem behauptet Tios Stalker vehement, er wäre am Tag von Tios Sturz nachmittags bis abends angeblich allein in seiner Wohnung gewesen. In dem Zeitraum war es heiß und die Wohnung hat keinen Balkon. Wir versuchen, an die GPS-Daten seines Handys zu kommen, um das zu verifizieren. Andi steht heute auf dem Plan. Sein Telefon hat er allerdings bereits vor zwei Wochen als verloren gemeldet, was definitiv die Kontaktaufnahme erschwert und die Sache mit dem Handy am Tatort neu beleuchtet.«

Theres stand auf, um ihre Kaffeeschale zu füllen. »Du auch?« Elif nickte. Aus dem Siebträger dampfte der Kaffee in die Tassen, Elifs Worte durch Theres' Gedanken.

»Im Chataustausch zwischen Tio und Andi waren noch Nachrichten von vor Kurzem.« Sie stellte die Tasse vor der Kommissarin ab.

»WhatsApp? Die Nummer kann man ändern bei WhatsApp.«

»Aber er hat nicht nur eine neue Nummer, sondern muss auch ein neues Telefon haben«, wandte Theres ein.

Elif verzog die Lippen. »Na gut. Es gibt eine plausible Erklärung dafür, und sicher auch dafür, dass du von dem Chat überhaupt Kenntnis hast und ich nicht. Wieder nicht. Legst du es darauf an, mit mir aneinanderzugeraten?«

»Mein einziger Daseinszweck.« Theres hielt schmunzelnd den Blick der anderen. »Aber ich lass dich abschreiben, wenn du mich beim nächsten Mal …« Zwinkernd klappte sie den Laptop auf und drehte ihn der Kommissarin zu.

»Sturschädel.« Elif zog ihn näher, sah schon im nächsten Moment auf. »Ehrlich: das mit Pat und Tio … autsch.« Dann sah sie wieder auf den Bildschirm. Nach einer Weile musterte sie Theres und schob den Rechner zurück. »Schick mir das. Für das Gespräch mit Andi gleich hilft es mir auf jeden Fall. Und hast du nicht überaus großes Verlangen, noch mal mit Tios Schwester zu reden?«

»Du meinst, mit meiner unwiderstehlichen Kombi aus Charme und Fingerspitzengefühl?«

»Wäre das nicht fein? Ich kann sie offiziell aufs Revier laden, zweifle allerdings am Mehrwert. Vor allem war euer Gespräch nicht so verkehrt miteinander.« Elif setzte die Tasse mit Kaffee an und zuckte zurück. »Heiß, verdammt noch eins!«

»Ach?«

»Sie soll freiwillig erzählen. Wer weiß, was sie dabei verrät.« Die Stimme der Kommissarin wurde deutlich leiser. »Und ich weiß, dass du schon mit Menschen kannst, wenn du willst.«

Theres winkte ab. »Du weißt, wie's ist, und die Leut wissen auch, ich würde das Schlachtmesser nicht benutzen. Am Ende fürchten sie mich und das Messer und den Tod überhaupt weniger als ...« Sie grübelte kurz, Wolfin stupste gegen ihren Oberschenkel, und Theres strubbelte das Fell. »Dich fürchten sie auf jeden Fall. Alle. Apropos Tod ...«, sagte sie und sah auf. »Die Oma von Felix ist gestern Abend verstorben.«

Dankend hob Elif die Hand. »Hashtag Fingerspitzengefühl bei Verhören, oder was meinst du?« Sie grinste zurück. »Als ob wir Hack heißen würden. Sonst noch was, was du zufällig erzählen willst? Neuigkeiten vom Pfarrer? Oder irgendwas, was die Tonis wissen und ich dringend wissen sollte?«

»Das war sie, die Neuigkeit, direkt von ihm. Mehr hab ich nicht.« Im nächsten Moment fiel Theres ihr anderes Gespräch mit Toni wieder ein, sie schluckte. Der Wein, Zefixnocheins! Wie konnte ich bloß den Wein im Automaten vergessen?

Mit gerunzelter Stirn erfasste der Blick der Kommissarin sie. »Sicher?«

Theres zog das Lächeln auf ihren Mundwinkeln etwas höher, als wäre nichts und in keinem Fall etwas, das die Kommissarin bemerken sollte, nickte. »Sicher. Ich freu mich so sakrisch auf ein weiteres Gespräch mit Pat.« Selbst Wolfin sah auf, und in ihrem Blick schien Tadel für die überdeutliche Ironie der Worte zu liegen.

Kaum schloss hinter Elif die Tür, loggte Theres sich über ihren Laptop in das Abrechnungsprogramm und die Zahlungsdaten des Verkaufsautomaten ein.

35. Tio – Krallen, Federn, Nacht

22. August, Murnau, Unfallklinik

Nur Federn und Klauen in der Dunkelheit. Dieser Schmerz stieß mit jedem Atemzug von ihrem Rücken in die Lunge, ihre Arme. Tio wusste, es war ein Traum. Sie wollte fliehen, fort, aufwachen.

Stattdessen krampften ihre Hände sich beim nächsten Wimpernschlag um ein Lenkrad, klebten daran, und sie wusste, sie hatte gerade etwas gesagt. Es war mit einem Mal wieder diese Nacht. Es war doch schon so lange her. Wieder füllten Vorwürfe das Auto. Wut, Trauer. Neben ihr vom Beifahrersitz stieß ein Hissen zu ihr, dann ein Arm. Die Hand riss am Steuer, brachte den Wagen ins Schlingern. Sie schrie. Als wäre ihr Herz aus der Brust in den Kopf geschossen, dröhnte es im Rhythmus von Angst und Panik zwischen ihren Ohren. Ein Ruck, dann war der Wagen wieder auf Spur.

»Siehst du, was du tust und was dann passiert!« Die Stimme neben ihr fauchte. »Du denkst, du bist besser. Wenn du mich zurücklässt, wird nicht alles besser.«

Ihr Blick zuckte zur Seite, sie lenkte ihn zurück auf die Scheibe, die Straße dahinter.

Ich hab aufgepasst, ich hab nichts Falsches gemacht.

Sie schwieg.

Das Lachen neben ihr wurde ein Krächzen, das Lenkrad, der Sitz, die Straße wurden Schwärze. Alles löste sich auf. Luft, Wolken, Nacht.

Blendlichtgleiche Sterne brannten um sie und in ihren Augen, auf ihrer Haut. Federn flossen aus ihren Gliedern. Wie zum Flügelschlag hievte und senkte sie ihre Arme, flog, hielt sich über einem noch schwärzeren Nichts.

Dann der Stich, der erste in ihren Armen, in ihren Rücken ein nächster, ein Reißen bis ins Mark ihrer Knochen. Sie zwang ihren Kopf nach hinten. Federn schmiegten sich über ihrer Schulter aneinander, schimmerten sanft im Sternenlicht.

Krallen schossen aus der Nacht und packten zu.

Sei still. Still, stumm, artig, brav.

Blutig, widerwillig lösten sich aus ihrem Flügelkleid die ersten vier Federn, dann eine nach der nächsten schneller und schneller: Lächle. Sei hübsch. Nicht so laut. Sei zufrieden. Bleib an deinem Platz. Sei nicht zu anders. Du hast kein Recht. Sei froh. Das war schon immer so.

Die Worte schnitten schärfer, die Federn fielen in Büscheln aus. Zu fordernd. Du kannst nicht einfach weggehen. Vorher war alles gut. Du gehörst nicht dazu. Was erlaubst du dir? Du machst das falsch. Du bist falsch.

Blut triefte aus den Wunden, verklebte den Federrest. Tios Arme wurden schwer. Sie strengte sich an, so sehr sie konnte, zwang die Arme nach oben, oben. Glitt hinab. Noch ein Flügelschlag. Schmerz. Worte wie Klingen. Feder um Feder um Feder kreiselte zu Boden. Sie sprenkelten die Luft, die Nacht, Tios Körper. Blut und Qual verteilten sich, schlangen sich über Rücken, durch Haut und Lunge, verschlangen, walzten über sie und trugen sie weiter.

Durch den Nebel in ihrem Kopf, durch die Schwere der Schmerzen, die wie eine Decke auf ihr lagen, schoben die Fetzen ihres Denkens sie durch die Zeit in die Nacht, die erste von vielen in Dunkelheit.

In ihren Kopf stach hart und scharf eine Stimme, bohrte sich in ihr Ohr. Das Telefon starrte sie an, warf weiter diese Stimme gegen sie. Ihr Daumen über dem roten Knopf. Er würde dieses Telefonat beenden. Ein leichter Tipp genügte. Ihr Daumen über dem Knopf. Worte wie Klingen drangen heraus, verschmolzen zu glühendem Metall, brennendem Zorn. Ihr Daumen über dem Knopf.

Sie mauerte ein paar Worte als Schild dagegen, atmend, seufzend. Eine Entschuldigung. Sie lenkte ein. Zetern. »Nichts ist für immer. Ich bin gleich da.«

»Nein. Ich kann jetzt nicht.« Sie: lehnte ab, legte auf. Sie schickte die Nachricht an die Metzgerin. Löste sich. Los. Sie war schon auf dem Weg.

Und dann war sie plötzlich nicht mehr allein.

Leise zuerst, ruhig. Etwas änderte sich. Worte schossen gegen sie, immer lauter, drängten sie zurück, bis sie schwieg, sich abdrehte kopfschüttelnd. Dann kam der Schlag, dann der Schmerz.

Eine andere Stimme drang in ihr Ohr und durch den Nebel und durch die Erinnerung. Die Nacht und der Berg glitten davon in die Dunkelheit.

Das Piepen entflammte die Qualen in ihrem Körper erneut, den Tönen folgten mehr und mehr und mehr. Tio wollte nicht zurück, sie wollte nichts mehr spüren.

An ihrer Hand war ein Druck, Wärme, etwas hielt sie, gab ihr Halt, schluchzte. Die Stimme ihrer Mutter, erkannte sie. Sie atmete ein, hörte ihren Vater murmeln. In ihrer Brust entfaltete sich Wärme und verdrängte den Schmerz. Sie.

Tio vermisste sie. Viel zu lang hatte sie sie nicht gesehen. Dann war der Schmerz wieder da. Sie versuchte, die Hand ihrer Mutter zu spüren, den Druck zu erwidern, zu sehen.

Blei an ihren Lidern.

Die Hand verschwand aus ihrer, die Wärme damit, die Tränenlaute entfernten sich, wurden lauter, vielstimmig. Ein paar Schritte entfernt glomm ein Leuchten, breitete sich aus bis tief hinter ihre Augen und rund um das Licht noch mehr Schmerz, Trauer.

Ein paar Schritte brachten ihre Eltern zu ihr.

Wo war ihr Bruder? Wo war Pat?

Sie liebten, sie wollten nicht vermissen, nicht verlieren. Ihre Eltern hatten keine Worte. Angst brannte auf ihren Seelen, Ungewissheit in ihren Köpfen, in den Herzen rissen Wunden.

Die Wunden heilten nicht.

Tios Wunden heilten nicht. In ihrem Körper war alles wund und rau. Und in ihrem Herz war der Schmerz von Verrat.

36. Theres – Schweigen

22. August, Murnau, Unfallklinik

Theres trat einen Schritt näher ans Krankenbett, streckte ihre Hand aus. Vielleicht waren es noch ein paar Millimeter, bis sie Tio berühren würde, vielleicht nicht mehr als ein Blatt Papier, das sie noch trennte. An ihrem Hals verfärbten sich die dunklen Male an den Rändern lila. Durch Tios Haut an den Armen zeichneten sich die Knochen ab, die Adern. Die Fingerspitzen steckten in Kappen, an den Kappen spannten sich Seile nach oben, und im Ellbogen hing ein Gewicht und zog den Arm nach unten.

»Gewürgt auch noch«, wisperte Theres. Die Vorstellung franste aus zu einem Entsetzen, das sie nicht zu fassen bekam.

»Die Knochen im Handgelenk werden gespannt und man kann sie in die richtige Stellung bringen«, murmelte Pat. Ihre Erklärung verklang beinahe unter dem Surren der Monitore und den Geräuschen, die von draußen, von den Krankenhausfluren ins Zimmer rauschten. »Sie haben gesagt, heut Morgen war sie noch kurz wach. Mama ist direkt her und hat sie kurz angesehen. Dann war Tio wieder weg. Auch als die Kommissare hier waren. Die Ärztin meint trotzdem, es könnte ein Zeichen der Besserung sein. Seitdem verschlechtert sich ihr Zustand wieder.«

Kurz sah Theres zur Seite. Pats Miene war und blieb wie versteinert, seit sie das Krankenhaus betreten hatten, eigentlich seit sie auf dem Beifahrersitz Platz genommen und mit ihr nach Murnau gekommen war.

»Eure Mutter meinte beim Rausgehen, die Ärzte wollen versuchen, die Brüche zu richten?«

»Sie wollen versuchen, dass sie ihre Hände und Arme wenigstens teilweise wieder bewegen kann, wenigstens zum Anziehen, zum Essen, Waschen.« Pat schluckte. »Mama braucht eine Pause. Danke, dass du mich mitgenommen hast. Ich hätte nicht gedacht, dich nach dem Kindergarten noch mal zu sehen.«

Tios Haut glänzte zu feucht, war zu weiß und zu kalt, wenn Theres der Empfindung traute, die bis zu ihren Fingerspitzen strahlte. Der Körper im Bett zuckte kurz.

»Ist okay«, wisperte Pat.

Noch immer berührte Theres die junge Frau nicht. »Das ist ihre Schreibhand, das …« Welche Folgen sie sich ausmalte, konnte sie nicht aussprechen. Weitere Gedanken blockte sie, genauso wie das, was aus Pats Zusammenfassung folgte und in welchem Zustand Tio in diesem Bett lag, wie zerschmettert ihr Körper war, wie die Verbände den Kopf zusammenhielten. »Tio besteht aus Worten und Geschichte, aus Neugier auf das, was und wer auf ihren Weg tritt. Ihre Pläne … Sie wollte Brücken bauen mit ihren Geschichten.«

Pats Schultern sackten herab, sie wischte sich über die Wange. »Wir wissen es nicht, nicht die Ärzte, niemand weiß, was der Sturz für Schäden in ihrem Gehirn verursacht hat. Aktuell sind es die Schäden an ihrem Körper, die behandelt werden.«

Theres beobachtete die Linien auf dem Monitor, Ausschläge zeigten sich minimal. Pat streckte die Hand aus und berührte die Wange ihrer Schwester. Einen Wimpernschlag lang zuckte die Linie etwas stärker, verlief dann flacher als zuvor. Pat sog laut Luft ein, fuhr herum und stürmte aus dem Zimmer. Theres spürte einen Stich in ihrer Brust. Sie berührte Tios Unterarm, strich sachte mit der Fingerkuppe zum Gelenk.

Draußen im Nieselregen fand sie Pat, die Arme um den Oberkörper geschlungen, Schmerz auf dem Gesicht.

»Ich will nicht, dass sie geht«, wimmerte sie. »Ich will nicht, dass sie ... Warum? Wir sind eine Familie. Sie ... Ich ... Warum kann niemand die Zeit einfach zurückdrehen?« Sie sah über die Schulter. »Alles vollkommen zerstört, ihr Leben. Unser Leben. Meine Schwester? Ich will das nicht.«

»Ich wünschte, es wäre so leicht und Zeit ließe sich zurückdrehen.« Theres drückte Pats Oberarm. Ihr Blick glitt davon ins Grau des Horizonts. »Wer ... Was für ein Mensch tut so was?«, korrigierte sie sich und presste die Lippen aufeinander. Sie erinnerte sich an die Unterhaltung mit Paul, Elif und den Tonis und an die letzte Unterhaltung mit der jungen Journalistin zuvor. »Tios Träume, Tios Entscheidungen, Tios Wesen. Alles ausgelöscht.«

Pat zog schluchzend die Luft ein. »Ich wünschte, wir hätten nicht auch noch gestritten an dem Nachmittag. Und dann ... dieses dämliche Feuer mit dieser bescheuerten Männertradition auf diesen verfluchten Bergen.«

»Der Berg hat Tio nichts getan, genauso wenig wie das Feuer oder die Tradition. Sie ist nicht gestolpert, gefallen, gesprungen. Sie war dort oben, um später wieder zurückzukommen zu ihren Artikeln, ihren Plänen, ihrem Leben. Dort oben war es ein Mensch, der ihr Leben zerstört hat und eures und Schmerz über alle bringt.« Theres fuhr sich übers Gesicht.

»Wie kann alles nur so kaputtgehen?«, murmelte Pat, und Theres musterte die Jüngere mit einem eigenartigen Gefühl. Ein weiteres Schluchzen erschütterte den Körper, ein Fluch Theres' Gedanken.

Ein paar Schritte außerhalb von Pats Sichtfeld presste sich Theres die Faust gegen den Oberschenkel und biss sich auf die Unterlippe. »Kreizkruzefix«, zischte sie. »Richt ich mir halt den Kreis der Hölle wohnlich ein, dafür, Fragen in die Seele eines trauernden Menschen zu bohren, oder dafür, mich nicht dazu überwinden zu können und die Wahrheit zu blockieren. Wer den Zwiespalt erfunden hat, den zünd ich dann gleich noch mit an.«

37. Paul – morgen ist morgen

22. August, Oberammergau, Familienwohnräume Hotel Königsblick

Unter dem Kreuz im Herrgottswinkel am Esstisch fielen die Worte für die Verstorbene nach und nach in denselben Takt, die Stimmen der Familie wurden zu einer im altvertrauten Gebet. Vaterunser. Die Augen feucht von Tränen, starrte Felix' Mutter murmelnd auf ihre Hände, der Vater hatte den Blick auf das Kreuz gerichtet, Felix und sein Bruder lehnten gegen die Bank, die Augen geschlossen. Neben Paul, zwischen Tisch und Tür, betete die Bestatterin zusammen mit ihnen bis zum Amen.

Paul erteilte den abschließenden Segen, wandte sich dann an Felix' Mutter. »Je nachdem, wie bald wir das Grab ausgehoben kriegen: Ich melde mich, sobald ich weiß, wann die Beerdigung stattfinden kann.«

»Die Beerdigung«, seufzte sie. »Das wird ein Volksauflauf. Jeder hat die Oma gekannt. Und dann ist wegen dem Luggi-Feuer schon genug los im Ort. Ein Beichtgespräch wäre schön, Paul. Vor der Beerdigung, eins ausschließlich für die Familie.«

»Gern. Beichtstuhl oder Büro entscheidet ihr. Gebt mir einfach Bescheid«, bot Paul an.

»Gegen fünf? Morgen?«, fragte sie.

Er nickte. Schweigend begleitete Felix ihn durch den Flur. Vor der Haustür stoppte er.

»Paul.« Die Stimme brach.

»Felix, was ist los?«

Sein Gegenüber starrte in den Boden, schüttelte den Kopf. »Oma«, sagte er und räusperte sich, fuhr sich über den Mund. »Brauchst du noch was für deine Rede über Omel auf der Beerdigung?«

»Ist dir etwas besonders wichtig?«

»Sie hat die besten Grießnockerl gemacht, wenn wir von der Schule heimgekommen sind, die beste Suppe. Weihnachten haben wir bei ihr in der Wohnung Filme geschaut, bis wir zum Christbaum durften.« Ein Lächeln hob seine Mundwinkel. Aus der Küche kam ein Fiepen. Er sah sich über die Schulter. »Sie hat sich immer gewünscht, etwas weiterzugeben. Mein Bruder hat ihre Rezepte geliebt, aber sie hat immer gesagt, das ist nichts für Jungs. Sie hat sich so gewünscht, sie hätte eine Tochter oder eine Enkelin. Sie hat immer gesagt, am Ende muss jeder wissen, wo sein Platz ist und für wen man da sein muss.« Felix' Stimme versiegte beinahe, sein Blick glitt in die Ferne.

In Gedanken vermerkte Paul die Stichpunkte, musterte Felix. Dessen Fußspitze schabte entlang der Fliesenfugen, wie eine Erinnerung in seinem Kopf. »Wirklich? Nach der ersten Krankensalbung war ich noch mal bei ihr. Sie klang, als wünschte sie, sich weniger in ihren Platz gefügt und sich mehr nach ihren Träumen gestreckt zu haben.«

Felix sah auf, für einen Wimpernschlag zuckte Irritation über sein Gesicht, dann übernahm die Trauer wieder. »Davon weiß ich nichts. Sie war sicher, alles findet sich.« Er seufzte, sah an Paul vorbei. »Und dann geht alles schief. Erst ist das mit Tio passiert. Jetzt ist Omel nicht mehr da. Alles fühlt sich leer an.«

Paul wartete. In jede Ritze des Raums sickerte Stille ein. Felix verlagerte sein Gewicht von einem Fuß auf den anderen.

»Vermissen bedeutet nicht Leere. Es zeigt, der Mensch hat dich berührt. Das Licht, das Glück, das diese Person auf deinen Weg gebracht hat, ist da und bleibt und ist immer zu sehen. Es strahlt für uns, aber gehört uns nicht, es festzuhalten steht uns nicht zu, wir müssen es loslassen. Oder wir blenden das Licht aus und das Gute und sehen nichts anderes mehr als die Lücke.«

Felix nickte, schluckte. Er hielt Paul die Tür auf.

Draußen in der Mittagssonne zog er mit seinem Finger den Kragen vom Hals, empfand kein bisschen Abkühlung. Auf seinem Weg durch den Ort ging er in Gedanken noch einmal die letzte Nacht durch, dann die Nacht der Krankensalbung direkt nach Tios Sturz. Ein wenig Zeit hat die Brunnerin dem Boandlkramer noch abgehandelt. Fast zwei Tage. Paul musste kurz schlucken. Dann erinnerte er sich an die Momente seines Lebens, in denen ihre Wege sich gekreuzt hatten, sein Aufwachsen in Oberammergau, die Feier zu seiner Erstkommunion in der Wirtschaft der Brunnerin. Was weiß man von jemandem im selben Ort?

Dann fiel es ihm wieder ein. Er drehte um und tippte auf dem Weg zum Pfarrhaus eine Nachricht an Theres.

38. Anton – Kaffee & Automaten

22. August, Oberammergau, Polizeistation

Kaffee. Der Geruch drang zuerst in Antons Nase. Kurz löste er den Blick vom Bildschirm. Neben der Tastatur seines Schreibtischs setzte Baurieder eine Tasse ab. »Eigentlich ist's zu heiß dafür. Aber …« Am Fenster wippte das Einblatt in einem Luftzug müde, aber beinahe zustimmend.

»Wenn nix hilft, hilft Kaffee?«, schlug Anton vor und sah Toni hinterher, wie er zurück zum Türstock schlappte.

»Oder Wein. Aber dafür ist's noch ein bissl früh.«

Anton nahm einen Schluck, rollte zur Seite seines Schreibtischs. »Wollte Elif nicht längst hier sein?«

Baurieder deutete in Richtung Bildschirm. »Die neuesten Informationen von ihr sind immerhin hier, zudem Auswertungen von unserer inoffiziellen IT-Spezialistin Klara. Gut, dass Theres das eingefallen ist. Hast du deine E-Mails nicht gecheckt?«

»Ich krieg mehr als eine am Tag. Falls du dir das vorstellen kannst«, rumpelte Anton eine Antwort zurück. »Ich hab sie direkt an Elif weitergeleitet.«

Der Ex-Münchner deutete ein Klatschen gegen die Kaffeetasse in seiner Hand an. »Wahnsinn, wie du das bewältigst!«

»Ich bin auch überragend stolz auf mich!« Anton gönnte sich einen tiefen Schluck Kaffee. »Schöner wäre, wenn wir eine Auswertung hätten mit mehr als nur Tios GPS-Signal auf dem Berg zum Zeitpunkt der Tat.« In dem Moment vibrierte sein Handy. Theres' Kontakt erschien auf dem Display. Aus Baurieders Richtung ertönte ein Pling, eine Nachricht ging ein. »Ser…« Ehe er den Gruß aussprechen konnte, redete Theres los. Nach einem Moment legte er auf, sah auf und zum Kollegen, der nickte.

»Da bin ich gespannt, was das wird«, kommentierte Baurieder.

»Theres' Anruf, meinst du? Du wirst dich wundern.« Anton erhob sich von seinem Stuhl. »Gibst du Elif Bescheid, dass wir uns in der Kirche treffen?«

»Sie ist schon auf dem Weg, sie hat eben eine Nachricht geschickt.« Der Kollege hielt sein Handy hoch.

»Ein Traum.« Anton stellte die Kaffeetasse mit sehnsuchtsvollem Blick ab. »So praktisch diese Beziehungen zum Pfarrer, wenn man sich in einem Laden mit Essen und gutem Kaffee treffen könnte.«

»Den du künftig gern selbst brauen kannst, Chef!«, warf Baurieder im Hinausgehen zurück, hielt dann inne. »Ich nehm's zurück. Ich hab dein Gebräu einmal zu oft getrunken.«

»Jeder hat seine Talente.« Anton grinste, folgte dem Kollegen zum Ausgang. »Wenigstens ist es dort kühl.«

An der Kirche entdeckte er vom Friedhofstor aus Elif durch das Portal treten, die schwere Holztür glitt gemächlich hinter ihr zu, wenig später hinter Baurieder und ihm. Gegen die hintere Bankreihe gelehnt warteten Theres und ihr Vater. Elifs Blick wanderte über das Kirchenschiff zum Altar und über die Heiligenfiguren an den Säulen am Mittelgang zu ihnen zurück. Er erwiderte das Nicken der Kollegin als Gruß. Im Rücken spürte er einen Luftzug, erneut öffnete sich die Tür.

»Sieht aus, als fängt ohne mich hier nix an.« Paul schmunzelte und trat zu ihnen.

»Wir würden auch Messwein nehmen, als Ersatz für dich, und damit anfangen«, merkte Baurieder an.

Elif räusperte sich. »Wenigstens kühl hier und sonst keiner da. Apropos anfangen: Theres, worum geht's?«

Theres drückte sich ab von der Bank. »Ums Zuhören. Eigentlich.«

»Ach? Das ist ja fabelhaft.« Elifs Miene bewegte sich kein bisschen.

Theres deutete auf den Pfarrer, ihren Vater, auf Anton. »Insbesondere euch dreien. Und …«

»Zuhören. Du? Sag bloß …« Anton zog erwartungsvoll die Braue hoch.

Elif hob die Hand, stoppte ihn. »Zum Punkt jetzt! Was heißt das in Bezug auf Tio und die Verdächtigen? Kommen wir da weiter?«

Theres fasste zusammen und hob hervor, wo ihr in den Gesprächen zwischen ihr und Paul, den Infos von Anton, der Unterhaltung von ihrem Vater im Krankenhaus Unstimmigkeiten aufgefallen waren.

Elif fuhr sich übers Gesicht. »Heißt also: Keiner von denen hat ein wirklich gutes Alibi, Motive aber alle. Pat und Manu beaufsichtigen sich gegenseitig, wobei Pat unmittelbar Streit mit Tio hatte und Manu … wer weiß, ob er die Abfuhr von Tio wirklich verarbeitet hat oder einfach von Pat angestichelt worden sein könnte. Zur Bestätigung von Felix' Date mit dem Sandmann erreichen wir letzteren eher schlecht, wobei Felix vielleicht auch gern geträumt hätte, Tio ließe sich von ihm in einen goldenen Käfig sperren. Mag sein, dass Andi am Tag von Tios Sturz in die Vorbereitungen fürs Luggi-Feuer eingebunden war, andererseits kennt er das Laberköpfl und die Fluchtmöglichkeiten extrem gut, falls er euch aus dem Weg gehen wollte. Wäre nicht der Erste, der aus Wut alles und jeden niederbrennt, der oder die mit Veränderungen ankommt, vor allem wenn es eine Frau ist. Und dann der stalkende Mitbewohner, der allein in der Hitze der WG brütet, weil er bei Tio nicht landen konnte …« Elif holte kurz Luft.

Baurieder scheuerte mit dem Handrücken über seinen Bart. »Mal ehrlich: diesem Hannes trau ich wirklich alles zu. Andernfalls hätte er keinen Grund für diese Nichtaussage und sein Zögern, uns die DNA-Probe zu geben.«

Theres räusperte sich. »Durch die Auswertung der GPS-Daten, die Kla…« Anton stieß ihr so unauffällig wie möglich in die Seite. Sie unterbrach sich, hustete kurz. »Sobald die GPS-Daten von der Kripo in Weilheim oder eurer IT ausgewertet sind, werden diese bestätigen, wer wo war oder eben nicht war und grenzen das noch stärker ein.«

Baurieder nickte. »Noch besser wären Gewebe- oder DNA-Proben. Die kriegen wir aber nicht ohne Zustimmung.«

Anton furchte die Stirn. »Mit DNA-Proben im Abgleich zu dem Gewebe unter Tios Nägeln wird ein Schuh draus.« Elif drehte sich von ihren Kollegen zu Theres.

»Oder ein Strick?«, knurrte der Metzger dazwischen und erntete einen scharfen Blick von Elif. »Mit dem man den festbinden kann, der das getan hat«, schob er hinterher.

»Na gut.« Elif atmete hörbar aus. »Nur haben wir das nicht. Die vorhandenen Indizien können wir in alle

Richtungen spielen. Ich wiederhole: zu diesem Zeitpunkt.«

»Heißt?« Josef Hack kratzte sich an der Schläfe. »Das war's jetzt? Wein, Schnaps, Vergessen, Hoffen, Beten?«

Elif stützte die Arme auf die Hüften. »Zu diesem Zeitpunkt müssen wir weiter Hinweise auswerten. In ein paar Wochen können wir dann hoffentlich überführen, wer das war. Wir haben kein Geständnis. Damit …«

»… würde es schneller gehen.« Theres furchte die Stirn. »Gibt es keinen anderen Weg?«

Elif seufzte. »Ich weiß, ihr habt zuvor Mordfälle miteinander gelöst, aber hier haben wir erstens noch keinen Mord.«

»Gott sei Dank«, brummte Josef Hack.

»Und zweitens …«

»Vorschriften?«, fuhr Theres in den Satz, dunkelstimmig wie missmutig. »Großartig.«

Elif hob die Hände. »So ist es nun mal. Wenn die Sachlage nicht klar ist, heißt das: In dubio pro reo.«

Theres senkte den Kopf, wieder seufzte sie. »Im Zweifel für den Angeklagten.«

Ihr Vater legte seine Pranke an ihre Schulter, drückte sie kurz. Dann hob er das Kinn. »Tio liegt im Koma, wir können sie nicht fragen. Aber andere können nach wie vor sprechen.«

»Schlägst du gerade direkte Konfrontation vor?« Anton hob alarmiert die Augenbrauen. »Ich kann's mir lebhaft vorstellen. Die Anzeige wegen Körperverletzung auch.«

»Verbal«, knurrte der alte Metzger. »Seckl«, schob er hinterher.

Theres musterte ihren Vater. Dann tat sie noch einen Schritt nach vorne. »Da gibt es noch was anderes«, begann sie. »Ihr erinnert euch an meinen Automaten und den Wein darin?«

»Was soll das heißen?« Elifs Blick schwenkte von der Metzgerin zu dem Kollegen und wieder zurück.

Baurieder kniff die Augen zusammen, rieb sich die Stirn, nickte dann. »Dass jemand nach Ladenschluss an dem Automaten an der Metzgerei Wein zieht? Das meinst du?«

»Ich versteh es nicht. Ihr macht mich wahnsinnig.« Elif fasste sich an die Nasenwurzel und massierte sie, Anton brummte Zustimmung. »Wie bringt uns das bitte weiter?«

Theres stützte einen Arm auf die Hüfte. »Typisch menschlicher Mechanismus: Man macht oder erlebt Schlimmes und versucht, zu verdrängen – mit Alkohol zum Beispiel.«

»Okay.« Anton tippte sich an die Stirn. »Du meinst, wer mit Tio am Berg war, hat sich anschließend in einen ordentlichen Rausch weggelötet?«

Sie nickte. »Ich hab die Kaufdaten aus meinem Automaten geprüft. Könnte zwar alles Zufall sein, aber auf jeden Fall lassen sie sich genau einer Person zuordnen. Damit können wir überführen, wer es war.« Sie tockte ihre Fingerknöchel gegen die Kirchenbank. »Mein Vorschlag: Sprechen wir dringend mit Pat. Und mit Andi auch.«

»So kurz vor dem Luggi-Feuer?«, warf Josef Hack ein. »Der wird dir was erzählen.«

Paul drehte sich zu ihr. »Wofür brauchst du die beiden?«

Sie schmunzelte, zwinkerte Elif zu. »Das wird … fabulös.«

Kopfschüttelnd verdrehte die Weilheimer Kommissarin die Augen.

»Ich habe eine Idee, wie das mit dem Geständnis klappen könnte«, fuhr Theres fort. »Und das muss am Berg sein. Eben weil Andi bei den Feuermachern ist und weil er die Fluchtwege kennt. Ich bin sicher, selbst an dem Tag kriegen wir jeden Feuermacher mit der richtigen Begründung auf den Berg. Und Pat sicher auch.«

»Ich nehme an, dein Plan funktioniert nur, wenn keiner sich verplappert?« Wie um sich zu vergewissern, drehte Baurieder sich zu Anton, zu Elif, dann zu Theres. »Und da soll niemand Verdacht schöpfen?«

Theres nickte. »So ist es.«

»Die Begründung hast du dir schon ausgedacht?« Anton musterte sie.

»So ist es«, wiederholte sie.

»Fabulös«, nuschelte Baurieder und fing sich einen seitlichen Haken von Elif gegen den Oberarm, den Anton mit einem Schmunzeln quittierte.

39. Tio – Brüche

23. August, Murnau, Unfallklinik

Tio wachte auf. Sie wusste, sie wachte auf. Sie würgte. Ihre Zunge stieß gegen etwas Hartes, Warmes, sie würgte noch mehr. Tio wollte in den Nebel zurück, ins Dunkel. Hier war alles scharf, hell, schnitt in ihre Augen, kalt. Die Wand ihr gegenüber war weiß und karg und nüchtern. Sie blinzelte, schloss die Lider, klappte sie wieder auf, hielt sich mit dem Blick fest.

Schnüre schaukelten am Rand ihres Sichtfelds, durchsichtig, die einen, durch andere floss zähes Orange. In ihre Bauchdecke zündete ein Stechen. Sie sah nach unten. Sie spürte. Jeder Schmerz in jedem Knöchel, Glied, Winkel ihres Körpers schabte sich über ihr oberes Rückenmark über den Nacken bis unter ihre Schädeldecke und zündete Flammen hinter ihren Augen.

Sie drehte den Kopf, drehte ihn ein wenig mehr. Schmerz. Ihr Blick glitt entlang an ihren Armen, an ihren Ellbogen. Der Winkel schien korrekt. Es fühlte sich nur fremd an, nicht wie ihr eigener Körper.

Ihr Unterarm. Sie blinzelte und versuchte auszublenden, was verschwommen wirkte. Sie bewegte ihre Hand, ihre Finger. Sie blinzelte, in ihrem Nacken explodierte ein Ball aus tausend Nägeln. Sie bewegte die Finger erneut. Sie sah, sie spürte, wie ihre Hand zitterte, ihre Finger. Nichts bewegte sich wirklich. Tio schluckte, versuchte es.

Wie sollte sie jemals einen Stift halten können? Eine Taste tip…

Ihre Lider glitten zu, kurz wurde alles schwarz. Schmerz raste unter ihrer Haut über die Muskeln, nichts als Schmerz durch ihren Nacken, den Schulterbereich. Langsam und immer stärker stieß er in und über ihren Rücken wie tausend Klingen, Rasierklingen, die anfangs nur leicht in die Haut schlitzten, schließlich durch ihre Lungenflügel stachen. In ihre Hüfte bohrten sich Messer. Weiter abwärts: nichts. Sie spürte nichts. Sie sah die Decke dort liegen. Sie spürte nichts.

Tio spürte Tränen, den Kloß in ihrem Hals. Sie hustete, und noch weiter riss jede Stelle ihres Körpers auf.

An ihrer Seite flackerten Monitore, Kabel, Schläuche, Zugänge schaukelten von den Metallständern, deren Namen sie sich nie merken konnte. Nichts bewegte sich, als sie ihre Finger bewegte.

Sie wollte schreien. Schreiben wollte sie eigentlich. Tanzen, laufen, fragen. Sie würde nie wieder …

Sie schloss die Augen. Sie wollte den Nebel zurück, die Dunkelheit.

Feuer

40. Paul – Über den Berg

24. August, Oberammergau, Laberköpfl

Paul atmete die Bergluft bis tief in die Lungen. Er versuchte, sich einzuprägen, wie die Morgensonne durch die wenigen Wolken strahlte, das Grau hinterleuchtete und auf das satte Grün der Bäume fiel, gegen die Wand des Kofel leuchteten. Selbst aus der Entfernung meinte er, die aufgerichteten Holzstöße für das riesige Kreuz der ältesten Feuerstelle zu erkennen. Vielleicht war es auch nur das Wissen, dass sie dort sein mussten.

Er sah auf seine Uhr und aus dem Augenwinkel auf Theres neben sich, ein Stück weiter entdeckte er Elif, Pat kauerte ein Stück unterhalb neben einem der Holzstöße des Laberköpfl-Kreuzes, beinahe so reglos wie der Felsen, auf dem sie saß, die Arme um ihre Knie geschlungen.

Paul lehnte sich zu Theres. »Ist noch Zeit, oder? Genug Zeit.« Ihr Blick richtete sich auf einen unbestimmten Punkt über Oberammergau. Er streckte seinen Arm aus. Ehe er sie berühren konnte, straffte sie sich. Ihr Kopf wandte sich in Pats Richtung, Theres seufzte. »Mein Hirn kriegt einfach nicht zusammen, was Tio zugestoßen ist. Verraten zu werden von einem Menschen, den man ewig kennt und dem man vertraut … Kein Messer reißt solche Wunden.« Dann drehte sie sich zu ihm um, in ihren Augen Schmerz, Bedauern; Gram auf ihrer Miene. »Umso wertvoller die, die zu einem halten.« Sie blinzelte, wich seinem Blick nicht aus. Dann plingte ihr Handy. »Andi ist auf dem Weg hierher. Du kannst dir seine Begeisterung vorstellen«, sagte sie einen Moment später.

»Am heutigen Tag – keine Frage.« Er betrachtete den Aufbau am Laberköpfl. In wenigen Stunden würde das Feuer brennen. Er rieb sich über die Stirn. »Mich wundert, dass er zugestimmt hat. Aber gut«, sagte er.

Theres steckte ihre Hand in die Tasche ihrer Jagdjacke, als stieße sie ein Messer hinein – ihr Schlachtmesser – oder würde es jeden Moment ziehen. »Er hat eingesehen, dass er hier sein muss, immerhin.«

»Nach einer Unterhaltung mit dir? Ich kann's mir vorstellen.«

»Ich hoffe, der Plan geht auf«, murmelte sie.

»Hätten wir das nicht unten im Dorf machen können? Weniger theatralisch.«

Ihre Augen wurden schmaler, und natürlich hob sich ihre Braue im perfekten Winkel. »Der Ausblick ist hier besser«, knurrte sie.

Elif klopfte gegen das Holz und richtete sich kurz auf. »Die Zugänge vom Klettersteig südlich sind gesichert, auch der Stieg, der nach Norden geht, die Tonis sind auch auf Position«, rief sie herüber. »Und Wolfin bleibt hoffentlich in ihrem Versteck unten an der Abzweigung vor dem Gipfelweg.«

Pat starrte zu ihnen hoch. Die Anspannung waberte wie ein Nebel um Tios Schwester. »Ich wünschte, ich hätte das nicht getan«, sagte sie. »Können wir das nicht doch anderswo klären?«

»Nein.« Theres bückte sich, zerrte am Socken und zupfte an der Schnürung ihres Wanderschuhs. »Wir sind jetzt hier, und wir warten, bis alle da sind.«

Jedes Mμ Bewegung in ihrer Miene nahm Paul wahr, jedes Zucken, jedes Zögern, jedes bisschen, in dem er erkannte, wie sie mit sich rang.

Theres seufzte. »Ich frage mich, wie es ausgegangen wäre, wäre sie einfach in München geblieben.«

»Hätte, wäre, wenn …« Paul verdrehte die Augen. »Sie hat sich entschieden, in Ogau zu sein.«

»Und hier hat jemand ihr ganzes Leben genommen, als wäre es nichts. Ausgelöscht, als zählte es nichts. Und wir haben es nicht verhindert.« Sie fluchte. »Und dieser Mitbewohner? Hannes? Er hat sie manipuliert, Drohbriefe und Hasskommentare geschickt. Ein Mensch, mit dem man die Wohnung teilt.« Ihre Haltung fiel in sich zusammen und straffte sich einen Wimpernschlag später wieder.

»Verhindern?« Er setzte zu einem Kopfschütteln an, überlegte. »Was unter unseren Augen, vor unserer Haustür, neben uns in den Wohnungen geschieht, dafür sind wir gerne blind.« Am Rand seines Sichtfelds bemerkte er eine Bewegung, er hörte ein Handy vibrieren. Pat zog ihr Telefon hervor und flüsterte hinein. Dann fiel es ihr aus der Hand. Sie knickte ein und kippte gegen den Holzstoß.

Theres war mit wenigen Schritten bei ihr. Er hörte sie flüstern. Der Blick, der folgte, sagte mehr als Worte. Sie legte ihren Arm um die andere.

Pats Stimme wurde lauter.

»Zu spät.«

Dann wimmerte und bebte sie in Theres' Arm.

41. Tio – In die Nacht

24. August

Ich will allein gehen.

Ihre Arme fühlten sich leichter an, die Nacht um sie war dunkler, warm. Endlich warm.

Noch zerrte etwas an ihr – eine Erinnerung, ein Flackern von Wut, Enttäuschung, Bedauern, Traurigkeit, Wut erneut. Es streckte sich nach ihr, packte sie.

Bleib. Du bist Teil von mir.

Nein.

Tios Herz raste, sie schluckte. Sie spürte den Luftzug um sich, um ihre Arme wie um Flügel. Unter ihr war nicht mehr viel Boden. In ihr legte sich Ruhe von ihrem Kopf um ihr Herz und über den Schmerz.

Nein.

Augen wurden schmal, Wut hatte alles aufgezehrt. Der Griff an ihren Armen schmerzte, dann war es nur ein Zucken in dem Gesicht, dem Körper. Ein Stoß.

Nichts hielt sie.

Tio fiel.

Tio flog in die Nacht, in die Wärme. Und alles löste sich darin auf.

42. Theres – (K)ein Leben …

24. August, Oberammergau, Laberköpfl

Pats Augen liefen über von Tränen. Ihre Hand krallte sich in Theres' Arm, dann löste sie sich. Pat straffte sich, suchte Theres' Blick. Sie nickte.

Theres verstand und schluckte, sammelte die Worte, ließ Pat los. »Tio ist tot.« Sie sah, wie Pauls Miene sich veränderte, ausdrückte, was auch sie empfand. Ganz leise hörte sie aus Elifs Richtung einen Fluch. Theres griff nach Pats Hand, drückte sie.

Den Schmerz, die Stille durchknirschten Schritte, Stimmen, die sich näherten, die sie kannten. Theres löste sich von Pat, nickte ihr zu. Die erhob sich und versteckte sich wieder neben Paul. Noch war niemand zu sehen. Es dauerte nur ein paar Augenblicke, dann standen die zwei Ankömmlinge da. Andi verharrte einen Schritt weiter hinten. Sein Begleiter sah sich um, irritiert, drehte sich zu dem älteren Feuermacher zurück.

Theres musterte die beiden von Kopf zu Zeh. Neben ihr atmete Paul tief ein, kopfschüttelnd, wie sie aus dem Augenwinkel sah. »Ich kann es immer noch nicht fassen«, sprach er flüsternd, was sie dachte.

Theres richtete sich auf. Kurz zuckte ihre Hand zum Gürtel, und sie war beinahe froh, dass ihr Schlachtmesser dort nicht war. Sie trat aus der Deckung.

Andi starrte sie beinahe schon gelangweilt an, durch den Körper des anderen ging ein Ruck. Felix' Augen weiteten sich, sein Mund klappte auf. »Metzgerin! Du, hier?«

Elif trat hinter ihrem Holzstoß hervor, zusammen mit Pat. Theres hörte Paul hinter sich.

Felix sah irritiert von einem zum anderen, sein Fuß tastete nach hinten, stieß gegen Andi. An der Mündung des Klettersteigs hinter den beiden trat Anton auf den Gipfel und Theres von vorne auf Felix zu.

Vorbei an Theres glitt ein Schemen. Tios Schwester stoppte kurz vor Felix, ihre Hand kurz vor seinem Gesicht. »Du!«

Deutlich mehr als ein Wispern drang aus Pats Mund. Der Klang ihrer Stimme, das Beben darin stach bis in Theres' Seele, hallte nach. Überrascht musterte sie Pat. Nicht ganz, was ich erwartet habe. Felix versuchte, einen Schritt zurückzuweichen, Andi blockierte wie abgesprochen den Weg. Die Felskanten und der Abgrund am Gipfel schienen näher zu rücken. Pat richtete sich vor Felix auf. Mutig, dachte Theres anerkennend. Nicht ganz, was ich erwartet habe.

Sie spannte die Muskeln, wählte ihren Stand so, um Tios Schwester schnell sichern zu können.

Pats Finger zielte auf seine Brust. »Du hast mir Tio genommen. Meine Schwester, ihr Leben, ihre Träume, all ihre Geschichten, die nicht mehr kommen, ihre Klugheit, ihre Worte, ihren Trost, ihre Freude.«

»Ich …«

»Sch«, stoppte Pat seinen Versuch. »Du hast kein Recht auf ein Wort. Für Tio gibt es kein einziges Wort mehr. Für Tio bleibt nur der Tod. Nie wieder feiern wir, nie wieder höre ich ihre Stimme, ihr Lachen, ihr Mutmachen. Mein Herz ist in Fetzen. Und Tio kann mich nie mehr halten. Du warst hier mit ihr, du hast sie gestoßen und uns weggenommen, ihre Zukunft, mir, unseren Eltern, den Freunden.« Ihr Finger bohrte sich in seine Brust. »Mit welchem verdammten Recht?« Ihre Stimme rollte über den Gipfel des Laberköpfl. Sie trat noch näher, er wich gegen Andi zurück. »Mir ist gleich, ob du genug Rückgrat hast und es zugibst, was du Tio angetan hast. Du warst hier mit ihr, du hast sie gestoßen. Mir ist gleich, was du erzählst oder nicht. Ich weiß, warum du es getan hast: Weil sie nicht wollte, wie du wolltest. Weil sie nicht nachgegeben hat und du nichts anderes tun konntest.«

Von hinten schraubte Andi seine Pranken um die Arme des Hotelierssohns. Pat knallte ihre flache Hand gegen Felix' Brust. Dann stolperte sie zurück. »So war es doch? Sie hat dir nie gehört, sie gehört niemandem.« Ihre Lider bebten, blass, fast durchscheinend wirkte sie mit einem Mal. »Jedes Mal …« Ein weiterer Schritt nach hinten. Tränen liefen über ihre Wangen. »Sie hat es mir gesagt, sie hat es geahnt. Ich hab …« Pat stolperte erneut, krümmte sich. »Ich hab gesagt, sie bildet sich das nur ein.«

Theres war mit wenigen Schritten bei ihr, fing sie, hielt sie. Die anderen näherten, beobachteten, bereit zu unterstützen.

Pat zitterte, wandte sich zur Kommissarin. »Es ist meine Schuld. Ich hab sie nicht gehört. Tio hat erzählt und erzählt. Immer war irgendwas: online, Anfeindungen, Stalker, Todesanzeigen, ein Ex, der stresst. So viel. Ich dachte, das vergeht. Ich hab weggesehen. Jedes einzelne Mal. Dass etwas passiert, kommt anderswo vor. Nicht bei uns.«

Theres strich ihr übers Haar. Sie hörte Felix sich räuspern, ihr Blick ging zu Elif. Die Kommissarin straffte sich und stellte sich vor ihm auf. »Tio ist tot. Ab jetzt ist das kein Unfall mehr. Du kannst dir überlegen, was du sagst oder verschweigst. Nur …« Mit dem Kinn deutete sie auf die Anwesenden. »Wir sind nicht ohne Grund hier. Auch wenn es zu spät ist für Tio.«

Der Mensch, der vor der Ewigkeit eines anderen Lebens für Theres gearbeitet hatte, öffnete den Mund. Antons und Elifs Kopfschütteln, Andis Griff nahmen ihm das Wort. Ihm, der das Leben und die Zukunft einer Frau, einer Journalistin, einer Schwester, eines geliebten Menschen genommen hatte. Andi knurrte. »Zugeben kannst des. Ausreden und Schmarrn machen, kannst gleich bleiben lassen.«

43. Theres – Herzen & Heilen

24. August, Oberammergau, Metzgerei & Tages-Bar Hack

Vorbei an dem Gewusel vor und hinter den Schaufenstern ihrer Metzgerei versteckte sich Theres hinter einer Maske an Freundlichkeit. Ihren Gästen warf sie den ein und anderen Gruß zu den Kaffeetassen und Aperitifs an die Tische vor ihrer Tages-Bar. Die Ernüchterung und Bitternis der Wahrheit schleifte sie hinter sich her. Sie zögerte am Eingang zum Rückgebäude, ging dann doch weiter in den Hof und auf ihre Haushälfte zu. Wolfin hinterher. Das Gedankenkarussell schubberte beständig durch die Mittagsstunden und ihr Hirn weiter auf und ab und wund. Sie gähnte.

An der Stiege zu ihrer Haustür hörte sie ihren Vater. Er holte sie ein. »Ein geprügelter Hund wäre neben dir das Abbild blühenden Lebens.«

Sie seufzte, er nickte, sie winkte ihn mit sich in die Küche und ließ sich von ihm auf die Eckbank schieben. Liebevoll dotzte er die Kaffeetasse so vor sie, dass sie nur beinahe zerbrach.

»Kein Schnaps, aber wenn nichts hilft, hilft Kaffee.« Er hielt ihre Hand. Nach einer Weile fuhr er sich über den Mund. »Felix, also. Wer hätte das gedacht?«

Sie nahm einen Schluck, schmeckte der Bitterkeit in ihrem Mund einen Augenblick nach. »Wäre er mal an dem Abend damals besser bei seiner Oma geblieben, um sich im Guten und in Frieden zu verabschieden, statt Tio mit seiner Wut zu verfolgen und ins Unglück zu stürzen.«

»Immerhin ist deinem Pfarrer dadurch aufgefallen, dass Felix gefehlt hat«, murmelte er.

Theres spürte einen kleinen Stich. »Nicht *mein* Pfarrer«, gab sie zurück.

»Wenn du meinst.« Ihr Babba winkte ab. »Wenigstens war es dein Hirn, dem eingefallen ist, dass unser Automat mit dem Wein zu einer Spur führen könnte.«

Sie wiegte ihre Hand in der Luft. »Eins von vielen Puzzlestücken.« Ihr Vater nickte. »Ich bin froh um Klaras Unterstützung. Die Auswertungen, die Chats, die GPS-Daten. Gut, dass die Tonis dem zugestimmt haben. Über den offiziellen Polizeiweg hätten diese Auswertungen ewig gedauert, oder wir hätten sie gar nicht gesehen.«

»Weil's nach Weilheim gegangen wäre, oder?« Ihr Vater räusperte sich. »Dass das mit dem Kaufbeleg in unserem Automaten übereinstimmt, war …«

»Ein Glück. Wir hätten ewig gebraucht, um herauszufinden, dass nur sein Handy daheim war, er aber unterwegs, wenn nicht zeitgleich die Zahlungsdaten von seiner Bankkarte in unserem Automaten registriert worden wären. Andernfalls, also ohne aussagekräftige Beweise, wäre es schwierig, ihn zur DNA-Probe zu überreden und nachzuweisen, dass die Kratzer in seinem Gesicht von Tio und nicht von einem Fahrradunfall stammen«, fasste sie zusammen.

»Und jetzt?«

»Felix hat der DNA-Probe zugestimmt. Elif hat vorhin kurz geschrieben. Kaum einer bezweifelt, dass seine DNA mit dem Gewebefund unter Tios Nägeln übereinstimmt.« Sie sah auf. »Zugegeben hat er's auf dem Rückweg vom Laberköpfl auch. Außerdem hat er ihr Fahrrad manipuliert Anfang August. Mit einem Auto von einem der Hotelgäste hat er versucht, sie aus der Spur zu bringen, sagt er.« Ihre Stimme erstickte, in ihrer Kehle schmerzte ein Kloß. »Lebendig wird sie trotzdem nicht mehr.«

Ihr Babba rieb sich das Kinn, schüttelte den Kopf. »Aber da fing das doch gerade erst an mit den beiden, nicht?«

Theres' Blick glitt in die Ferne. »Er wollte ihr Retter und Helfer sein, ihr Beschützer, dass sie sich auf ihn verlässt und keinesfalls geht«, murmelte sie. »Nicht, dass sie ohne ihn ist.« Nach einer Weile blinzelte sie. »Unvorhersehbar war, dass Paul unmittelbar angehalten hat an der Ammerbrücke beim Unfall.«

Er brummte zustimmend. »Da denkt man, so was passiert anderswo. Nicht hier, Berge, blauer Himmel, Fassaden wie gemalt, jeder kennt sich, jeder grüßt. Keine Großstadt, keine große Politik, normales Leben.«

»Oder meinst eher: normales Schweigen und Wegsehen, wenn was in die falsche Richtung läuft?«, wandte sie ein. »Weißt du, was Elif noch herausgefunden hat über den Stalker, also Tios Mitbewohner?«

Ihr Vater schüttelte den Kopf.

»Hannes wollte, dass sie mit ihm zusammen ist. Er hat versucht, sich bei ihr einzuschleimen. In den Chats zwischen den beiden sind immer mal zudringliche ausfällige und auffällige Nachrichten. Tatsächlich lagen die letzten aber schon eine Weile zurück. Anfang Mai hatte Tio gedroht, auszuziehen, wenn er nicht akzeptiert, dass sie nur Freunde sind.«

»Und weshalb hat sie das nicht getan?«

»Pat meinte, Tio konnte sich keine eigene Wohnung leisten.«

»Also gibt Tio nach und schweigt, weil sie sich nicht leisten kann, irgendwo zu wohnen, wo sie sicher ist.« Er schüttelte den Kopf. »Mörder zu finden und zu stellen, ist das eine. Lebendig wird dadurch niemand mehr. Das andere wär, bei den Lebendigen anzufangen und bei denen, die noch keine Mörder sind.«

»Meinst, Babba?«

Er kniff die Augen zusammen.

Theres richtete sich auf. »Anfangen mit reden, anfangen, die Dinge anders machen mit den Leuten? Meinst, des hilft mehr, als alles wie immer weiterzumachen, und ungebremst und mit voller Wucht gegen eine Wand fahren?«

»Was weiß denn ich.« Sein Gesicht verkrumpelte. »Nix reden und nix ändern hilft jedenfalls nix. Dann muss man's halt anders probieren, sich ein Herz fassen.« Er räusperte sich. »Und Rückgrat.«

Theres zog ihre Braue hoch, ihr Mundwinkel folgte. »Langt da des aus der Kühlung?«

»Du, Schmarrn!« Ein Schmunzeln zuckte um die Lippen ihres Vaters. »Nimmst einfach dein eigenes. Das kann dir keiner leihen – kein Herz, kein Rückgrat, kein Mut.«

Epilog – Theres – Feuer in der Nacht

24. August, Oberammergau, in den Wäldern um Oberammergau

Wenn sie die Luft anhielt, hörte Theres.

Sie hörte die Dunkelheit rascheln zwischen den nachtsatten, riesenlangen Baumstämmen auf den Wegen und im Unterholz. Hörte den Wind in der Nacht. Rundum rollte er gegen die Berge. Sie warfen ihn zurück, röhrten, lachten über seine wuchtigen Strömungen und darüber, wie er, der Wind, es immer wieder versuchte. Das Knacken und Krachen, die Erwartung in der Luft. Der Abendwind wehte Stimmen heran. Die Nacht entfaltete ihren Mantel, spannte ihn zwischen die Sterne über ihnen. Sandte ein Wort in ihren Kopf:

Wunder…schön. Wohltuend. Wenn nicht das – dieses Hier –, was dann?

Der Mond legte über die Äste des Waldes seinen Schleier Silberlicht. Kein Vogel zerzirpte die Schönheit dieser Nacht, als wagten sie nicht zu stören, was ihre Seele in dem Moment berührte.

Bis tief in ihren Bauch atmete Theres ein. Unter ihren Füßen dämpfte das Moos die Schritte – eigentlich. Sie hörte das Atmen neben sich. Beim nächsten Krack zuckte sie zusammen. Sie schoss einen Blick zur Seite gegen Paul, und natürlich bemerkte er ihn nicht, erwischte mit seinem nächsten Schritt den nächsten dürren Zweig.

Zweige knarzten, knackten, brachen.

Zwischen Farnbüschen und Sträuchern, die sich im Stoff ihrer Jeans verhakten, hielt sie an, schloss die Augen. Sie schenkte sich diesen Moment, fühlte den Windhauch an ihren Fingerkuppen und wie die Frische weiterzog über ihre Haut, kribbelte, wieder verschwand und in den Nadeln und Blättern raschelte, wie der ganze Wald, der ganze Berg davon noch immer zu fizzeln schien, der Kofel. Das größte der Feuer würde gleich hier am Hausberg entzündet werden, von dem markanten Zacken herableuchten - hier und durch die ganze Nacht.

»Denkst du, wir sind jetzt weit genug?«, wisperte er. »Denkst du, dass uns hier jemand sieht?«

Theres wandte sich zu ihm. Sie legte den Zeigefinger an ihre Lippen, dann an seine. An ihrer anderen Hand spürte sie etwas, zuckte zurück. Pauls Hand. Die Wärme brannte auf ihrer Haut, die Nähe glühte nach, verschwand im nächsten Moment. Dann schnaubte erneut der Wald, knarzte und schabte seine Äste aneinander, stöhnte in der warmen Sommernacht. So intensiv konnte sie den Forst hören wie sonst nur bei ihren Streifzügen auf der Jagd.

»Pass auf den Weg auf.« Das war das Einzige, was ihr einfiel.

»Als wär's das erste Mal ...« Er schmunzelte.

Sie griff in die Innentasche ihrer Jacke und zog die Taschenlampe hervor. Zwischen Baumstämmen und begleitet vom Kegel ihrer Taschenlampe trat Paul als Erster auf einen breiteren Waldweg. Erwartungsvoll sah er sie an, reichte ihr die Hand. Sie stieg über den letzten Farn.

»Haben wir uns eigentlich mittlerweile entschieden?«, fragte er. Selbst im spärlichen Licht der Nacht entdeckte sie das Funkeln in seinen Augen.

Sie griff seine Bemerkung auf. »Mittlerweile? Was meinst du mit mittlerweile?«

Paul zuckte mit den Schultern. »Ob wir weit genug weg sind von Oberammergau und was … wir hier tun?«

»Das hier vor allen anderen ganz für uns allein zu haben?«, übernahm Theres. »Das Feuer an einem Ort, wo sonst niemand ist?« Durch die Nacht glaubte sie, ein Stimmengemurmel ebenso zu hören wie … noch mehr Äste, die knackten und krachten. Ein paar Wortfetzen wehten zu ihr. Vielleicht bildete sie sich das nur ein.

Sie lauschte und fasste seinen Arm. Als Kinder war es die Heimlichkeit, das Verbotene, das sie hierhergezogen hatte, das Geheimnis dieser besonderen Nacht, aber später …? Was ist es jetzt?, dachte sie.

Theres verengte die Augen und drehte sich in die andere Richtung. Auf Pauls Gesicht wechselten sich Schatten und Fragen ab. Er blinzelte nicht, er drehte den Kopf zu ihr, trat näher, und in den Geruch von Moos und Holz und der Erde des Waldes mischte sich seiner. »Ich bin mir nicht sicher, ob da was zu hören ist.«

»Zu sehen?«, flüsterte sie. »Feuer in der Nacht.« Alles bebte, alles füllte sich mit einem Schlag, dann wob sich Ton um Ton eine Melodie durch den Wald, dazu das Knistern von Feuer.

Die Berge entflammten zur Ehre, zur Feier, zum Andenken an den Märchenkönig Ludwig II. und seine Verbundenheit mit den Ammergauern. Die Dunkelheit strahlte vor lauter Licht. Theres' Wangen glühten, auf Pauls leuchtete der Widerschein. Sie blinzelte.

Mit einem Mal spürte sie die Berührung. Ein Stoß gegen die Schultern, gegen die Brust. Ihr Herz raste. Dunkelheit verschlang alles und sie.

Dann schreckte sie auf, riss die Augen auf, die Decke ein Stück weiter hoch zu ihrem Kinn und blinzelte in die Dämmerung ihres Schlafzimmers.

»Nur ein verdammter Traum«, murmelte sie und schluckte und versuchte, die Bilder zu vergessen und vor dem Morgengrauen zurückzufinden in den Schlaf und einen besseren Tag.

Nachwort

Schwester, Mutter, Freundin, Frau, Tochter, Tante, geliebte Person. Schmerz bleibt und brennt in uns, wenn wir einen geliebten Menschen verlieren, noch quälender, wenn dies unerwartet und gewaltsam geschieht wie bei einem Mord.

Das Schöne: Im Krimi wird der Täter überführt. Tatsächlich ist auch außerhalb von Büchern die Aufklärungsrate bei Femiziden hoch. Femizid? Das ist Mord an einer Frau bzw. einer Person, die sich dem weiblichen Geschlecht zuordnet, in der Regel mit dem Motiv, dass sie sich gegen Denk- und Besitzstrukturen eines potenziellen Täters stellt. Sie wird ermordet, weil sie eine Frau ist, anderer Meinung ist, weil sie sich von einem Partner trennen will, der ihr Leid zufügt, weil sie anstrebt, selbstbestimmt für sich einzustehen.

Das Erschreckende: Alle drei Tage geschieht ein geschlechtsmotivierter Mord in Deutschland. Den Taten gehen in der Regel verschiedene Eskalationsstufen voraus, die Täter sind leichter auszumachen als bei anderen Mordfällen. Noch gelingt uns als Gesellschaft nicht, diese Taten zu verhindern. Ein erster, wichtiger Schritt wäre, diese Taten klar zu benennen: Morde an Frauen und Morde aus Frauenhass. Das Leid, das das Opfer im Vorfeld eines Mordes erduldet, wird dabei genauso ausgeblendet wie der Schmerz und das Trauma, den dieser Mord bei den Angehörigen der Ermordeten verursacht – in Krimis oft ebenso wie in Berichten über die Taten. Viel zu oft werden die Sichtweisen der Täter, der Mörder aufgegriffen und teilweise verharmlost. Nichts an derartigen Morden rechtfertigt es, diese als Eifersuchts-, Beziehungs-, Familien- oder Liebes-Dramen zu maskieren. Gerade aufgrund der Vertrautheit, die zwischen Mörder und Mensch existiert, der verletzbar und schutzlos einem anderen vertraut und von diesem getötet wird, sind diese Morde besonders perfide.

Diese Morde geschehen, weil wir als Einzelne und als Gesellschaft von Strukturen geprägt sind, die im Allgemeinen der männlichen Sicht und dem (weißen) Mann mehr Wert zukommen lassen. Weil wir zulassen, dass Frauen – und ich beziehe mich hier mit ein – immer wieder missachtet, gering geschätzt, belächelt werden. Wir als Gesellschaft und als Einzelne lassen Hass wachsen und sehen weg, wenn Frauen herabgewürdigt werden. Wir lassen zu, dass deren Leistung und Sichtbarkeit verschwindet, anstatt dem entgegen- und füreinander einzutreten. Und ja: Missachtendes Verhalten fängt bereits bei der Sprache an.

Femizid ist eine gesellschaftliche Tatsache. Doch wie viel zerstören und rauben diese Taten nicht nur in den Menschen, den Hinterbliebenen, sondern in unserer Gesellschaft?

Wie gehen wir als Gesellschaft, als Einzelne damit um, Morde wie diese gar nicht erst geschehen zu lassen und Frauen zu schützen, anstatt sie und ihr Potenzial für immer zu verlieren und Angehörigen Leid aufzubürden? Was wäre, wenn wir eine bessere Gesellschaft werden könnten, sicherer, freier, weniger leidvoll? Ist es das nicht wert, jede Anstrengung dafür zu unternehmen?

Veränderung fängt mit Sprache an und damit, hinzusehen!

Die Personen im Krimi und die Bezüge zu möglichen existierenden Orten sind fiktiv, und manches ist im Sinne der Handlung angepasst. Für *Königsfeuer* stelle ich eine männlich geprägte Tradition, die stattfindet, um eine sehr eigenwillige historische Persönlichkeit zu ehren, in Kontrast zu den Entwicklungen unserer Zeit und dem Bewusstsein, wie oft Frauen übersehen und übergangen werden und wurden.

Trotz und vor allem aber vereint Oberammergau Offenheit und zeitgemäße Entwicklungen, greift auf, was an Weiterentwicklung möglich ist, auch durch die Menschen und Touristen, die in und durch den Ort strömen – selbst wenn in Oberammergau der Passion männlich ist. Und natürlich sind es auch gerade die Traditionen, die den Ort erst ausmachen und natürlich auch unser Zusammenleben.

Ich denke, ein gutes Miteinander, ein gutes Leben wird immer dann möglich, wenn Traditionen und Entwicklungen den Menschen und den Verbindungen zwischen ihnen dienen und nicht nur sich selbst; solange man sieht, dass nichts existiert, das »in Stein gemeißelt ist«, sondern das Prinzip des Lebens selbst Veränderung und Anpassung ist – für Menschen; für alle Menschen.

Weitere Infos zum Thema

Femizid:

- Laura Backes, Margherita Bettoni: *Alle drei Tage. Warum Männer Frauen töten und was wir dagegen tun müssen.* München, Deutsche Verlags-Anstalt 2021
- »Eine entscheidende Ursache von Frauentötungen bleibt unerkannt«. Interview von Anna Fischhaber

König-Ludwig-Feuer:

- https://www.zugspitz-region.de/vielfaeltig/kultur/koenig-ludwig/koenig-ludwig-feuer.html

Kreuzigungsgruppe:

- https://www.ammergauer-alpen.de/oberammergau/Media/Attraktionen/Kreuzigungsgruppe

König Ludwig II:

- Martina Schuster, Johannes Türmer, »High-Tech: So führte Ludwig II. Bayern ins Industriezeitalter«, https://www.br.de/nachrichten/wirtschaft/high-tech-so-fuehrte-ludwig-ii-bayern-ins-industriezeitalter,Sdnf08d

Wanderrouten Ammergauer Alpen:

- https://www.ammergauer-alpen.de/tour/Bergtour-Laber-ueber-Schartenkoepfe

Danke

Die Arbeit und Auseinandersetzung mit dem Thema Femizid war und ist für mich sehr schmerzhaft, die Fragen *Warum?* und *Wie geht es besser?* bleiben nicht im Buch, sie drängen in und durch unser Zusammenleben als Gesellschaft.

Mein Dank an alle, die sich damit und mit mir auseinandersetzen, meinem Weg und meinen Büchern folgen, unterstützen, weiterempfehlen, Feedback geben, ganz besonders an meine Testleserinnen Ulli W., Susanne P., Marion R., Claudia L. Ein großer und ausdrücklicher Dank gilt Stefan Maier, für die Unterstützung mit seinen Kenntnissen als Feuermacher und zu den Oberammergauer Alpen, auch den Feuermachern selbst und allen Ehrenamtlichen, die Traditionen für das Zusammenleben pflegen. Vielen Dank meiner Lektorin Nina Hübner für den konstruktiven Austausch und den Schubs zur rechten Zeit, ebenso Katrin Trometer. Für Begleitung, Support, Ermutigen geht mein Dankeschön an Claudia Feldtenzer. Danke meinen sehr geschätzten Autorinnenkolleginnen fürs Verständnis im Arbeitswahn, Maria Nikolai, ebenso Laila, Persephone, Frieda für Austausch, Diskussion, nicht aufzugeben, neu anzufangen. Und: meiner Familie.

Ich bin dankbar für das Glück, inspirierende, kluge, ermutigende Menschen erleben, von diesen lernen und mit diesen arbeiten zu dürfen. Diesem Beispiel, sich für andere einzusetzen und dafür zu leuchten, will ich folgen und etwas zurückgeben – wenigstens als mein bescheidenes Dankeschön.

Glossar

Nicht alle dieser Wörter haben es in die Endfassung geschafft … mitunter grant-charmanter und treffender findet die Autorin sie gelegentlich trotzdem:

Seckl	Trottel, Nichtsnutz
batzig (baazig)	glitschig, schmierig, rutschig, matschig
Grisperl (Grischperl, Krisperl)	zarte, schmächtige, schwächliche Person
Boandlkramer (Boanlkramer)	der Tod
verreckt	verdammt, mistig, verflucht, gelegentlich auch glumpert. Vorangestellt zu *Irgendwas,* auf das man gerade eine Stinkwut hat – kann auch auf Menschen angewandt werden
Krampf (Grampf)	Mist, Schwachsinn, Schnapsidee
Sankt Nimmerlein	der Tag, der niemals kommt, angelehnt an den Heiligen, der in der Litanei des katholischen Glaubens nicht existiert
Gscheiderl (Gscheidhaferl, Gscheidhammel)	bairisch charmante Form von Neunmalklug, Klugschwätzer

Babberlen (Mz.)	Pflaster
g'wieß (gwies)	sicher, gewiss, bestätigt
Glump (Klump)	minderwertige Ware oder unzufriedenstellender Sachverhalt
narrert (narrad)	je nach Einsatz: wütend, zornig, verrückt
wutig	wütend
Grant (grantig)	Groll, mitunter beleidigt sein und sich zurückziehen
griabig	gemütlich, kuschlig, bequem, komfortabel